EI

Biografía

María Esther de Miguel nació y vive actualmente en Larroque, Entre Ríos. Ha trabajado en la docencia y en el periodismo. Ha publicado *La hora undécima* (novela, 1961, Premio Emecé); *Los que comimos a Solís* (cuentos, 1965, Premio Fondo Nacional de las Artes y Municipal); *Espejos y daguerrotipos* (novela, 1980, Primer Premio Municipal y Premio de Cultura de la Provincia de Entre Ríos); *Jaque a Paysandú* (novela, 1983); *Dos para arriba, uno para abajo* (cuentos, 1986); *Norah Lange* (biografía, 1991); *Las batallas secretas de Belgrano* (novela, 1995), y *El general, el pintor y la dama* (novela, 1996, Premio Planeta Argentina). Ha recibido la Pluma de Plata del Pen Club, el Konex de Platino para cuento y el Premio Dupuytren.

María Esther de Miguel
El general, el pintor y la dama

Seix Barral

A863   Miguel, María Esther de
MIG   El general, el pintor y la dama.- 1ª ed. –
          Buenos Aires : Planeta, 2003.
          368 p. ; 18x12 cm.- (Booket)

          ISBN 950-49-0570-6

          I. Título – 1. Narrativa Argentina

Diseño de interior: Orestes Pantelides

© 1996, 2003, María Esther de Miguel

Derechos de edición en castellano
reservados para todo el mundo:
© 1996, 2003 Grupo Editorial Planeta S.A.I.C.
Independencia 1668, C 1100 ABQ, Buenos Aires

Primera edición en esta colección: 3.000 ejemplares

ISBN 950-49-0570-6

Impreso en 4 sobre 4 S.R.L.,
José Mármol 1660, Capital Federal,
en el mes de julio de 2003.

Hecho el depósito que prevé la ley 11.723
Impreso en la Argentina

Le doy gracias a Beatriz Bosch por un libro imprescindible, Urquiza y su tiempo, *y por muchas conversaciones iluminadoras.*

Al doctor José M. Fernández Saldaña y a don Eduardo Salterain y Herrera por sus biografías sobre Blanes.

A la profesora Sara Elena B. de Macchi, directora del Palacio de San José en Concepción del Uruguay, porque me aportó datos y fue amable cicerone en más de una visita.

A Basilio Uribe, porque me permitió acceder a bibliografía de la Academia de Arte.

A Hebe Clementi, María Sáenz Quesada y Horacio Salduna por los libros que me prestaron.

A Emilia Pagés y Josefina Delgado por la lectura de los originales.

A Ricardo Ibarlucía por sus sugerencias.

A Andrés Alfonso Bravo por acompañarme, como desde hace tantos años.

Prólogo

Toda historia tiene su prehistoria, y ésta también.

En 1961 obtuve una beca para estudiar literatura en Roma. Me embarqué en el *Giulio Cesare* y, en septiembre, comencé a tomar clases con Giuseppe Ungaretti. Pero el gran poeta de *La terra promessa* ya estaba viejo, las clases eran aburridas y yo no soportaba la disciplina universitaria italiana, que obligaba a los asistentes a ponerse de pie cada vez que entraba el profesor, prohibía fumar y reglamentaba muchas otras cosas que nada tenían que ver con la fervorosa vida de los estudiantes de la Facultad de Filosofía y Letras de la calle Viamonte.

De allí venía yo, con ánimo revoltoso, espíritu crítico y ganas de cambiar el mundo, o al menos Latinoamérica. Y como me aburría enormemente en clase, pasaba largas horas en la biblioteca del viejo convento de las hermanas paulinas, donde me alojaba. Las religiosas me habían acogido gracias a algunas recomendaciones y yo permanecía allí, no por impulso piadoso, debo confesarlo, sino porque pagaba muy poco por techo, comida y… biblioteca.

Y agrego este detalle pues pronto comprendí que lo más valioso para mí era la dicha de poder permanecer, las horas perdidas, entre libracos de solemne formato y antigua impresión. Allí estaba yo, con veintitrés años, sorprendida frente a tantos autores desconocidos y a tantas sutilezas de variado encanto que me permitían descubrir hechos, si no portentosos, bastante secretos y, por qué no decirlo, emotivos.

En el silencio del vasto salón, la luz se filtraba por los ventanales y develaba los volúmenes y volúmenes que abrumaban las paredes, de un extremo al otro, y a los cuales yo pretendía acercarme con recelosa curiosidad.

El bibliotecario era un anciano bastante estrafalario, pequeño y más bien deforme, cara redonda y acaso vulgar, pensativos ojos enfundados en lentes de gruesa armadura, vestido siempre tan de negro que parecía pasado por baño de hollín. Se movía, afanoso, entre aquellos oscuros pasillos cubiertos de estanterías atestadas de libros y ficheros diseminados por doquier, que manejaba como barajas de un juego impredecible. Me trataba con singular deferencia dada mi condición sudamericana: un hermano suyo había marchado, en plena adolescencia, hacia las Pampas (jamás supe si con eso se refería a nuestro país o a la Patagonia), y aunque nunca había regresado y no sabían más de él, la irrefutable afinidad geográfica entre el hermano perdido y la mujer encontrada (esta servidora), prestaba relieves inesperados a nuestra relación. Sea como fuere, el hombrecito me hacía objeto de toda clase de gentilezas, que yo, doblegada por sus atenciones, iba recibiendo con el inocente beneplácito de quien la liga sin merecerla.

Había tiempos en que el hombrecito parecía más muerto que vivo. Padecía de unas neuralgias agotadoras, por él calificadas como de las tres *i* (incurables, inaguantables e insobornables) y, en tales ocasiones yo, solidaria porque también era propensa a dolores de cabeza (aunque mis jaquecas tenían que ver con la marcha de mi ciclo femenino), lo ayudaba en su trajinar por la biblioteca.

Cierto día, recuerdo, hacía frío. Un viento progresivo azotaba la ciudad, abatía los árboles del simétrico parque conventual y se resolvía en nutrida lluvia. Yo estaba melancólica; Buenos Aires lejos; Entre Ríos más aún. Los meses pasados en Roma, antes que atemperar, azuzaban mi nostalgia; inclinada sobre *La coscienza de Zeno* de Italo Svevo, que leía sin entender, no hay caso, me decía, el país existe, y hay que estar loca para apartarse de él.

Fue entonces cuando sentí que el anciano bibliotecario tocaba mi hombro. Envuelto en negruras, con cierta dignidad grave y una leve sonrisa en los labios, me dijo con mirada ambigua pero, al mismo tiempo, convincente para un alma curiosa como la mía.

—Signorina, prego, voglio parlare qualche cosa con lei.

Ante mi gesto rápidamente afirmativo, el hombrecito me llevó a una pequeña sala, estrecha y lúgubre, desde la que gobernaba el movimiento de la biblioteca conventual. Allí nos sentamos junto a su escritorio, uno frente al otro. Entonces vi de muy cerca ese rostro, en el cual los años habían acumulado arrugas y sabiduría. Lo miré perfilado contra la rubia cabellera de la lámpara y escuché la extraña relación que ahora sintetizo como puedo.

En algún tiempo pasado, algo así como en la primera década del siglo, un rioplatense *come lei* se había alojado en el convento. Todavía no existía el pensionado, pero el hombre fue acogido como un caso excepcional. Y francamente lo era: venía de un largo drama familiar. Se había peleado con el padre por el amor de una mujer.

Había padecido un grave accidente y, a punto de elegir el suicidio, cambió de opinión y optó por declararse muerto en vida: la puerta del convento se cerró tras de él como una lápida.

Así comenzó a hablar el bibliotecario. A medida que avanzaba su discurso, irremediablemente romántico, dada la índole de la historia, yo me sentía sobrecogida por el tono quedo de su voz y la languidez de su mirada, cada vez más melancólica.

—De esto han pasado cerca de cuarenta años, *signo-rina*. Pero el rioplatense del cual le hablo, que era montevideano, cuando murió, fíjese usted —señaló con cierto aire misterioso que azuzó mi curiosidad—, dejó un legado.

Pausadamente, como todo lo que hacía, se dirigió a un armario cerrado con llave, hurgó en él con diligencia, extrajo unos papeles y me los entregó informándome, como quien se justifica:

—Por entonces yo era novicio, aunque después no llegué a hacer los votos. Me tocó cuidarlo en cierta enfermedad, y esa relación afirmó una amistad que sólo concluyó cuando se precipitó el final.

—¿Murió? —pregunté tontamente.

—Algo peor: desapareció. En acción de guerra, podríamos decir. Pero —aclaró, sus ojos nostálgicos perdiéndose en la ventana que daba al jardín—, las suyas eran estrategias de paz. Mejor dicho, de vida. Quiso ayudar a alguien necesitado, ¿sabe?

Yo lo miraba como la gallina se mira en el espejo: sin entender nada. Por qué me cuenta todo esto, me preguntaba con *La coscienza di Zeno* sobre mi falda y la mirada también perdida en el jardín regado por la lluvia. El bibliotecario señaló entonces los papeles guardados en un viejo cartapacio.

—Me los entregó a mí y en mi poder quedaron. Nunca supe qué hacer con ellos. Terminada la guerra y mi fugaz destino monacal, los leí. Era una historia desdichada, pero, créame, tampoco entonces supe qué destino darles. Por el manuscrito me enteré de que era falso el nombre con el cual se había presentado el rioplatense. ¿Cómo yo, desconociendo su identidad y sin la más leve pista, hubiera podido hacerle llegar a alguien esta relación? La he guardado hasta hoy, hasta que llegó usted.

Calló el anciano y el lugar se llenó de silencio. Yo deseaba saber más, aunque, por la inflexión final de su voz, comprendí que más no habría. Quise suponer lo ignorado, conjeturarlo, pero no pude. Y sólo logré preguntar, angustiada por ese destino no buscado, mirando los papeles:

—¿Y por qué yo?

—Porque mi tiempo ya se acaba, señorita —dijo con algo de melancolía, y volvió a mirarme fijamente, y agregó antes de tenderme el manuscrito con solemnidad:— Porque usted sabrá qué hacer con esta historia.

No dije nada, extendí mi mano y recibí el cartapacio. El bibliotecario sonrió austeramente, aunque no pudo disimular un aire de satisfacción.

Fue así cómo me encontré depositaria de un legado inesperado y misterioso, con el cual no sabía bien qué hacer. Esa noche me acosté con el murmullo de una historia ajena rondando mi cabeza y, a la mañana siguiente, desperté sintiéndola como propia. Guardé el manuscrito en el fondo de la valija con la intención de leerlo cuando regresara a la Argentina. Por mucho que me excitaran las historias de amor y misterio, yo había ido a Italia a estudiar, no a perderme en las melancólicas fantasmagorías de un viejo bibliotecario. De manera que me dediqué a concluir mis estudios, pues el tiempo de la beca llegaba a su fin.

En agosto del año siguiente regresé a Buenos Aires. Y por qué no confesarlo, olvidé los manuscritos durante mucho tiempo. Cuando los leí, fue en compañía de varias tazas de café y unas cuantas más de cognac: una noche de angustia en que el sueño se había hecho humo en medio del terror provocado por un operativo de las Tres A que alborotó el barrio en el que vivía.

La historia que leí aquella noche era patética. Tenía que ver con alguien de prestigio, no sólo en su ciudad,

Montevideo, sino también en Latinoamérica. Hablaba de una bella mujer, viuda de un hombre poderoso. Era una historia de amor y de odio. También un pedido de auxilio y una rendición de cuentas.

La narración naufragaba en helados vacíos. Sin embargo, en esos huecos de nada, en sus márgenes, yo intuía que una verdad se enmascaraba.

Aunque ninguna pista me ponía en camino. Yo quería encontrar a los destinatarios legítimos de esa confesión, heredada de dos difuntos (el bibliotecario romano había muerto poco antes de mi regreso), que me quemaba las manos y entristecía mi alma. Pero buscar dónde, a quién. En verdad, el caso parecía insoluble, clausurado en su enigma. Yo, por otra parte, no me esforzaba mucho.

Hasta que un día…

Hasta que un buen día tuve que ir al Colegio Nacional de Concepción del Uruguay por razones de trabajo. Concluidas mis tareas, y como una gratificación adicional, visité el Palacio de San José, la vieja y señorial estancia del general Justo José de Urquiza (el cual, dicho sea de paso, nunca la denominó "palacio"), ubicada muy cerca, apenas a unos kilómetros. Allí conocí a su directora, un encanto de dama, a quien la vida le ofreció el dolor de una temprana viudez y el honor de la dirección del museo, en manos de su marido en el momento de su muerte, tres años atrás.

La encantadora dama me fue poniendo al tanto de los diversos tesoros del lugar, desde los árboles centenarios del parque hasta los valiosísimos documentos de sus archivos, pasando por numerosos cuadros de antigua data.

—Son de Blanes —dijo, señalándome ocho vastos óleos.

Alguna vez habían estado ubicados en las galerías y ahora colgaban en las paredes de la sala que durante mucho tiempo había sido el comedor principal de la mansión.

—Blanes, el gran pintor uruguayo —sentenció, como dando por sentado que quien tenía enfrente no sabía del tema.

Pero yo, por esos mecanismos de la memoria que no pueden manejarse, en cuanto oí el nombre de Blanes, evoqué las clases de Arte en la Facultad de la calle Viamonte, con el inolvidable Romero Brest, y recordé palabras del maestro: "El tema histórico le permite a Blanes dar rienda suelta a su exaltada pasión patriótica". Las recordé y las dije en voz alta, aunque sin querer dármelas de conocedora. Entonces, sorpresivamente, la directora susurró:

—Pero no sólo tuvo exaltada pasión patriótica.

—¿Por qué lo dice? —no pude menos que preguntar.

—Aquí aparecieron unas cartas... Blanes amó a una mujer —me dijo misteriosa, dedicándome una hermosa sonrisa.

Pero a mí me asombró menos lo que dijo que la extraña exaltación de sus palabras.

—Eso es más bien normal —acoté con cierta frivolidad—. No hay por qué sorprenderse.

—Lo sorprendente es que su hijo amó a la misma mujer. Y al mismo tiempo —dijo, adosando al énfasis de su voz la singularidad del hecho.

Recuerdo, era otoño y mediodía, y el tiempo resultaba melancólico y yo veía al lugar como mortecino, y me esforzaba por imaginar aquellos antiguos días en que el fulgor de la impetuosa Caballería Entrerriana se unía al de los solazos estivales y a la vitalidad de una región desde donde comandaba donosamente al país el Señor del Palacio, el mismo que para don Juan Manuel de Rosas, en los últimos tiempos, había sido el Zapallero de San José.

Y estaba en eso cuando escuché a la directora contándome una historia que me resultó familiar. Las circunstancias narradas me iluminaron y, de pronto, albergué la esperanza de que la directora completara aquellos huecos de nada que escandían la historia que yo había conocido, primero en la voz de un bibliotecario romano veinte años atrás y, después, desde las amarillentas páginas de un manuscrito leído una noche de insomnio y terror, bajo el signo de las Tres A.

Pero si esos huecos de nada no fueron cubiertos por la directora del Palacio, aquello que me contó fue la punta de un ovillo, una clave oportuna e inesperada.

Caía la tarde sobre Concepción, la vieja ciudad sobre el río Uruguay, donde asentó su señorío don Justo José de Urquiza, y Juan Manuel Blanes pintó las hazañas del entrerriano, sin sospechar que una mujer, cuando menos lo esperara, turbaría su vida y la de su hijo. Llovía melancólicamente, igual que aquella tarde en Roma. Acodada en el balcón del hotel, esperaba a unos amigos para ir con ellos a comer unos surubíes a las brasas en el Mochuelo Viudo, lugar de moda, antes de tomar el ómnibus que me devolvería a Buenos Aires.

Es aquí, me dije entonces.

Aquí empieza la historia del general, el pintor y la dama. Voy a escribirla.

I
Papeles del general

Tenía un rostro de óvalo agraciado y perfil rotundo, la piel oscurecida por vientos y soles, firme el trazo de la boca, amplia la frente, brillantes los ojos de reflejos verdosos. El tiempo había aventado ya bastante pelo de su cabeza oscura, pero un hábil peinado disimulaba la calvicie. Era general pero vestía traje de paisano, altas las botas de reluciente cuero, chaqueta blanca la suya, pantalón oscuro, y en la mano ese latiguillo que jamás abandonaba, como no abandonaba su chambergo, aunque el chambergo no estaba entonces porque lo había dejado en la Secretaría Pública, desde donde había enviado una carta al gobernador de Corrientes, quien le pedía la venia para que el señor Domingo Faustino Sarmiento pudiera comprar ciertos bienes raíces en la provincia. "*Él es un arjentino y tiene derecho por ese título tan simpático para mi, a vivir en cualquier provincia nuestra siempre que las autoridades locales no se lo impidan…Yo desearía que hallare bienestar para él y para su familia*", acababa de escribir en las oficinas del frente de su estancia de San José, que era ese Palacio en medio de la selva montielera, desde donde comandaba todo el país, menos la díscola Buenos Aires.

Pendiente le había quedado la correspondencia con los caciques Culfucurá y Calíbar, a quienes solía tranquilizar accediendo a los pedidos de comida, armas y ropas con que dos por tres le daban el sablazo. Y también pendiente la respuesta a varias cartas enviadas desde Nueva York y Londres por Juan Bautista Alberdi, impenitente trotamundos siempre esforzándose por relacionarlo con el universo civilizado.

Pero, apenas se secó la tinta de sus misivas, salió para ver en qué andaba su pintor. Se asomó primero a una de las galerías, y se acercó al rincón donde el pintor desplegaba el lienzo en el cual estaba tomando forma la escena por él bien conocida, porque la había vivido hacía mucho y rememorado no hacía tanto ante ese muchacho más bien agreste, de ojos inteligentes y barba renegrida, a fin de que fijara en la tela la suma de sus recuerdos.

—¿Para qué? —le preguntó Dolores, su mujer, no muy contenta con ese intruso que durante meses se apropiaría de un ala de la casa con sus trebejos.

—Para confirmar la memoria y de algún modo recuperar la gloria —le respondió él.

Y vaya a saber qué había entendido Dolores. Era tan joven Dolores.

Al muchacho se lo habían ofrecido unos meses antes: es bueno, le informaron, pinta que es una preciosura, y aunque ésa no era palabra de su vocabulario, le había gustado la idea de que sus hazañas permanecieran más allá de los recuerdos propios, de allegados o enemigos.

—Para la posteridad —había dicho su asesor inseparable, Benjamín Victorica, hombre letrado y amigo que terminó convenciéndolo.

Aunque estaba más que alhajado su hermoso establecimiento de San José, con árboles traídos de Australia y de medio mundo, muebles importados de Hamburgo y damascos de Oriente y alfombras de Samarcanda y pianos de Alemania y platería del Perú, él sospechaba que algo faltaba. Algo casi imponderable como ese sueño de injertar, en medio de tantas comodidades, lujos y modernidades trasladadas de Europa, aquellas hazañas bélicas que habían fraguado su destino. Y hacerlo entonces, cuando ya parecía estar en paz.

—Porque se libran batallas para alcanzar la paz —decía siempre.

Y decía, además:

—Las guerras pudren los campos, pero también las almas.

Es curioso como la vida resuelve en ocasiones por uno, incluso cuando uno es alguien acostumbrado a decidir siempre por sí mismo. Él lo estaba probando.

Era Justo José de Urquiza.

Era Presidente de la Confederación Argentina.

Era 1857, un año complicado. Como tantos.

De modo que, en la ocasión, aceptó al muchacho que se estaba haciendo hombre en lides de vocación y trabajo, y el hombre vino desde el Salto, desde la otra banda del río, con la carga adicional de una familia recién estrenada, a saber: su mujer, un crío, y otro en la panza de la doña, que se llamaba María.

El pintor Blanes se la había presentado unos días atrás.

—María Linari de Copello —dijo la señora, con vocecita leve, como aleteo de paloma, y cadencia que en seguida don Justo José adivinó italiana.

—¿Y eso? —preguntó Urquiza, más bien asombrado, porque el contratado era de apellido Blanes, y Blanes, al presentarla, había dicho: mi mujer.

—La fuerza de la costumbre, señor —la excusó el pintor sin perder su compostura—. La señora estaba casada con el señor Copello. Pero desde ahora es mi mujer y la madre de mis hijos —agregó señalando a una criatura en brazos de la correspondiente criada y al otro ya insinuándose en su vientre.

—¿Y aquélla? —preguntó el general estanciero presidente, a quien nada se le escapaba, mirando a la niña, de unos diez años, que correteaba, en un lugar remoto del parque, tras *Purvis*, el perro traído como único trofeo de algunas batallas en la otra Banda, y al que había puesto el nombre de un almirante inglés.

—Es mía y de mi anterior esposo —acotó la mujer con un leve rubor que descubrió Urquiza, como descubrió en la cara, levemente pálida por trajines de viaje pero ciertamente hermosa, rastros de años que sin duda superaban en número a los de su marido pintor—. Se llama Ana María. Ven, niña, saluda al señor.

La niña llegó corriendo, *Purvis* tras ella, pues buenas migas habían hecho can y criatura, y en tanto el animal iniciaba sus zalemas al amo y buscaba la correspondiente caricia, que el hombre otorgó palmeándolo cariñosamente, ella, la niña, con elocuentes modales de buena educación, hizo graciosa reverencia al señor del Palacio. Entonces se oyó un chillido y era chillido infantil, y era del niño en brazos de la criada y tal chillido sin duda recordó a la madre la hora de alimentarlo porque, después de solicitar el pedido pertinente para retirarse, se la entrevió en la sombra de una habitación en menesteres de madre, al aire su pecho y en el rostro ese gesto como solemne que las mujeres adquieren cuando amamantan.

Pensativo quedó don Justo José por un detalle para nada escamoteado a su perspicacia: nadie había dicho si la señora María Linari era supérstite del marido difunto, vale decir, viuda, o separada del fugazmente mentado señor Copello. Pero mejor no desperdiciar tiempo en acertijos de tal calaña y respetar en silencio el silencio de la pareja, se dijo el general. ¿Acaso podría tirar la primera piedra? Si sabría de las complicaciones insólitas que suele originar el amor o simplemente el trato con mujeres. Cuando apenas tenía diecinueve años, él había iniciado su larga carrera de progenitor (o de padrillo, murmuraban por ahí). Un hermano zafado solía decirle: a éste se la ponen dura los tiros y las campañas. Vaya insolencia la del hermano, que era Cipriano, siempre boca suelta. Pero, en verdad, había empezado bien mozo en esas cuestiones de las polleras. Concepción: así se llamó la hija que tuvo con Encarnación Díaz (entre nominaciones sacras parecía andar esa niña concebida no sólo detrás del sacramento sino casi casi en casa pública).

Se entresonríe el general: aunque amigo de la risa, cuando ríe lo hace con ganas, pero no suele desperdiciarla. Fornido y enhiesto, curtida la tez por tantos soles recibidos, avizores los ojos, firme la mirada, retoma la marcha por la galería. El asunto de la Encarnación había sido en los comienzos de su virilidad y en un rancho al que su hermano, sin duda por paterna orden, enderezó los pasos del jovencito alborotado, aunque ya, por las suyas y a escondidas, el mozo andaba en trotes similares.

La Encarnación era una muchacha querendona y al alcance de más de uno, sobre todo si ese uno era hijo de don Joseph de Urquiza. Y la Encarnación dijo que sí una vez y otra y cuántas, vaya a saber, hasta que un día lo esperó, entre lagrimones y risas de contentamiento, para anunciarle: estoy gruesa. Él vaya a saber qué dijo; no se acuerda ni hace falta, pero seguro que fue cortito, porque en momentos así los hombres se apabullan, sobre todo si es la primera vez. Pero de lo que entonces estuvo seguro, y ahora lo sigue estando, fue de cómo el corazón se le ensanchó en el pecho: pucha que es lindo ser padre, se dijo. Los viejos, a su manera, se dieron por enterados. Doña Cándida, la madre, santiguándose con apuro:

—Vaya con el benjamín, muy mozo para empezar.

El padre, con consejito y moraleja:

—Hijo, dicen que quien hace el amor, engorda; quien sólo lo ve hacer, desmejora; pero quien abusa, enloquece. No lo olvides.

Recuerda el general que la mujer del caudillo oriental Artigas, la paraguaya Melchora Cuenca, fue quien alzó a la niña en la pila bautismal. Porque por aquellos días él andaba metido en líos que lo iban introduciendo en la política y en la Otra Banda. Hasta entonces, undécimo hijo de don Joseph Narciso Urquiza y de doña Cándida García, sólo se había preocupado por dirigir a la peonada en esos duros trabajos de acrecentar el fundo de la familia en la agreste geografía montielera: montes impenetrables, bichaje de toda laya, gauchos cimarrones. Pero a esa tarea comenzó a sumarle otras, las de la política.

Así va pensando Urquiza en tanto recorre las vastas galerías de la casa y mira al pintor Blanes, empeñado en su tarea, y a la mujer de Blanes alejándose, con sus niños, entre nubes de polvo, en la calesa que los había traído, y que entonces está viendo en el portalón de salida, y ya introduciéndose en el camino rumbo a la villa de Concepción, ex del Arroyo de la China.

La historia de aquel momento lejano había sido así: su hermano Cipriano José, arrimado al oriental Artigas, tuvo dificultades políticas. La volteada terminó arrastrándolo a él y al padre, y en la caída, por ese devanar de arriesgadas aventuras en la Banda Oriental, se les confiscaron bienes, perdieron ganado y él tuvo que alejarse de la susodicha Encarnación Díaz pero no de la hija, a la cual, en el momento oportuno, reconoció y ayudó a criar y también, pasados los años, a casar, que uno es padre una vez, pero lo es para siempre, como en tantas ocasiones se lo han recordado los curas y su propio corazón. No hace mucho le comentaron a Urquiza:

—La Encarnación Díaz es mujer de todos menos de sí misma. Todo el día está dándole al trago. Dicen que dos por tres se la ve, pasada en copas, gritar por calles y caminos: mírenme a mí que he sido la amante del Gobernador y ahora soy pura piltrafa.

Así las cosas (sigue rumiando el general presidente camino a su Secretaría Pública), cuando él, Justo José de Urquiza, vino de sus correrías orientales, ya andaba enceguecido por otros ojos, que eran los de Segunda Calvento. Como para acordarse de Encarnación Díaz estaba.

Segunda Calvento, niña de familia principal (según comentó a muchos Beatriz Bosch, conocedora como ella sola de la estirpe), era hermana de Norberta, una muchacha que había noviado con Pancho Ramírez, el Supremo Entrerriano, aquél que en los años veinte, para susto de porteños, ató su pingo y el de sus lanceros en la mismísima Pirámide de Mayo, después de la batalla de *Cepeda*. Pues bien, por culpa de la Delfina, brasileña entrometida y valiente, la Norberta Calvento se quedó sin poder usar el traje de esponsales que sólo le sirvió como mortaja. De su hermana Segunda se enamoró el menor de los Urquiza. La hizo suya debajo de una pérgola, al anochecer y en verano. Y con ese encanto de criatura tuvo un hijo y después otro y otro y otro más, que fueron serios y consecuentes esos amoríos con la Segunda, damita bella y entretenida que se le entregó, sin decir ay, una vez y otra y muchas y tantas como para parirle cuatro hijos al hilo. Aunque sin casorio.

Espumas de recuerdos invaden al general estanciero, hoy Presidente de la Confederación Argentina, ya cincuentón largo: para la gloria y también para las injurias, en su vida han contado siempre las mujeres y los hijos. Pero nunca le incomodaron ni tales glorias ni tales injurias. ¿Por qué no se casó, teniendo como tenía una familia casi constituida? En verdad, eran años de tumulto y sedición en los que no había ocasión para cumplir el débito matrimonial con la mujer propia y apenas si para picotear con las ajenas.

Pero, reflexiona, ¿acaso fue sólo por eso? Ahora, ya entrado en años y experiencias, Urquiza tampoco sabe qué responderse, como no lo supo en la ocasión. Probablemente fue porque todo su empeño estaba puesto en hacer lo que estaba haciendo: construir fortuna y prestigio político. Desde joven la había visto clara: por un lado estaban las regiones y sus banderas federales, y por otro los porteños mandamás, llámense con el nombre que se quiera: Junta, Triunvirato o Directorio. Ya había sido la batalla de Cepeda, ya estaba vencido el poderío directorial, ya había corrido sangre y muerto de muerte injusta Pancho Ramírez, el Supremo que soñó con hacer de la región, República. ¿Qué más? Acabado el tiempo de las armas, venía el de la política. Los vecinos lo quisieron diputado y fue diputado, lo eligieron gobernador y fue gobernador. Ahora lo quieren Presidente y ahí está, Presidente. Para defender las autonomías provinciales, para buscar empréstitos a fin de fomentar la ganadería y la educación, para arreglar la deuda pública (válgame Dios, si aún siguen impagas las del año 10, contraídas para gestar la revolución). Pero, sobre todo, ser presidente significa dar una Constitución a este país de díscolos e intemperantes.

Y díganme, con tantas gestiones, hilvanadas una detrás de otra, ¿había tiempo para pensar en casorio?

De modo que ahí está el general, en esa mañanita de agosto más bien fría, recordando a sus mujeres, presentes gracias a esa María Linari venida con su cría propia y la que ha tenido con Blanes, el pintor recientemente contratado para fijar en el óleo las glorias de sus batallas.

Urquiza sabe que ha amado a muchas mujeres. Y si para tantos los amores posteriores al primero no son más que variantes y repeticiones del inicial, para él cada una ha sido distinta. Desde la Díaz hasta Dolores Costa, última y definitiva, entonces con él en San José. Aunque mediante ceremonial que no termina de convencer al padre Ereño, como moscardón siempre encima: hay que arreglar, general, hay que arreglar la papelería.

Ahora es otro día y Juan Manuel Blanes lo ha visto llegar, galería abajo, y se le acerca, pincel en mano, sonrisa a flor de labios y una demanda, la misma que lo tiene en suspenso durante muchas horas y muchos días:

—¿Tendrá tiempo ahora, general? —pregunta, y está claro: el tiempo que le solicita al general, es el de su atención para mirar el cuadro que está pintando.

Es joven Juan Manuel Blanes. Ha de rondar los veinte y pico, sin llegar a los treinta, es más bien bajo pero delgado, tiene barba renegrida y espesa, dos ojos que son carbones encendiéndole la cara y una voz cadenciosa que sabe siempre decir lo que quiere decir.

Esta vez son pocas sus palabras porque el tema ya ha sido conversado: el general se ha ofrecido para ir explicándole las batallas que quiere ver en el lienzo: el orden de los soldados, el punto en que se encontraba, la hora de lo acontecido y tantas cosas atinentes. El cuadro —los cuadros, porque en ocho está pensando— será obra de los dos: uno pondrá colores y el otro pondrá recuerdos.

—Quiero que vea cuánto he avanzado, señor.

El pintor se empeña con fervor: es apenas un principiante, sin escuela ni prestigios, con el solo respaldo de su habilidad innata y una lógica ambición: el espaldarazo de Urquiza mucho significará en su vida si logra salir airoso del trabajo encargado. Urquiza, por su parte, apuesta a su memoria. Pero ¿podrá hacerlo? Han pasado muchos años, en algún caso hasta veinte y, lo que es más, mucho ha vivido y sigue todavía viviendo. ¿No será todo un confuso magma, imposible de transmitir? ¿Acaso esa estancia, llamada San José en honor del padre, pero a la cual todos se empeñan en llamar Palacio, es el refugio de paz por él apetecido? Nada de eso. Si más que sede de ese gobierno que acaba de dejar en Paraná, en manos de su vice, parece ser el centro del país. En ese momento mismo se siente alboroto en la puerta por el lado de la guardia. Algún chasqui, sin duda, porque pronto oye el arrastrar de nazarenas por el patio embaldosado y ve al secretario, como pidiéndole venia para entregarle la carta que trae en manos, y presiente su contenido antes de abrirla: sin duda, algún lío de esa ciudad siempre alborotada, de ese estado rebelde que tanto jode la paciencia, Buenos Aires.

Recibe la carta, entonces, pero anuncia: ahora estoy en otra cosa, y ve cómo se marcha el secretario y escucha a Blanes repitiéndole:

—Mire, señor general.

Y se acerca a Blanes, y Blanes descubre el lienzo y en el lienzo ve el general sus legiones, y se ve a sí mismo, era 1839, era el 31 de marzo, era Corrientes y en Corrientes el Pago llamado Largo. Él, Urquiza, hombre de Echagüe que era hombre de Rosas, a la vanguardia del ejército, con su caballería entrerriana sorprendió al gobernador correntino, don Genaro Berón de Astrada, lo atacó, y fue brava la batalla de *Pago Largo*, la que entonces padeció y ahora está viendo entre colorado, sepia, blanco y azul de cielo.

Los soldados unitarios
andan malevos por áhi;
si el federal los agarra
le hai tocar el violín.

¿Está lo acontecido en el cuadro que está pintando el pintor?

El general mira la planicie, y en la planicie su caballería colorada arremetiendo con bravura, y a los otros los ve, pero ya en son de huida, uno ha perdido el caballo, otro está perdiendo la vida, él azuzando a los suyos, de galera, como estila, montado en caballo blanco, según costumbre, movido por el viento mañanero y otoñal, el poncho también blanco, alta la banderola federal en la mano alta, contra el cielo distante y ajeno, fuerte la voz no escuchada desde el lienzo pero que aún suena en sus oídos, *a la carga*, dice la voz, y es el desbande, y él en medio del fragor y del desbande, con el aplomo de siempre, insoportable para muchos, como a otros insoportable les resulta esa inconmensurable fortuna que ha ido amasando por prepotencia de trabajo y envión de audacia.

Blanes, expectante, balbucea su demanda:

—¿Qué le parece, señor?

—Está bien, pintor.

—¿Falta *Purvis*, señor?

—No, pintor. *Purvis* no estaba, todavía. Nada falta.

Pero Urquiza calla lo demás que falta: los más de mil trescientos muertos difunteados en el campo, y los dos mil prisioneros, y de los dos mil los pocos que quedaron para contar el cuento porque ochocientos cayeron bajo las armas o el degüello, al son de una chachana, dijeron los enemigos, como dijeron lo demás: Berón de Astrada, encontrado dos días después, con el cuerpo en parte putrefacto, y la espalda en carne viva, porque una lonja de su piel había ido a parar a la manea que alguien, ingenioso detalle del agravio, hizo con esa lonja de piel. Él, Urquiza, fue acusado de haber sido autor de tamaño estropicio en cuerpo de cristiano y gobernador. Pero, en verdad, había sido un muchachito desalmado a quien ni se pudo castigar por inimputable.

—Me limpio el culo con esa infamia —dijo su hermano Cipriano.

Pero él sí se quedó dolido porque ¿quién borra una infamia cuando la infamia echó a volar?

Duras las luchas entre federales y unitarios. Durísimas. Cómo se moría en esos tiempos, caray. Pero sólo dice:

—Está muy bien, Blanes —y palmea al pintor que ha pintado *Pago Largo*, poniendo tanta armonía en el cuadro como horror tuvo la batalla que lo inspiró. Y agrega:— Su pincel está reconstruyendo mi pasado, pintor.

—No, señor. Son sus recuerdos los que me están haciendo el cuadro.

—Está bien, pintor, está bien… —repite el general y se aleja por la galería, el látigo en la mano, el ayer en el alma.

¿Qué recuerdos recuerda el general Urquiza en tanto avanza por la galería camino a su Secretaría Pública, desde donde está manejando no sólo los asuntos de su establecimiento o los negocios de la provincia, sino los intereses de la nación entera, salvo los de esa pequeña porción rebelde que es la provincia de Buenos Aires? No son asuntos comerciales ni políticos. Son asuntos del corazón desatados por esa batalla de *Pago Largo* que ha visto tan bien pintada por Blanes. Junto a la sangre y la muerte y la victoria, y el humo de la pólvora y el ladrar de los perros, acaba de pasar por su memoria, ya que no por sus labios, el cortejo de mujeres que amó por esos años de empuje juvenil, y de las que guarda memoria, entre tantas sin nombre y ya, ay, sin rostro recordado por el borrar insidioso del paso de los años. Encarnación Díaz, Segunda Calvento, la tan amada, Cruz López Jordán…

Qué bella era Cruz. María de la Cruz Jordán.

Aquella noche de veinte años atrás estaba Justo José en casa de los López Jordán, con su hermano Cipriano, casado con María Teresa de Jesús López Jordán. El casorio había intensificado los lazos fraternales que desde muchos años atrás unía a las dos familias, sobre todo a partir de esos ideales comunes alimentados por sueños de libertad para el país y de federalismo para la provincia que, en ambas familias, fundadoras de la sociedad lugareña, habían provocado tantas persecuciones políticas, enajenaciones económicas, y hasta muertes. Cipriano había sido ministro de Francisco Ramírez, el Supremo Entrerriano, y esa noche, alto y fortachón, la cara invadida por grueso bigote, la voz enérgica y el ademán firme, correspondía en aspecto al prestigio de su historia.

De esas materias se hablaba.

Esa noche Cruz, la menor de las hijas de doña Tadea Jordán, de Ramírez en primeras nupcias y de López en el matrimonio bis, prolífica matrona en ambos matrimonios, estaba deslumbradora. Y Urquiza, joven y enamoradizo, se sintió deslumbrado. Delgada en su figura, alegre en su trato, incapacitada para la torpeza, expansiva sin mengua de su femineidad, Cruz Jordán emitía como resplandores mágicos desde el lugar en que se encontrara. Al menos para Justo José.

La tertulia había derivado hacia temas políticos, siempre candentes, dada la índole de los tiempos y la categoría de los reunidos, pero, en la ocasión, para nada infundían regocijo en el mozo Urquiza tales efusiones, porque sus ojos volaban al encuentro de la niña Cruz. De pronto, generosamente, el azar vino en su auxilio y la niña Cruz comenzó a mirarlo como si nunca lo hubiera visto antes.

Los varones rememoraban incomprensiones, cicatrices y esperanzas, prestándole a la Historia la apariencia de la anécdota, y a la emoción familiar el encanto de la cercanía; doña Tadea organizaba el orden de aparición de vituallas para que nadie quedara sin tener entre pecho y espalda el milimetraje óptimo de bebida y los gramos necesarios de alimentos; las muchachas, expertas en atenciones, ponían manos a la obra esforzadamente, pues por lo común los hombres engullían más de lo que ellas tenían tiempo de ofrecer; Justo José y María de la Cruz se miraban a los ojos, nivelados en una mutua y muda admiración. En sucesivas horas, de los ojos pasaron a las manos: un roce aquí, una breve caricia allá, otra más acá, todo bajo el amparo de la contradanza y sus felices compases que, a cierta hora de la tertulia, había comenzado.

La genérica visión maternal de doña Tadea, aunque preocupada por la marcha del servicio y la atención de los hombres, para nada dejaba de medir los avances del joven Urquiza con su benjamina, la María de la Cruz. Y los siguió observando y promoviendo con el correr del tiempo, en oportuno oficio de celestina, hasta que un día su sueño casamentero se vino abajo: imposible innovar en el desordenado régimen amoroso del menor de los Urquiza, de quien ya conocía sobrados antecedentes, como la hija con la muchacha Díaz y los cuatro de la Segunda Calvento.

Fue así: un día Justo José dejó el pueblo, en campaña nuevamente para defender las fronteras de la provincia. María de la Cruz quedó sola, y quedó triste, y quedó muda, muy recatada dentro de sus amplias vestimentas a la moda, hasta que llegó el momento en que ni esas recatadas vestimentas pudieron seguir ocultando lo inocultable: María de la Cruz estaba embarazada y con casamiento en veremos.

Doña Tadea lamentó su fallida esperanza y —¿qué otra cosa le quedaba?— disimuló la situación: crío y madre en la casa y aquí no ha pasado nada, pues vergüenzas de deshonras se esconden siempre puertas adentro. Pero, además, gravitó sobre el perdón maternal el recuerdo de su propia experiencia: entre la defunción del primer marido, Ramírez, y el casamiento con el segundo, López, ella, Tadea Jordán, madre del Supremo Entrerriano, había dado a luz un crío, pues las mujeres también suelen sentir los rigores de la carne, sobre todo si son jóvenes y cojonudas como lo fue doña Tadea.

En fin: nació una niña y la niña fue llamada Ana, y la hermana de Justo José levantó a la niña en la ceremonia bautismal, y doña Tadea lloró de emoción, y en la casa de los López Jordán se crió Ana. Después, como los otros hermanos desparramados por la zona, Ana llegó a San José, convertido en un parvulario, para completar su educación a la sombra de profesores traídos de donde hiciera falta. Y, según pasaron los años, acompañó a su padre en las ceremonias oficiales, porque la muchacha se había puesto toda una señorita y el padre, durante mucho tiempo, fue un general solterón que en lides oficiales necesitaba al lado una dama.

Urquiza, ya casado, aunque sin tener todo en regla, según el padre Ereño, antes de volver a su Secretaría Pública, alcanza a escuchar que alguien de la villa anda buscando al pintor oriental.

—¿Qué pasa? —pregunta Blanes.

—Lo necesitan con urgencia en lo de Carrasco.

—¿Por…?

—Se les ha muerto un hijo en un accidente y quieren que vaya usted para retratarlo antes de que lo entierren. Dicen que el médico dijo que no puede resucitarlo, pero los padres dicen que, si usted pinta su retrato, el niño siempre estará con ellos. Eso dicen.

—Voy —escucha Urquiza responder al pintor Blanes.

Y escucha, también, que las cigarras, silenciadas por el bochorno de la hora, han comenzado nuevamente a cantar.

II
Papeles del pintor

El rostro de María era moreno y bello, y sus ojos nostálgicos y claros miraban con dulzura, y el talle de María era breve aunque ya tenía una hija, y el andar de María era inquietante, y cuando Juan Manuel Blanes la veía pasar frente a su taller de la calle Reconquista, sentía un turbio magnetismo que le alborotaba el corazón, y salía a la puerta y la contemplaba embelesado, su mano en el sombrero, si lo llevaba puesto, o en el pecho, si estaba a cabeza descubierta, mientras decía quedamente, desplegando su sonrisa como quien abre un pañuelo:

—Buenas tardes, señora de Copello.

Y cada mañana y cada tarde, y cada saludo y cada ida y venida de la mano al sombrero o al pecho, eran como ramitas puestas a arder en el corazón para acrecentar esa gran combustión que lo estaba quemando por dentro al ver pasar a la señora y al imaginarse lo que se imaginaba: las carnes morenas de la muchacha debajo de tanto pollerón, los pechos enhiestos dentro de la blusa castamente cerrada, el pelo renegrido bajo el pañuelo o la sombrilla, si el sol estaba alto, esas pequeñas orejas de las que colgaban dos áureos pendientes, el rojo de sus labios entreabiertos apenas para la educada sonrisa con que contestaba el saludo.

La había visto por primera vez, de pura casualidad, en el atrio de la Iglesia Matriz, a la salida de Misa de doce, y volvió a verla en el entreacto de una función teatral donde Rossini hacía de las suyas, y después descubrió que la bella italiana era vecina y, desde entonces, no dejó de espiar su paso durante días y semanas.

Todas las tardecitas la mujer salía, sin duda, a dar un paseo para que la niña tomara aire, y en alguna ocasión él había tenido que colaborar para que la hija, de nombre Ana María, volviera a su madre pues, con los modales imperiosos de una criatura de pocos años, se escapaba en el primer descuido materno, cuando no corría hacia otros niños para arrebatarles caramelos o muñecas.

—*Tante grazie*—decía la señora con una sonrisa encantadora tallada en su perfil de madona renacentista.

A veces también la veía por las mañanas, y siempre él, en una ocasión o en otra, en esta hora o en aquella, dejaba sus pinceles, abandonaba la construcción del rostro de la importante esposa del importante marido que estaba pintando, olvidaba aquellas olas de espumosos encajes y puntillas y variedad de diseños, y hasta a la misma dama, de cuerpo presente, si la dama estaba oficiando de modelo, y con un discreto momentito por favor, abandonaba todo para cumplir aquel ritual casi silencioso: ver pasar a la joven señora de Copello por la vereda de la calle Reconquista, sonreírle, llevar la mano al sombrero o al pecho, musitar sus buenos días señora de Copello, mirarla caminar con ojos nostálgicos, y retornar en seguida a esa sosegada tarea que le permitía mantenerse y ayudar a la familia: pintar cuadros por encargo. Porque, como decía su madre, en esta casa todos comen para vivir.

Pero, desde que había instalado su taller, Blanes sentía que se estaba construyendo una nueva vida: la de artista. En ocasiones se preguntaba de dónde le vendría esa vocación excluyente, alimentada desde niño, cuando, en lugar de aprender a escribir las palabras, dibujaba las cosas presentadas por su maestro. El maestro escribía *mamá*, y él perfilaba el exacto rostro de su madre.

Ponía *pan*, y en su cuartilla aparecía un pan con panadero y todo. Siempre recordaba el día en que, arremolinados a su alrededor, varios compañeros miraban cómo, por magia de su lápiz, comenzaba a surgir sobre el papel un caballo atado al palenque. Los chicos, admirados, lo veían dibujar cuando apareció el maestro, quien, después de incautarle dibujo y lápiz, le aplicó severo castigo. Pero, finalizada la clase, lo llamó para devolverle los útiles, en tanto le advertía:

—Esta no es escuela de dibujo, Juan Manuel. Aquí se aprende a leer y a escribir, a sumar y a restar. Si le gusta dibujar, hágalo en su casa. Pero dígale a su madre que sería conveniente que le hiciera tomar clases de dibujo. Yo se lo aconsejo, porque veo que usted se da maña para pintar.

Con la voz del maestro, Juan Manuel recordaba el coro de los niños en el patio y el recreo:

> *A la do-li-tuá*
> *De la li-men-tá*
> *Oso-fete, colorete,*
> *Te la dan por el ojete.*

¿Qué destino se había abierto paso en su sangre, a través de una familia de pequeños comerciantes y empleados? ¿Qué destino se había desatado como una tempestad en su alma? No encontraba respuestas. Pero desde que tenía el taller en la calle Reconquista se decía: seré el creador de una nueva estirpe. Y la mirada del joven Juan Manuel Blanes se perdía en rosadas nubes de ensoñaciones mientras su pincel buscaba colores y su voz, en oscura reminiscencia, desgranaba viejas canciones escolares:

Calle España, la inmortal,
oculte sus glorias Roma,
calle el mundo que ya asoma
la República Oriental.

Y recordaba a su madre, Isabel Chilaber, mujer abandonada, sola con seis hijos pequeños en medio del Gran Sitio, que había durado diez años. La recordaba sufriente, pero siempre esperanzada en lo que él, su hijo menor, llegaría a ser algún día como pintor, porque mucho podía aguardarse de Juan Manuel, tan talentoso y tan apasionado.

Esa tarde, entre sepias y ocres está Blanes concluyendo los retoques del busto de la doña que ese mes le dará de comer a la madre y a los hermanos, pues desde joven ha tenido que ganarse la vida en variados y sucesivos oficios: como mandadero de pequeño, como tipógrafo después, como pintor que se va haciendo al pintar. Y en eso está ahora, lidiando con pomos y colores y carbonilla, como un día lidiaba con caracteres tipográficos, siempre con la pena de no poder estudiar, de no tener contacto con los grandes pintores. Conoce, ciertamente, los grabados y las acuarelas de su tocayo Juan Manuel Besnes Irigoyen, y los trabajos de algún otro, y en la librería de don Jaime Hernández se ha demorado horas y horas contemplando las reproducciones de Pallière y de Rugendas y de cuantos caen en sus manos. Por sobre todo, ha estudiado y admirado los cuadros de Cayetano Gallino, el italiano que anduvo retratando a medio Montevideo. También suele entretenerse en lo de don Pedro Domenech, aunque allí, más que nada, la gente va para tertuliar, déle palique, y se olvida de hacer compras. Tanto que un día los habitués se toparon con unos versitos puestos oportunamente por el dueño, y a quien le caiga el sayo que se lo ponga:

Obsequiosos tertulianos
que visitáis los tenderos,
gastáis charla, no dinero,
y ahuyentáis a los marchantes:
hay diversiones bastantes
para el ocioso, se ve,
y así, al que de balde esté,
este consejo le ofrezco:
al muelle a tomar el fresco
y a tertuliar al café!

El atardecer es el mejor momento del día en cualquier lugar del mundo. Pero lo es sobre todo en Montevideo, ciudad surgida en América y en el mapa por afán de conquistadores y litigio de políticos, comerciantes y geógrafos. Y es en ese momento cuando su olfato perdiguero de joven enamorado le anuncia que está por pasar la señora de Copello. Se asoma entonces a la puerta, y la ve llegar a la dulce María, esta vez sin la niña, pues en apremios caseros de otra índole ha de andar la señora para haber retomado la calle a esa hora. Y Juan Manuel Blanes, joven y buen mozo, ardido en amores, esta vez, por la hora o porque la señora anda sola o porque el corazón le estalla, ya no le dice señora de Copello, sino María.

—María… —dice Juan Manuel. Y cuando María lo mira con sus nostálgicos ojos color ámbar, el pintor se acerca, la toma de la mano, siente cómo la mano tiembla entre las suyas, huele el olor de su piel y ese olor tiene un dejo a jazmín. Y entonces le pide, casi como un rezo:— Pasa, María, por favor, pasa.

María obedece y, apenas ha cruzado el umbral, el estudio pobretón se ilumina, y también el corazón de Juan Manuel, y esa luz se hace reguero en los brazos que oprimen el talle de la muchacha, en las manos que acarician la curva de su cara y se hunden en el pelo negro, en los labios que buscan el fulgor de esos labios ajenos, ahora suyos, sin preámbulo ni requiebro, por perentoria voluntad de enamorado, por prepotencia de amor correspondido.

—*Prego* —dice María, que en la confusión del momento recurre a la lengua materna como a un amuleto—. *Prego* —repite, entregándose mientras piensa: desde ahora ya no seré una señora respetable.

¿Pero quién puede sustraerse al amor? No estos dos, ciertamente: ni la italianita de ojos ambarinos, con marido y con hijo, ni el apasionado pintor.

Pues bien: desde ese atardecer montevideano en el cual se habían encontrado el pintor y la dama, sin decisión previa, más bien por irrefrenable impulso de sus cuerpos, ambos se veían a menudo, inventando lugares y patrañas, excusas y ocasiones. Por lo común, la cita era en el estudio de Juan Manuel. María Copello, a quien el pintor comenzó a llamar María Linari, como si usando su apellido de soltera desapareciera el marido, vivía a la vuelta, una cuadra y media hacia el río, por lo cual a ella no le era difícil hacer una gambeta para pasar frente al taller. Adosado al estudio, Juan Manuel poseía una habitación donde amontonaba trastos: marcos, tarros de pintura, pinceles en desuso, telas y caballetes. También tenía un precario camastro en el cual descansaba en los días de calor y dormía por las noches, cuando se le hacía tarde. De ese cubículo y de semejante camastro el pintor y la dama hicieron el centro del paraíso. Y si allí no resolvían el destino del mundo, al menos hacían proyectos en común, pobres ilusos, cuando apenas si tenían breves momentos para apurar las delicias del tráfico amoroso en que andaban.

Dicen que en tiempos antiguos, para entrar en la iglesia, los verdugos debían cubrirse las manos. Vergonzantes, y quizá verdugos sin saberlo, Juan Manuel y María, cuando se encontraban en el taller, se cubrían el alma de negaciones: no existía ni el marido, ni la niña, ni el mundo.

Pero, en verdad, marido, niña y mundo existían.

En el atril, el rostro de la señora de Persons era redondo, su busto rollizo se perdía entre encajes y cintas, y en las mejillas sonrosadas se reflejaba la luz de la lámpara ubicada en un rincón. Pero Juan Manuel no miraba las sonrosadas mejillas de la señora del cónsul norteamericano que había estado pintando esa tarde; sus ojos se perdían en el perfil de María, iluminado no por la lámpara que alumbraba la tela, sino por las llamas del pequeño brasero, cuyo fuego estaba avivando, porque era intenso el frío de esa hora de la noche. Doce campanadas acababa de dar el reloj de la pared. María había podido quedarse hasta entonces, ya que su marido, el distinguido señor Copello, de viaje por razones de negocios, se hallaba fuera del hogar y de Montevideo. Pero aunque la niña estaba bien cuidada, ella se negaba a permanecer más tiempo junto a Juan Manuel, y por eso discutían: que me voy, que te quedas.

Aquella relación clandestina se estaba convirtiendo en un delicioso hábito, cada vez más difícil de romper, pese a los respectivos problemas que uno y otra tenían en sus casas. Para Juan Manuel, la preocupación por la madre y los hermanos, puesto que desde que había conocido a María sentía la necesidad de formar su propio hogar. Para María, el desafecto que crecía en su corazón por el marido y la desintegración en que veía caer su matrimonio. Pero ambos, atónitos ante las complicaciones que les estaba trayendo la vida, se refugiaban en esa precaria intimidad hasta entonces inviolada. Y a nada más atinaban.

Hasta entonces.

Promediada la noche, María Linari se levantó del camastro en el que desde hacía meses compartían el cielo, se vistió rápidamente. Su rostro parecía una flor levemente ajada por la hora y el cansancio, y Blanes, quizá por eso, al contemplarlo desde la cama, lo encontró más atractivo. Hizo además de seguirla:

—No te levantes, Juan Manuel, por favor; te preparo un café y me voy.

—Preferiría quedarme sin café y contigo.

—Lo supongo —respondió la muchacha con ironía, dejando la pava sobre el brasero encendido—. Pero no puedo. La niña…

—La niña está en buenas manos y eso lo sabes. No pareces entender que te necesito, María. Así no puedo más… Este retaceo, estas interrupciones, me resultan insoportables. Ay, María, eres maravillosamente comprensiva, compréndeme ahora —dijo Juan Manuel y dio un salto, y la tomó en sus brazos.

María, halagada en lo íntimo por gestos y palabras, se dejó levantar; dio bajo su impulso una voltereta en son de baile; correspondió a los besos alocados, y de pronto exclamó:

—Dios mío, el agua hierve…

Un revuelo de chirridos anunciaba que el agua desbordaba de la pava. María la retiró del brasero, remedió el leve estropicio, y como no pudo detener los rezongos de

38

Juan Manuel, le acercó el café humeante y oloroso que ya inundaba con su aroma la habitación. Juan Manuel bebió un sorbo, el café avanzó garganta abajo, tomó el suyo María, se sentó frente a él y muy seria le dijo:

—Seamos prudentes, Juan Manuel, ya que no podemos volvernos cuerdos.

Borró con su mano libre la arrugas que el disgusto había cavado en la frente de Juan Manuel, pero no logró persuadirlo.

—¿Qué es ser prudentes, María? —replicó Juan Manuel—. Yo te quiero con toda mi alma, sé que no tengo una cómoda situación para ofrecerte, pero estoy seguro de que saldré adelante. Fíjate, María, cada vez más personas me piden que les haga retratos. Mi nombre se está haciendo conocer. Día a día se pagan mejor mis cuadros, siento que me afianzo en mi trabajo. Sé también que me falta muchísimo…

Juan Manuel se explaya en este tema que lo tiene a mal traer. Nunca ha conseguido un maestro que lo guiara; desde chico, en la primaria, hasta ahora, cuando ya es hombre adulto y pintor de cierta fama —aunque lugareña, no se engaña—, ha permanecido solo. Si desde siempre ha estado, solita su alma, ajeno a alguien que le diera la más leve indicación, al maestro oportuno que le hiciera menos pesada su ignorancia. Si ha avanzado, fue a fuerza de intuición, habilidad natural y perseverancia.

María lo escucha pensativa, una mano sosteniendo la taza de café, la otra en el regazo de Juan Manuel.

—Lo sé, querido. Pero no es ésa la situación. Te tengo mucha fe como pintor; sé que triunfarás, que ya estás triunfando.

—Señora —contesta Juan Manuel, en chanza—, usted habla y se las da de especialista en arte, aunque es sólo una mujer enamorada. Pero, volviendo a lo nuestro, ¿por qué no quieres seguirme? ¿Por la niña?

Tiró la pregunta como quien abre una pista y recordó la carita sonrosada que en él recreaba la ilusión de la inocencia.

—Sí; los adultos angustiamos a los niños con nuestros problemas, les hacemos daño y no nos damos cuenta. Yo quiero preservar a mi hijita, Juan Manuel. No quiero privarla de un padre, de su hogar. No es sólo mi vida la que está en juego; es también la suya.

—Yo también quiero el bien de la niña, María. Por supuesto que Ana María vivirá con nosotros. El amor es el único escudo con que puede defenderse a los niños, y tu hija lo tendrá. La mejor forma de recuperar un padre es dándole un hogar, hermanos —dijo Juan Manuel y acarició el vientre de la muchacha, sobre el que acurrucaba sus manos, como acercándole su calor al hijo que ya estaba en sus sueños.

—Pero…

—¿Pero qué?

—Soy mayor que tú, Juan Manuel, lo sabes. Tengo siete años más y…

María identificó vagamente una de las fuentes de su personal zozobra, pero sin poder expresarla.

—¿Y eso qué? —preguntó Blanes, sorprendido por ese nuevo miedo que debería vigilar, ahora que lo había descubierto. Luego optó por un tono casi jocoso que obligó a sonreír a la muchacha—. María, vida mía: me estás dando tantos dolores de cabeza que te alcanzaré pronto, ya verás cómo, bien rápido, emparejamos la edad y después, puesto que yo envejeceré más ligero, te aventajaré en años aunque no en belleza y sabiduría. Mira cómo empiezo —agregó, señalando su renegrida barba y el pelo cortado al rape—. Ya comienzo a tener canas.

Por cierto no se veía ninguna cana, pero sí el propósito de desviar el tema. María Linari optó por poner en marcha otros argumentos.

—Está Copello, mi marido. Es un hombre bueno —dijo, en voz baja y terriblemente despacioso, mientras descendía la tristeza a sus ojos.

—Es un hombre al que no quieres. Cuando el amor se acaba, el matrimonio termina. No tomes con ligereza mi amor, querida.

—Qué cabeza dura eres, Juan Manuel.

—Ajá. Hay gente que así nace y nunca logra corregirse. Yo soy uno de ellos.

El brasero expandía unas llamitas tenues, incapaces de atemperar el frío; el café hizo lo suyo, que no fue mucho. Blanes buscó lo demás, entre bisbiseos cariñosos: arropar a la amada entre sus brazos, acariciar su pelo, buscar la suavidad de esa piel que siempre lo encandilaba con novedades. Pero María se deshizo de calorcito y cariño, besó rápidamente a Juan Manuel en los labios, se puso de pie. Decidida, fue a salir.

Pero no pudo.

Tres aldabonazos intempestivos retumbaron en la noche y en los rostros de ambos; perplejos, sólo atinaron a mirarse.

—¿Quién puede ser? —se preguntaron, perturbados por el miedo, expectantes, al borde del pánico, arrancados de tanta tibieza, mientras en sus ojos se estancaba el derrotero de ese grito compartido que no se atrevieron a dar. Porque los dos sabían quién podía ser.

Miraron por la ventana que daba a la calle Reconquista, esperando el veredicto del destino.

Y allí estaba.

Era la forma de una profecía cumplida.

Era el señor Copello.

III
Papeles del general

Tiempos borrascosos aquellos. El Presidente de la Confederación Argentina por entonces era el comandante Urquiza aunque, como ahora, más hombre de tormentas que de calmas. Su destino manifiesto parecía estar al servicio de las batallas antes que de la meditación. Pero el comandante se decía: guerrero, sí, pero para conseguir el orden. Sólo cuando haya orden podrá hacerse realidad el sueño de una Constitución que discipline conductas y organice el país. El poder sin leyes es insolente y arbitrario, se decía el señor Comandante; sueño con ser conductor de pueblos y progreso y no sólo estanciero exitoso metido a militar.

—Cómo nos cuesta entendernos —confesaba a uno de los suyos en tono quejoso—. Sobre todo aquí, en las provincias litoraleñas donde, Dios nos libre, hemos entremezclado nuestras historias como los ramazones de un haz, en ocasiones poniendo hombro con hombro, pero en otras enfrentándonos con porfías adolescentes.

Malo aquel año 40 que el señor Presidente de la Confederación está recordando en esa mañanita primaveral, mientras conversa con Blanes. Buenos Aires estaba hecho un caos, el país también, y si él apuntalaba, por el lado del litoral, al gobierno del Restaurador Rosas, quien ya se estaba poniendo exagerado con tantos muertos y mazorqueros cuyas historias les transmitían muchos (y entre esos muchos, su hijo Diógenes, estudiante en Buenos Aires y enlace de su gobierno con los de allá), si lo apuntalaba, digo, era porque había que pacificar al pueblo de una buena vez. Y pacificarlo a lo federal, no como querían esos doctorcitos porteños y azulinos, interesados antes que nada en la Aduana, y el Puerto y sus monopolios.

En marzo de aquel año, el unitario Juan Lavalle había salido de Corrientes y avanzado hacia la tierra entrerriana y, dígame usted, quién podía esperar que en la tierra entrerriana lo aguardarían de brazos cruzados, o con la pava lista para la mateada. Para culearlo de lo lindo lo esperaban; para dársela con todo.

—¡Correntinos! Dicen que son hombres salidos de los esteros y de los montes —murmuraban los paisanos—. Servirán para cazar nutrias o hacer de tigreros, pero soldados… ¡Qué van a ser soldados! Eso sólo los lanceros de Urquiza, ¡carajo!

Los esperaron con todo. Urquiza al mando de las tropas por orden de Echagüe, el gobernador. Llegado el momento, los de un bando y los del otro se encontraron con furia, entre balbuceos, ayes y sangre. Después de la batalla, ambos grupos se atribuyeron la victoria, como suele acontecer, hasta que los números dijeron la verdad, porque los números eran los de los vivos que quedaron para contarla, y los de los muertos que ya no podrían contar nunca más, pues desde entonces sólo mirarían crecer las plantitas del campo desde su raíz y, a lo mejor, cantar un aleluya con ángeles y serafines en la placidez del paraíso, mientras sus restos abonaban la tierra.

Todo esto era historia antigua, y el general la sacaba como hilachas maceradas del ayer, en las voces de sus recuerdos, para que fueran a parar al cuadro que debería pintar el pintorcito de la otra Banda. Esa historia se la transmitía, mientras daban cuenta del asado, a la sombra de unos árboles ya bastante crecidos, aunque no hacía tanto que habían plantado esos retoños llegados de todo el mundo. El pintor bajaba la carne por su garguero al mejor estilo criollo, o mejor dicho, rioplatense, con un buen vino de la zona. El patrón general quería que la estancia San José se autoabasteciera, razón por la cual ese vino era de las cepas traídas nada menos que por Aimé Bonpland, el franchute naturalista y sabio; pero el patrón estanciero bajaba la carne con agua y punto, pues para él la bebida alcohólica era palabra prohibida.

—El alcohol es malo —decía—. Se sube a la cabeza, y baja a los pies. No te deja pensar, ni caminar, ni tenerte derecho. ¿Y de qué sirve un hombre que no puede usar la sesera y tampoco montar? Es vicio beber más de lo que pide la sed, y la sed se apaga con agua, no con vino. Pésima cosa el alcohol.

—Para don Justo José sólo hembras y baile. De lo demás, nada —decían los lugareños, conocedores de su personalidad.

—¿Y qué es lo demás?

—Lo demás es como ser mate, alcohol o juego, las cosas que gustan al paisanaje…

—Vaya con el hombre, ¿no?

—Vaya. ¿Y qué le gusta, entonces?

—Tener los cojones bien puestos.

—Ajá… y saberlos usar.

—¿Usarlos para qué?

—Para lo que deban.

—¿Como ser?

—Como ser guerras y mujerío.

Pero estos eran murmullos del paisanaje.

De manera que, después de ponerlo al tanto de la batalla de *Don Cristóbal*, que el pintor debía trasladar al lienzo, aunque Blanes era rápido, pasaron varias semanas, porque le había llevado su buen tiempo hacerlo, dada la largura del cuadro y la cantidad de personajes que el general estanciero quería y que él, el pintor, imaginaba por su cuenta.

Pero esa tardecita ya ha llegado el general y el pintor hace como la vez anterior, lo acerca al gran bastidor, y le dice:

—Mire cómo quedó, general. Fíjese y mande, que estoy para lo que ordene.

Con lo que le estaba diciendo: si quiere, cambio; si desea, agrego; si ordena, borro. Y como la vez anterior, cuando el cuadro de *Pago Largo*, el general se ubicó enfrente, miró en silencio, el poncho sobre los hombros, el sombrero en la cabeza, el látigo en la mano. Después se corrió para un lado, y luego para el otro, y señalando un lugar en la tela preguntó:

—¿Y esto, pintor?

Blanes se quedó mirando fijamente la batalla pintada y vio lo que veía Urquiza. La noche, y en el horizonte, perdiéndose en negruras, tropas y oscuras nubes y, adelante, como quien dice en el proscenio, iluminados por el resplandor del sol en despedida, con sus infantes colorados detrás, el general, jinete en caballo blanco, lanza en mano, poncho al hombro, sombrero en testa, como la proa de un barco que avanza por su camino de agua, la mirada hacia adelante: siempre marchaba así el general, de manera tal que cualquiera, con un catalejo, podía darse cuenta de que quien avanzaba era militar de alto rango, blanco oportuno para un buen trabucazo. Pero, aunque sabiéndolo, Urquiza jamás se había amilanado y, en la ocasión de *Don Cristóbal*, así marchaba, al frente pero con la mirada tranquila de quien ve sólo las grupas de los caballos enemigos, a punto de desbandarse por exigencias de mala suerte;

los ve entre azulinos matices, porque son de parcialidad unitaria los soldados que se alejan, tras el general Juan Lavalle, como cuzco con el rabo entre las patas. En el suelo hay hombres que agonizan y otros acorralados, que pronto serán difuntos, y en la oscuridad se presienten heridos y también muertos. Y el general piensa: todo lo que desaparece deja rastros de su presencia, pero los restos de las batallas son espantosos. Y mira esa batalla silenciosa, sin ruido de tropas ni trotar de caballos, ni alaridos de moribundos, ni aliento de vivos, ni hurras de victorias, porque es batalla de mentirilla, porque es batalla pintada. Y Blanes, quien ha estado mirando con su mirada y con la del general, se dice está bien. Y el general también dice está bien, pero lo dice como el Señor en el séptimo día, porque en ese cuadro está viendo la forma más conveniente de su memoria.

—El pasado es un rompecabezas.

—Y a veces parece de humo.

La mirada del general vuelve a detenerse en ese campo sumergido en sombras brotado de manos de Blanes, y entonces murmura, ponderando detalles, casi un susurro su voz:

—Muy bien esta oscuridad que puso, pintor.

—Usted me había dicho que ya estaba anocheciendo —se justifica Blanes.

—Ajá. Pero, más allá de lo que le dije, sépalo, Blanes, las batallas siempre son oscuras, aunque haya mucha luz. No lo olvide, pintor. Se lo digo porque lo sé.

Y antes de alejarse, agregó:

—La batalla de *Don Cristóbal* fue el 10 de abril. Bien presente tengo la fecha, pues había nacido mi hijo Justo José del Carmen. ¿Sabe, pintor? Antes de comenzar la batalla me alcanzó un chasqui para darme la noticia. Linda noticia: otro hijo, pucha digo.

Y no le dijo lo demás: que andaba muy preocupado por el embarazo de la madre del niño, Juana Zambrana, una linda sanducera en pésimo estado de ánimo por el asunto de esas guerras que los tenían separados. Hasta su madre lo había alertado: procura que esa muchacha se domine con sus miedos y sus angustias, pues de lo contrario el niño se le pondrá al revés en el vientre y se lo tendrán que sacar con aparatos, y eso, para la preñada, es lo más horrible en cuestión de partos, y para el niño, una calamidad, porque puede salir atolondrado, por no ser esa vía, la de los fierros digo, camino natural. Te lo advierto yo, que tuve diez, le había escrito doña Cándida con su letra toda enrevesada, porque si la vejez le entraba por los ojos y si ya casi no veía, ¿acaso iba a poder escribir derechito y prolijo como antes?

Como para no alegrarse, entonces, cuando llegó la noticia, chasqui mediante: que todo había ido bien, sin volteretas del niño en la panza de la madre, ni utilización de fierros. Así había sido, recuerda ese atardecer el Presidente de la Confederación mientras se aleja, dejando la tristeza de *Don Cristóbal* perdida en sus negruras, sin tambores ni clarines que llamaran sonoramente a festejar el triunfo, como se hizo en aquella ocasión:

> *Cielo, cielito que sí,*
> *Cielito de los leales*
> *Con el sartén por el mango*
> *Ahora están los federales.*

Y mientras avanza por la larga galería, acompañado por *Purvis*, pegado a sus talones, y por el parloteo de los pájaros que buscan su acomodo nocturno en el parque, el general estira los ojos del recuerdo hasta aquellos años, y en la memoria las encuentra, pucha digo, cómo pasa el tiempo, a Doraliza y a Juanita. A las dos. A las Zambrana.

Así había sido.

Por esas luchas entabladas en la otra banda del río, que era el Uruguay, antes llamado Arroyo de la China, muchas familias de Paysandú cruzaban para el lado argentino y se afincaban en Concepción, villa promisoria y tranquila porque los litigios, en los últimos años, se daban en Corrientes o en la Banda Oriental. Entre los llegados estaba doña Pascuala Ferreyra de Zambrana, dama de pro, viuda, con holgada posición económica, los hijos donde deben estar en épocas de guerra, es decir, en el ejército, y ese par de joyitas que eran las niñas, en casa. La señora Ferreyra de Zambrana se dedicaba a la familia, la hacienda, la buena sociedad, y a casar a sus hijas. En los ratos perdidos, también a la religión.

Por muchas de tales razones, permitía que las niñas organizaran reuniones para entretenerse y distraer a los coroneles en preludio de guerra; y los coroneles en preparativos bélicos iban porque encontraban, en tales veladas, si no lugar ideal para sobrellevar las exigencias militares, sí oportuno esparcimiento. El comandante Urquiza también asistía, siempre como ave de paso, portador de un ligero aire enigmático que los hombres respetaban y derretía a las mujeres. Por la región circulaba el rumor de que Urquiza encontraba, en la compañía de las damas y en los movimientos de la danza, el espacio oportuno para armar sus estrategias políticas y militares, tanto como sus negocios, en muy vertiginoso ascenso. Su nombre era traído en alas de lenguas, papeles y vientos, como futuro gobernador, mientras se multiplicaban increíblemente los campos, haciendas, barcos, saladeros y graserías de su propiedad. Con todo, la consecuencia inmediata de su actividad era siempre el nacimiento de niños que pasaban a engrosar el número de una prole aceptada, aunque no reconocida papeles mediante.

El repertorio de tales hazañas circulaba profusamente. Llegaba hasta Buenos Aires, donde vivía doña Cándida, la madre; la pobre se escandalizaba, se persignaba, Dios mío, qué tiene este niño (ella seguía llamándolo niño porque era su benjamín) y, como a niño, le enviaba confituras y dulcerías hechas por sus manos o por criadas de la familia.

En el enrarecido aire de esos años, la casa de los Zambrana fue refugio para muchos y, para Urquiza, un oasis. La primera vez, no bien llegó a la tertulia, se encontró con una niña morena de piel, de grandes ojos negros y pelo derramándose en bucles alrededor de la cara. Con garbo y estilo de bien nacida, la niña hizo una reverencia, le tendió la mano como quien acerca una flor, y sonrió como quizá han de sonreír los arcángeles, mientras una vocecita frágil murmuraba:

—Doraliza.

El comandante sintió un golpe en el pecho y algo así como si el mundo se hubiera transformado. Recibió la mano que la niña le tendía, hizo la correspondiente reverencia, y miró alrededor para comprobar que todo seguía igual, en ritmo de vida y fiesta. Algunas parejas iniciaban una danza, damas y caballeros dialogaban, la sala era un alambique donde todo se mezclaba, muy educadamente. Detrás de la ventana, los árboles movían sus copas a impulsos del viento y, prestando atención, se podía oír, sobre el empedrado desparejo de la calle, el rumor de coches que seguían llegando a la reunión.

Todo era normal; nada extraordinario había ocurrido. Nada salvo esa niña que lo estaba mirando. Nunca me sucedió esto, se dijo, tratando de justificarse, pese a que ya había pasado los cuarenta, vencedor en muchas batallas y a punto de vencer en otras, con familia numerosa aunque irregular, pues permanecía soltero para mal de muchas y lágrimas de legiones.

—Me acompaña, señorita —le pidió a Doraliza y se plegaron a las maniobras danzarinas en que ya estaban empeñadas otras parejas del salón. Luego la miró a los ojos y le dijo:

—Está muy buena, niña.

Doraliza respondió:

—No soy un plato de arroz para estar buena.

Y con tal contestación, la muchacha aun le gustó más al comandante.

Los dos sintieron correspondencia en el baile y también en las miradas y, por qué no decirlo, en el calorcito de sus cuerpos, la piel hembra y la piel macho, en cuanto se tocaban. Urquiza vio que la niña sumaba a sus encantos naturales la gloria de una risa linda y de una conversación entretenida que lo aliviaba de sus muchos problemas. No la abandonó en toda la noche, déle vals y minué y danza y contradanza, pues un baile se juntó con el otro y una charla a la que venía, aunque por momentos ambos se quedaban en silencio, como mudos de nacimiento, y entonces la niña era una nube de gasas y cintajos, y el comandante la llevaba y la traía, la hacía girar y detener y empezar todo de nuevo. Y Doraliza giró y giró la noche entera en lo de Zambrana, y todos los miraban, pero ellos nada, estaban en lo suyo. Y a Doraliza le ardía la cara y al señor comandante también.

Así fue una vez y otra vez, una tertulia y otra, de modo que el mundo entero comentó:

—El señor Urquiza se ha prendado de la Doraliza de los Zambrana.

Y así parecía ser.

Pero un día cambió el viento. Fue cuando el comandante, y hoy Presidente y general, conversó a solas con Juanita, la hermana mayor de Doraliza.

Desde la ventana de la casa de los Zambrana siempre se veía el río, pero esa mañana el río no se veía porque la niebla lo tapaba. Allí estaba el comandante en tren de despedida, pues se marchaba, por orden del gobernador Echagüe, hacia el Norte para enfrentar a los unitarios. Miraba el cielo atoldado, se llenaba de tristeza por la partida, y así estaba cuando un crujir de faldas le hizo dejar la ventana. Giró hacia la puerta y se enfrentó con Juanita.

—Señor, lamento decirle que madre y Doraliza no están. Han tenido que marchar de apuro a Paysandú, por asuntos de familia. Me dejaron el recado de hacerle presente sus saludos, aunque nada sabían de su partida.

—Ha sido de improviso. Una orden, usted sabe, Juanita, cómo son estas cosas —se excusó el comandante, mientras la contemplaba admirado.

Juanita era la antítesis de Doraliza: algo mayor, ya tenía veinte años, era rubia, serena, la otra cara de la moneda. Pero con un cierto aire recogido o misterioso que encantaba. Al menos, eso sedujo al comandante, que acababa de reparar en ella.

Hablaron de la campaña iniciada y de Doraliza. La niña hizo traer un refresco y juntos lo bebieron mientras conversaban. Urquiza quería referirse a la campaña y Juanita a su hermana. En el primer tramo de la conversación, ganó Juanita.

—Se lleva bien con Doraliza, ¿no es cierto?

—Sí, en el baile. Es compañera excelente.

—No preguntaba sólo por el baile, eso lo sé, comandante.

—¿Preguntaba por…?

—Por la vida, señor Urquiza. Mi hermana está muy entusiasmada, pero es muy joven, usted sabe.

Urquiza guardó silencio. Ya se la veía venir a esa madrecita suplente que le había salido a Doraliza. Siguió la conversación aunque le torció el rumbo. Fue en el segundo tramo cuando le contó, y bien contadas, las urgencias de esa campaña, y la responsabilidad que le cabía, y cómo soñaba con poner fin a todo eso para hacer lo que de veras quería: trabajar por el engrandecimiento de la provincia y para que la gente viviera mejor. Ya algo había conseguido, pues se habían acabado los vagos y mal entretenidos y ladrones; pero faltaba mucho más, le decía el señor comandante a la niña Juanita.

—Hace falta trabajo para todos, señorita. Que el trabajo no sea sólo el de la guerra, y los pagos, míseros estipendios de campaña.

Habló y habló el comandante. Del hijo que tenía estudiando en Buenos Aires, y de su madre, que vivía con él, y de lo solo que por esto mismo se encontraba. Y la niña Juanita lo escuchaba con los ojos abiertos, jugueteando con la cadenita de oro que rodeaba su cuello.

Al dejar la casa de los Zambrana, Urquiza pensó: caramba, cuánto tiempo que no me desahogaba así. Con Doraliza nunca podría haberlo hecho.

Se encontraron dos o tres veces más antes de que el comandante se fuera, mientras Doraliza estaba ausente; y siguieron viéndose cuando madre y Doraliza regresaron de Paysandú. De a poco fueron acomodando las circunstancias, aunque tácitamente: Doraliza para el vals y la contradanza, y Juanita para la conversación. Pero en cuanto el comandante quería tomarle la mano, Juanita se la escabullía, como la sensitiva: en cuanto la tocás, se esconde, pensaba Urquiza.

Llegó la hora de la partida. El día antes, Urquiza se encontró con las dos hermanas. Por separado. A Juanita le pidió que le escribiera, después la tomó en sus brazos, después le dijo:

—Estoy seguro de que usted puede ser la mujer de mi vida.

Juanita, que sabía algo de sus historias amorosas, comprendió a lo que se arriesgaba. Pero aceptó el reto del destino porque no le quedaba otra cosa: se había enamorado fatalmente de ese hombre y no podría ya apartarlo de su vida.

—Usted será siempre el hombre de mis sueños, señor. Ya que no puedo tenerlo, le escribiré.

Con Doraliza el diálogo resultó tormentoso. Pero el comandante fue claro y terminante: le gustaba Juanita y quería comprometerse con ella, debía entenderlo. La niña lloró con sollozos que sacudieron su cuerpo y el de la madre de las dos Zambrana que, detrás de la puerta, seguía a hurtadillas la conversación. Dios mío, pensó, lo que la vida y este comandante le están haciendo a mis palomas.

—Lo he perdido, señor —sollozó Doraliza, con ojos de quien está a punto de ahogarse en sus propios lagrimones.

—No me ha perdido, niña. Seguiremos siendo amigos. Seré su compañero en los bailes, no bien esta campaña llegue a su término, que no ha de faltar mucho, se lo prometo. ¿Cómo voy a dejarla, si usted ha sido mi mejor acompañante en muchos años?

Empecinada, como niña caprichosa, Doraliza proseguía con su letanía:

—Lo he perdido, señor…

—Vaya, pues le digo que no, Doraliza.

—Mientras uno piensa que ha perdido una cosa, la ha perdido…

Dicen que la hinchazón que sobreviene a los ríos se debe a la respiración de los peces que están con rabia: se lo había contado un asistente y el comandante recordó entonces sus palabras. También los cristianos suelen hincharse por la rabia que les viene de adentro, pensó. Como Doraliza; pero se le pasará, es muy joven.

Y quería que así fuera porque para él sólo existía Juanita, y con su recuerdo se fue a batallar a la otra Banda, mientras las Zambrana disputaban entre sí.

Recibió cartas de Juanita durante toda la campaña. En Concepción estaban encantados, porque esa vez parecía que el amor iba en serio. No ocurriría como con la Díaz, ni como con la Calvento, ni como con la Cruz López Jordán; no, con Juanita Zambrana habría Iglesia y papelerío. Ya se hacían planes en familia y hasta Doraliza, aunque de a poco, se había acostumbrado a ver a Urquiza como cuñado, circunstancial compañero de baile y nada más. Comenzó a mirar a los mozos que en las tertulias buscaban su cintura para bailar. Y fíjense lo que son las fantasías: hasta se hacían apuestas con respecto al hijo que, nadie lo dudaba, llegaría; claro que con el casamiento, también en veremos.

—Será varón —decía Juana.

—Yo, en cambio, deseo que sea niña —declaraba Doraliza—. Si pierdo una hermana, quiero ganar una sobrina.

—Será lo que deba ser —sentenciaba el futuro padre—. Si hembra, se llamará Juana, y si macho, Justo José.

Pero eran puros comentarios, porque Juana era dura de conceder sus favores de mujer antes de pasar por la Iglesia.

Con todo, cuando Urquiza regresó de la campaña, la charla epistolar con la prometida se transformó en intermitente diálogo. Parecía que el señor comandante no podía respirar sin ayuda de Juanita y, probablemente porque la separación había aumentado las urgencias, la niña bajó reservas y Justo José aumentó petitorios, pues se los vio a los dos en atardeceres y oscuridades, hasta que un día la niña decidió, y mamá Zambrana estuvo de acuerdo, que no era cuestión de seguir por pajonales y andurriales, como una revolcada cualquiera, puesto que era una Zambrana.

—Quiero un cuarto para mí sola —dijo Juanita.

Y lo tuvo. Pero las habladurías siguieron.

—Anoche vi al comandante entrando a lo de Zambrana y no era hora ni de baile ni de naipes.

—¿Y como hora de qué sería?

—Como hora de rejuntarse.

Lo cierto es que pronto se acabó el diálogo para dar paso a otro intercambio, cuyo fruto estuvo pronto a la vista.

—Estoy embarazada —confesó un día Juanita al comandante.

Conmovido, él tomó su mano entre las suyas. Bajo las espesas cejas del señor Comandante, los ojos fueron dos lagos oscuros traspasados de luz.

Con el paso de los meses, llegó el día del parto. Me vieras como estoy, con un vientre que no es el mío, adiós cintura y adiós esbeltez; soy un globo a punto de rodar, le escribió Juanita al comandante Urquiza mientras éste se encaminaba a la batalla de *Don Cristóbal* y ella al parto. Pero el día del nacimiento, entre corridas y gritos, Juanita recordó lo que su madre decía: al amor se llega por camino de flores y se sale por senda de lágrimas.

—Después de ésta, la niña no querrá saber más de hombres —opinó la vieja ama de los Zambrana, trayendo una caldera de agua hirviendo—. Quedará como ga̶t̶a̶ q̶u̶e̶m̶a̶d̶a̶ c̶o̶n̶ l̶e̶c̶h̶e̶: e̶n̶ c̶u̶a̶n̶t̶o̶ v̶e̶a̶ u̶n̶ m̶a̶c̶h̶o̶, g̶r̶i̶t̶a̶r̶á̶.

Pero se equivocó la vieja ama de los Zambrana. Juanita reincidió: dos años después tuvo otro hijo. Fue mujer y se llamó Juana.

Juana y doña Pascuala Ferreyra de Zambrana, y los hermanos y la misma Doraliza, y toda la parentela dijeron al comienzo de los amoríos:

—Cuando llegue el hijo, Urquiza se casará.

Después pensaron: será con el segundo (se habían olvidado de un precedente notorio: con la de Calvento había tenido cuatro hijos y ninguna papeleta). Por último, ya no se hicieron más ilusiones. Se acostumbraron a la situación, criaron a los dos niños, Justo Carmelo y María Juana, y luego aceptaron que la pasión del Urquiza se apagara con la misma rapidez con que se había encendido, cuando apareció otra mujer en la cual puso los ojos.

Muchos hombres decían:

—En la situación del comandante, es mejor así. Con todo lo que tiene que hacer, como para atender una familia. Quiere ser libre, y hay que dejarlo, pero como ningún macho puede vivir sin hembras, hace bien en buscárselas así, nuevitas y de buena raza, para evitar riesgos. Un hombre como Urquiza sabe que la gente se muere de enfermedades. Pero sabe, también, que un soldado está expuesto a males que, por lo común, atacan a quienes están en campaña.

Por cierto, para un hombre como Urquiza no era empresa convincente pasarse la mañana mirando un cuadro aunque fuera bello y correspondiera a sus glorias, como tampoco lo era perderse las horas curioseando en su memoria para saborear el recuento de días y amores pasados. Múltiples tareas lo acosaban, pues si la sede del presidente de la Confederación estaba en Paraná, el poder de decisión residía en San José, según se ha dicho, y por eso, aunque la cercana primavera parecía saludarlo desde el parque invitándolo a darse una vuelta por el lago, Urquiza optó por penetrar en la Secretaría General, y allí enfrentarse con los despachos llegados del Brasil y del Paraguay. En la región existía el convencimiento de que Dios había escogido a Urquiza para arreglar los líos del país, y Urquiza estaba en eso. Y no era empresa de escasa monta.

Sacó el reloj de su bolsillo y miró la hora. Le pareció que las agujas devoraban los minutos como la vida le había devorado años. Ya tenía cincuenta y cinco, pronto sería un hombre viejo, cada día tendría mayor incapacidad para comprender a jóvenes como ése que tenía enfrente, el pintorcito oriental, o como sus propios hijos. En cambio, le parecía que hoy entendía más el país. Y quizá también el corazón del hombre. Blanes, por su parte, era lo suficientemente joven como para entusiasmarse, según lo estaba viendo, con sus pinturas… y con su mujer, esa María Copello o Linari —ya se había confundido los apellidos— con quien tan bien parecía llevarse.

Urquiza aún tenía mucho ánimo y más trabajos. Pero a veces pensaba que quizá llegaría un tiempo en que sólo la curiosidad lo mantendría con vida. No había caso, suspiró, lo habían vuelto melancólico los recuerdos suscitados por el cuadro de Blanes.

Pero las obligaciones de su cargo superaron el desconcierto de tan melancólico retorno al pasado. Llamó a su secretario y se puso a trabajar. Antes leyó una carta de su hija Concepción, la mayor de todo el tendal de críos, aquella nacida de Encarnación Díaz, cuando él apenas tenía diecinueve años. Ya se casó la muchacha, y para la boda le regaló un navío, nada menos, porque su novio es comerciante despabilado, como a él le gusta, y muy dado a modernidades. Por suerte, el matrimonio va bien y tiene ahora otro aliado en sus negocios.

Mientras recorre a grandes pasos el despacho, en la mano el latiguillo que acompasadamente golpea la alta caña de su bota, comienza a dictar una carta pendiente a Alberdi, el solitario que, desde orillas del Sena, colabora con él en la empresa nacional... *Debe venir a ayudarme de cerca a dar sima a la administración interior. Considero necesario para el porvenir del país, dejar en el período de mi mando perfectamente afianzadas las instituciones, y establecido definitivamente en todos sus ramos el sistema de gobierno determinado por la Constitución. Ambiciono compartir con usted esa gloria...*

El señor Gobernador ve, desde la puerta que se abre a la galería, el vasto jardín y el lejano portalón de hierro y piedra, y le llegan los aromas del atardecer mezclados con el susurro de la brisa que ha comenzado a soplar, y le llega también el bronco coro de ranas croando su interminable pedido de agua, y al coro de ranas se une el de los grillos y el rumor de las mujeres que regresan de la huerta con las verduras y las frutas para la comida, y desde todos los rincones se levanta ese runrún misterioso que anticipa la noche. La mirada del general recorre la serenidad de la hora en ese mundo pacificado, mientras el aire le trae desde el lejano salón las frágiles notas del piano invitándolo a abandonar oficina, empleados, problemas y acercarse al hogar.

—Basta por hoy, señor —dice a su secretario—. Mañana continuamos.

El general se pone de pie, toma el sombrero y toma el latiguillo y marcha por la galería. Marcha al encuentro de Dolores, su mujer.

Sí, San José es su hogar. Y Dolores su mujer. Ya va siendo hora de presentarla al pueblo de Concepción y de que Dolores le haga de ladera en las reuniones oficiales, a las cuales debe asistir por rango, oficio y lugar, como hasta entonces su hija Ana. Es tiempo de recambio. Ya tiene su familia establecida en San José, y sus hijos, incluido Diógenes, el más entristecido por la novedad, ha aceptado su matrimonio, aunque le consta que le escribió a una tía quejándose: *Jamás hubiera esperado esto del Tata*. Pronto se le pasará, piensa Urquiza mientras se acerca al rincón de la casa donde vive la familia. Pronto se le pasará. Las hijas mayores, de entrada nomás, quedaron encantadas con la aparición de Dolores en San José y en su cama. Al fin de cuentas, es como si tuvieran otra hermana. Más aún: es una aliada que oficia de intercesora para los pedidos que no se animan a hacerle directamente. Y tienen con quien hablar de esas cosas que les interesan a las mujeres: la música y los bordados y las ropas. Y, por supuesto, los candidatos.

Mañana es 8 de diciembre, festividad de la Virgen y él, don Justo José, obligado por rango y ejemplo a participar de la función religiosa en la Iglesia de Concepción, aparecerá, en su traje de gala, solemne como en tales ocasiones, pero esta vez, a su lado, envuelta en las sedas claras que exige la época, con su capelina blanca sobre la cabeza morena, la mirada un poco sorprendida y alarmada por las grandes efusiones que le brindará el vecindario, irá su mujer, Dolores, linda, jovencísima, adaptando su breve paso al del hombre acostumbrado a caminatas marciales y a trotes apresurados. Y ya el Presidente de la Confederación está escuchando decir a la gente, en medio del alborozo:

—Linda la gurisa, ¿no?

Y alguno hasta murmurará:

—Demasiado joven, se la ve abatatada.

Pero, por sobre todo, sabe qué le dirá el padre Ereño, el párroco de la Iglesia:

—No se olvide, mi general, hay que arreglar ciertos detalles...

IV
Papeles del pintor

Salto, tan alejado de Montevideo por la distancia como por sus costumbres, se pierde entre polvaredas y heladas. A medida que uno se acerca a las casas mal avenidas y dispersas por callejuelas irregulares, puede verse una cruz de hierro inclinada por ventolinas y deteriorada por humedades, de la que cuelgan, como pájaros agonizantes, descoloridas flores de papel que malamente evocan un anónimo homenaje. Ninguna inscripción indica el porqué de esa memoria piadosa, aunque sí lo aclara una tradición que se remonta a más de medio siglo con una marejada de noticias.

En ese sitio había pagado con su vida cierto desvarío amoroso, una dama de gran fortuna y desgraciada suerte; su marido la encontró en el recodo del camino, a la sombra de un aguaribay en arrumacos para nada legítimos, y con mano justiciera dirimió la contienda matando a los adúlteros a fin de que el mundo recordara lo exigido por la decencia. Pero lo hizo de modo infame: después de terminar con los amantes, no encontró nada mejor, para borrar de la faz de la tierra la escandalosa historia, que poner los dos cadáveres al pie del árbol y, montado en el caballo que hasta allí lo había traído, pero sobre todo encabalgado en su ira, pasar una y otra vez sobre los cuerpos hasta que ambos fueron pura piltrafa.

El árbol sigue en pie y también la leyenda; y si la cruz de hierro acusa el paso del tiempo, la historia se ha ido enriqueciendo con los años. Que se oyen murmullos de amantes, dicen unos; que en las noches de viento, los gritos de la dama se remontan muy lejos; que las mujeres a punto de caer por cuestiones de amor vienen al pie de la cruz y a la sombra del árbol a pedir ya sostén, ya paciencia; que hay veces en que los dos espectros se pierden en la niebla o a la luz de la luna. Ña Carmela, una vieja desdentada, cargada de arrugas y conjuros, cuenta que se encontró cierta vez con la pareja y algo habló con ellos; aunque castañeteando (por más que varios dientes estuvieran notoriamente ausentes de su boca), y con miedo en el cuerpo, fue tal coloquio, porque hasta para una mujer dada a la magia es difícil parlotear con gente venida de no se sabe dónde.

Son decires antiguos, pero todos los dicen.

Ya es invierno cuando a Salto llega la familia Blanes: el pintor, la mujer ajena hecha propia y los dos hijos. No bien supo la historia, María Linari, antes María Linari de Copello, se hizo la señal de la cruz, y en los ojos se le amontonaron tantas lágrimas como aterciopelado musgo guarda el tronco del viejo aguaribay, cobijo de amantes y mano justiciera de marido, tinta en sangre, en muy antiguos tiempos.

Desde el principio, la vida en Salto pareció difícil y monótona. A Blanes le costaba vencer la modorra y la indiferencia de la gente. Era un muchacho de corta estatura y aspecto más bien insignificante. Había que observarlo detenidamente, conversar con él, escucharlo, para sentirse atraído por el brillo de sus ojos negros, la calidez de una sonrisa siempre dispuesta, su charla afable y llena de gracejo, la rapidez de pensamientos y palabras. Su misma profesión resultaba un obstáculo en el pueblo y todos lo miraban con desconfianza suma. Cuando le preguntaban qué se proponía hacer en un sitio con tan pocas perspectivas de trabajo, y en tiempos tan difíciles por los constantes disturbios políticos, Blanes respondía escuetamente y sin titubear:

—Pintar, tan sólo pintar.

Pobre hombre, qué iluso, pensaba la gente mirando las casas descascaradas, que nadie imaginaba retocar, ni siquiera con un baño de cal, y las paredes de ladrillos a la vista, mohosas por lluvias y humedades. Pero, cuando comprendieron que el muchacho, para colmo, no era pintor de brocha gorda, sino pintor de cuadros, un artista, se sorprendieron aun más. Sobre todo al ver la familia que tenía a su cargo: una mujer extranjera, de porte misterioso y apacible rostro melancólico; una niña de casi diez años que presagiaba ya hechura de hermosa adolescente, y a la que Blanes, que no era su padre, pero era como si lo fuera, miraba con orgullo; y, además, un niño de apenas algunos meses, salvaje en su inocencia.

—Hace poco lo encontré —contaba la madre— arrastrándose por el suelo, camino al platito donde había puesto la leche para el gato, muy empeñado en beberla, como lo había visto hacer al gato.

La madre relata la anécdota y sonríe el pintor. Pobre muchacho, quién le habrá aconsejado instalarse en Salto, se decía la gente con ostentosa compasión.

El de la idea había sido Mauricio, su hermano.

Mauricio, retacón, feúcho, quizá por ser tan petiso caminaba muy erguido, razón por la cual Juan Manuel le decía:

—Ni que te hubieras tragado una estaca. Pero no se ve ni el orificio de entrada ni el de salida. —Y agregaba:— ¿Se te quedó trabada adentro?

Y si de chico la pregunta era contestada con amagos de riña, de grande Mauricio sonreía, bonachón.

—Más de una vez me dejó como árabe frente a una mezquita, con la nariz en el suelo y el culo al aire —explicaba sonriendo Juan Manuel, al recordar aquellas lejanas peloteras.

El fuerte siempre había sido Mauricio. Generoso como sólo él podía serlo, fue el primero que le tendió una mano a Juan Manuel cuando el asunto con María se puso difícil, después de aquella ocasión en que los amantes, ateridos por el frío y el miedo, entrevieron la figura de Copello perfilada en la puerta del taller de la calle Reconquista, en Montevideo y en medio de la oscuridad de la alta noche.

Aquella vez los amantes habían podido escabullirse. Juan Manuel respondió al llamado del marido y salió a atenderlo. Le explicó que él estaba descansando, después de un día de trabajo, y se mostró sorprendido de que el señor Copello buscara allí a su mujer. Mientras tanto, María se descolgaba por la ventana, asustada y trémula, sintiendo en carne propia, quizá por vez primera, qué era el miedo, esa interrogación misteriosa y sofocante.

María se lanzó a la oscuridad de la calle desierta como quien se tira al mar. Un mechón de pelo, desordenado por la noche de amor y el viento inclemente, ocultó sus ojos, y ella lo retiró con presteza. Hacía tanto frío, subió el cuello de su abrigo. Por Dios, me voy a enfermar, se dijo, y en seguida pensó: María, estás a punto de perder tu fama y quizá la vida y te preocupas por un resfrío.

Pero ni se resfrió ni perdió la vida.

Antes de llegar a su casa, tuvo la sensatez de correrse hasta la botica que quedaba dos cuadras más arriba, camino del centro. Golpeó con desesperación la ventana de la habitación en la cual dormía el dueño, amigo de la familia:

—Don Chávez, por favor, tengo a la niña con un fuerte dolor de vientre. ¿Me puede dar algún calmante? —preguntó ansiosa.

La somnolienta cara de don Chávez asomó primero a través de la cortina de macramé, luego por los postigos entreabiertos.

—¿Cómo son los dolores, señora de Copello? ¿Cuándo empezaron, qué comió la niña? —indagó, preciso.

María contestó a los tropezones.

—Por Dios, mujer, no es para asustarse tanto. Un dolorcito de panza tiene cualquier niño, ya vuelvo —dijo el boticario y desapareció en la oscuridad del cuarto para reaparecer pronto con un paquete en la mano, una sonrisa en los labios, la voz tranquilizadora:

—Tome, señora María. Veinte gotitas en un poco de agua, y a no asustarse, que nadie se muere por un dolor de barriga. Mañana me avisa cómo sigue.

—Gracias, don Chávez, que Dios se lo pague —dijo María apresuradamente y, con el paquete en las manos, sintiendo frío en el cuerpo y dolor en el alma, encogida de miedo esa carne que acababa de conocer la exaltación del amor, retomó el camino hacia su hogar y su destino.

Cuando el señor Copello apareció en la casa, con energía y determinación impropias para tales horas de la madrugada, se encontró con una tiernísima escena. A la escasa luz de una bujía estaba la niña, con la carita adormecida, a punto de beber a desgano la pócima que la madre, pálido el rostro y preocupado el gesto, le proporcionaba con paciencia.

—Toma, hijita, toma. Te hará bien, después te duermes.

La criada, descalza y con un chal al hombro, calentaba algo en la cocina, y en la casa usualmente serena y recoleta se descubrían extraños signos de preocupación.

María, bajo la débil luz, apenas susurró con aire azorado:

—¿Volviste? ¿Qué ha pasado, querido?

—No se hizo el negocio, me desocupé antes —respondió Copello, y de inmediato preguntó:— ¿Por qué no estabas en casa? ¿Qué ocurrió?

María contestó con aplomo extraído del miedo.

—La niña se descompuso —dijo—. Corrí hasta la botica.

Un hombre más penetrante, o de sensibilidad mayor, o con menos sangre de horchata hubiera preguntado más. No se hubiera conformado, pensó María, mirando el rostro moreno del marido, las arrugas de preocupación que surcaban su cara, los labios duramente apretados, los ojos apagados de cansancio y quizá desconfianza, las cejas que se levantaban como interrogándose a sí mismo ¿deberé creer esto? Pareció que iba a hablar pero no dijo nada. El señor Copello se fue a su cuarto:

—Estoy muy cansado —explicó.

El señor Copello había aceptado las respuestas. Pasó el peligro inminente.

María respiró, pero permaneció confusa, sin saber qué camino tomar. Resignada, murmuró, recurriendo una vez a su lengua materna, como lo hacía en caso de apuro: *non ce niente da fare*, dueña de una certeza sola: ya nunca más podría levantarse la verdad entre ellos, por más que echaran tierra encima a ese caso. La piedra que cae no sabe que cae, se dijo María, pero yo, por el contrario, estoy cayendo y me doy cuenta de que estoy cayendo.

Lo sabía desde el momento en que se atrevió a tomar la copa que Juan Manuel le había ofrecido una tarde, cuando tocarlo fue como tocar la vida en su lado luminoso.

De modo que María Linari esa noche durmió mal y se despertó peor. Así pasó el día. Y el otro día y el otro. Copello permanecía hosco y casi no hablaba, pero se veía que a él sí le hablaban; o le habían hablado. De ellos. La vigilaba con sus ojos turbios y con sus preguntas; averiguaba a dónde iba en cada ocasión. María no podía comunicarse con Juan Manuel.

Un día, ella debió sumar otras preocupaciones a las ya existentes. Fue el día en que advirtió que se había pasado su mes lunar sin tener novedades. El ciclo que rige la vida de las mujeres como la luna al mar, se le había trastocado; María tanteó su vientre, se miró al espejo, lloró por las noches, se quejó a escondidas. Quiso morirse. Quiso no morirse.

Un día se arriesgó. Dijo que iba a rezar ante el Señor de la Paciencia. El Señor de la Paciencia era un antiquísimo Cristo ubicado en la cripta de la Iglesia de San Francisco. Hasta allí peregrinaban los fieles para solicitar las gracias que necesitaban. Arriba del nicho se leía:

> *Tú que pasas, mírame,*
> *cuenta, si puedes, mis llagas.*
> *Ay, hijo, qué mal que pagas*
> *la sangre que derramé.*

Pero María Linari ese día no fue a visitar al Señor de la Paciencia. Fue a ver a Juan Manuel.

Manuel la estrechó en sus brazos, la tocó como quien se acerca a un milagro, alejó su rostro, para mirarlo mejor, lo acercó, para comprobar que no se equivocaba, lo besó:

—Cuánto te he extrañado, mi vida, cuánto.

María permanecía en silencio. María se largó a llorar:

—Estoy embarazada —le dijo.

Juan Manuel sintió que el corazón se le inflamaba, ascendía, volaba y que él, tan parlanchín usualmente, se encontraba de pronto sin palabras y sólo atinaba a abrazarla, a cubrirla de besos.

De pronto decidió:

—María, te vienes conmigo. Ahora sí.

¿Y María? María comprendió que era imposible decir que no. El niño no era sólo suyo: era también de Juan Manuel. Arriesgó una sonrisa, intentó una frase, pero no encontró qué decir.

Fue Juan Manuel quien habló. Dijo dos cosas. Primero dijo:

—Hablaré con mi hermano Mauricio. Él nos ayudará. Al menos a pensar.

Después dijo:

—Es hora de que empuñe mi arado.

La besó, la empujó hacia la calle, entró en su taller, tomó pinceles, preparó sus óleos y se puso a colorear el rostro de la señora de Zárraga que estaba pintando. Debía terminarlo, debía cobrar su trabajo, debía conseguir dinero. Una vez más. Como siempre: necesitaba dinero. Pero ahora con más urgencia, pues tenía a su cargo una familia.

Mauricio protestaba por esa relación que tanto alteraba la vida de su hermano. Pero lo entendía. Todas las muchachas se habían rendido siempre ante el encanto de Juan Manuel, en Montevideo y en los otros lugares por donde la familia había pasado, llevada por la necesidad de sobrevivir económicamente, después del alejamiento de ese padre que un buen día, hacía muchos años, había dicho hasta luego para nunca regresar. La gente buscaba la compañía de su hermano como quien intenta aproximarse a la felicidad, o a una fuente de calor para compartirlo. ¿Por qué no lo iba a hacer María Linari, por más que existiera en el mundo ese señor Copello al cual estaba unida? Por su parte, era indudable que a Juan Manuel la belleza de esa mujer le había arrebatado los sentidos, para nada pacíficos. Juan Manuel tenía una pasión desmesurada por vivir, por no desaprovechar nada de la existencia, por hacer. Colores, formas, gestos ampulosos, palabras brotadas a borbotones, eran notas esenciales de su manera natural de ser. Condiciones que se ponía al abrir los ojos al nuevo día, saltar de su cama y dar el primer paso, como se ponía el saco para salir o el delantal para pintar. Hombre auténtico en sus explosiones, había explotado. Juan Manuel quería vivir. Y para hacerlo necesitaba a María Linari.

Por su parte, para María encontrarse con Juan Manuel fue una experiencia inédita. El señor Copello, mucho mayor que ella, era un comerciante más bien próspero, entregado a la pasión de sus transacciones. Juan Manuel, su antítesis, fue imán irresistible. Hasta entonces, María había permanecido como forastera en el mundo. Mientras el señor Copello andaba a trompicones con los negocios, María avanzaba apáticamente por la vida. Era melancólica, más bien apocada, propensa al silencio. Pero cuando lo conoció a Juan Manuel, se instaló en el mundo. Frente a Juan Manuel, se incendió.

Los amantes hablan una lengua propia, distinta de la del resto de los mortales. Mauricio, criatura sensata, siempre había pensado que un hombre no debía llevar sus pasiones amorosas a hogar ajeno. Pero pronto comprendió que el enamoramiento de su hermano era cuestión seria. Y cuando fue notorio el embarazo de María, y Juan Manuel explicó, orgullosamente, el hijo es mío, supo que debía ponerse un poco de cordura a fin de que el daño no fuera mayor.

—Hermano, dejemos de hablar tanto sobre lo que pasó y lo que sentimos. Hablemos ahora de lo que hay que hacer —le dijo a Juan Manuel.

En muy poco tiempo Mauricio arregló las cosas. Les consiguió una casita fuera de la ciudad, les consiguió dinero, arregló el transporte, los fue a buscar, los acompañó. Se iban a escondidas. Se escapaban. Hacía frío en la ciudad y en el corazón de todos. Pero también había esperanzas. María se llevaba a Ana María, la niña, y atrás dejaba lágrimas y una carta dando explicaciones y pidiendo perdón.

Esa mañana, el coche que los trasladaba, después de un largo trecho, a la salida de la ciudad, enfiló hacia una bifurcación del camino. Por la derecha y lejos, muy más allá de la inmensa campiña despejada que se veía por doquier y donde cada tanto aparecía acurrucada alguna granja, estaba la nueva casa. Atrás, y muy cerca, Montevideo.

En tal bifurcación, una ondulada cuchilla, el cochero aminoró la marcha de los caballos; en seguida, un pozo y la excesiva prudencia del hombre para evitar un contratiempo o para dar lugar al resuello de los animales, detuvo momentáneamente la marcha. María sintió, como respuesta a tan inesperado parate, que el corazón se le detenía en el pecho: ¿hacía bien en huir?, ¿esa momentánea detención no era un aviso anunciándole que lo mejor que podía hacer era decir: un momento, volvamos? Un alud de preguntas sin respuestas.

Dudó María. Y Juan Manuel sintió que María dudaba. Cuando la había conocido, la muchacha tenía una familia y una hija y era aparentemente feliz y su rostro era un sol y su cuerpo el de una gacela. Pero entonces la vio, sin marido oficial, con la hijita angustiada, con la reputación por el suelo, pálida, el cuerpo deformándose día a día, casi marchita como una flor. También dudó Juan Manuel y la duda puso cenizas en su boca. La mano de María buscó, debajo de su chal, el propio vientre, como el devoto toca la imagen para afianzar la endeblez de una fe. Y la mano de María cubrió su vientre, y entonces la de Juan Manuel, adivinando gesto y quizá intención, tomó la mano que cubría el vientre donde aguardaba el hijo de los dos, y ambos, sin atisbo de dudas, abierto el camino a la esperanza, dijeron, no al cochero que no podía oírlos, ni a la niña que cabeceaba, ni a Mauricio que se asomaba por la ventanilla, sino a sí mismos: sigamos.

Y siguieron.

Quien también siguió fue el señor Copello, el marido agraviado. Pero, como al comienzo les había perdido el rastro, ellos pudieron vivir más o menos tranquilos cierto tiempo.

Blanes había llevado material para trabajar y en el altillo de la casita alquilada realizaba su tarea.

Por entonces, mucho se hablaba de la situación política en la otra banda, que era la argentina, y de cómo cierto general entrerriano había juntado tropas suficientes para atreverse a enfrentar al señor de Palermo, don Juan Manuel de Rosas, en el poder desde hacía más de veinte años. Lo había vencido en Caseros y desde entonces se había convertido en el primer presidente de la llamada Confederación Argentina. Gobernaba desde Paraná. Y desde su Palacio en San José de Concepción del Uruguay.

En la situación en que estaba, a Blanes no le convenía andar venteándose por Montevideo, buscando clientes a quienes retratar. Imaginó, entonces, un óleo referido a los símbolos de esa etapa constitucional del país vecino. Se empeñó en su tarea. Quería hacer algo distinto y estaba entusiasmado. Tenía una intuición y la siguió. Armó un gran bastidor, puso el lienzo correspondiente, y en él ubicó guirnaldas, fornidos ángeles que sostenían objetos enigmáticos como secretos códigos, íconos simbólicos, mujeres que representaban la ley y la libertad, atributos del nuevo régimen político, como un gorro frigio. Llamó a la composición, pomposamente, *Alegoría del Pronunciamiento contra Juan Manuel Ortiz de Rosas.*

Mientras tanto, el vientre de María crecía, se acercaba la fecha de su parto y Mauricio, como siempre, proseguía pendiente de los problemas de la nueva y anómala familia.

El niño nació una noche de tormenta y adversos presagios. Pero después de los correspondientes alaridos y sufrimientos, todos sonrieron, felices.

—Se llamará Juan Luis —dijo Blanes.

Juan Luis era un palpitante montoncito de carne con diez días de vida cuando Mauricio dijo: ya es hora.

—¿De qué?

—De dejar Montevideo. Copello está muy loco y es capaz de hacer cualquier disparate.

Juan Manuel estaba en Babia, embelesado ante esa criaturita regalada por María y la vida. Pero por algo allí estaba Mauricio; para poner la cordura necesaria una vez más.

Al chisme se lo habían contado y él, para hacerlos entrar en razón, se los estaba contando:

—En un bar del centro, con copas o sin ellas, no se sabe, Copello entró a vociferar rotundas amenazas: a este pintorcito de monas lo voy a cagar a puñaladas... y a esa puta de mi mujer, también. Me contaron que ha puesto varios fisgones para averiguar el paradero de ustedes —los miró fijamente, arriesgó una rotunda convicción—. Créanme, no es cuestión de esperarlo. No podemos.

—Pero ¿qué podemos hacer, Mauricio? —averiguó Juan Manuel, después de escucharlo, con el ceño fruncido, bastante angustiado, pero sin saber qué rumbo tomar. Todo era nuevo para él: una mujer a su cargo, un hijo, una niña ahora en sus manos. Tantas responsabilidades le impedían pensar.

Mauricio razonó por todos: en primer lugar, no podían seguir así. Era verdad que llevaban una vida recoleta, sin las anteriores indiscreciones provocadas por la compartida pasión. Para nada la aireaban a los cuatro vientos, como tan inconscientemente habían hecho al comienzo. Pero debían instalar mayor distancia entre ellos y el marido ultrajado.

En segundo lugar, Juan Manuel tenía que encontrar algún modo de vida que le permitiera poder darle de comer a la inesperada familia.

Mauricio decidió:

—Pondré manos a la obra.

Cuando Mauricio decidía algo, por lo común lo conseguía.

Para alejarlos del señor Copello y de Montevideo, Mauricio eligió un pueblo distante, que conocía bien, puesto que allí residía Gregorio, el mayor de los hermanos Blanes.

Unos días después, frente a la cuna del recién nacido, Mauricio les anunció:

—Ya hablé con Gregorio. Se irán a Salto. Él los alojará en su casa mientras sea necesario. De lo demás no se preocupen. Atiendan a los niños, arreglen las cuestiones de ropa y demás cosas que deban llevar, no cuenten a nadie estos planes. Y no se preocupen. Yo me ocupo de lo demás.

Aquella tarde, Juan Manuel lo vio tomar el camino a la ciudad, entre árboles que, porque era otoño, se estaban despojando de sus lujos estivales; miró con ternura el pequeño cuerpo del hermano enfundado en su saco y en sus pensamientos perdiéndose en un horizonte teñido por los ocres del atardecer, aspiró las fragancias errantes surgidas de un aromo cercano y, entrelazando el talle de su mujer, reflexionó:

—Hombres como mi hermano Mauricio entran pocos en una docena.

—Así es —aprobó María Linari—. Nos tocó el único de la docena: tuvimos suerte.

Así lo asegurarían en el resto de sus vidas.

De modo que llegaron a Salto transportados por una goleta y los trámites de Mauricio como las algas son llevadas y traídas por las aguas del mar. En Salto, pronto fueron conquistados por la tranquilidad del lugar y la calidez de la casa, conseguida por el hermano mayor, pequeña pero a prueba de vientos y lluvias, y expuesta al constante piar de los pájaros y al batir de sus alas. Gregorio Blanes también se dio maña para buscarle clientela a su hermano pintor, de modo tal que a Juan Manuel le comenzaran a llegar señoras y señorones de la grandeza local que querían perpetuarse, para la familia y para la sociedad, en los retratos que el pintor estaba dispuesto a hacerles y ellos encantados de pagar.

Una noche, ya en pleno invierno, el hermano apareció con un amigo del pintor y con una novedad.

—¿Sabes que el general entrerriano Urquiza, ahora Presidente de la Confederación Argentina, se ha hecho construir un hermosísimo palacio? Lo está adornando con los mejores muebles y objetos que encuentra no sólo en Buenos Aires, sino en distintas partes del mundo.

Juan Manuel estaba enterado. Pero ¿a qué le venían con eso a él, sólo propietario de dos manos aptas para pintar y nada más?

—Pues, precisamente, puedes ofrecerle tus manos para pintar. Basta ya de perder el tiempo con señoritos lugareños que te roban tiempo y talento por una bicoca que apenas si alcanza para la pitanza de tu familia. Estás hecho para cosas más grandes, Juan Manuel.

Juan Manuel lo sabía. Si ya se estaba hartando de esa galería de tipos apocados o soberbios, de pocas luces y ánimo mediocre. Ya empezaba a sofocarse con esas clases de dibujo en el colegio, y no aguantaba el clima de villorrio, encerrado y pacato, donde ni llegaban libros, ni podía mantener conversaciones interesantes, sino sólo permanecer clausurado en la rutina de días y trabajos sin expectativas. Temía ingresar en una fase aguda de aburrimiento del cual, lo sabía, le resultaría difícil salir. Qué bien le vendría un cambio.

—Pero ¿cómo podré llegar hasta un señorón así, hermanito? No creo que sea fácil.

—Pero tampoco será imposible. Ya encontraremos algún camino. Pensemos.

La bebida une y agudiza el ingenio. Bebieron. A Mauricio le iluminó el ingenio.

—Juan Manuel, ¿qué hiciste con aquel lienzo que pintaste hace unos meses? Aquél sobre el Pronunciamiento contra el señor Rosas ¿recuerdas?

—Lo tengo en el taller.

El taller era una bohardilla improvisada en los altos de la casa. Fueron a la bohardilla convertida en taller en los altos de la casa y revolvieron lienzos, atriles, pinturas, armarios. En el fondo de uno de ellos encontraron, entre variados bocetos, el Pronunciamiento. Se abalanzaron sobre él con ojo crítico y ánimo esperanzado.

—Demasiado convencional —sentenció Juan Manuel, desilusionado, rechazándolo con fastidio.

—Servirá —acotó escuetamente su hermano.

—¿Para…? —quiso saber Juan Manuel.

—Para tarjeta de presentación —dijo Mauricio dispuesto a iniciar relaciones condescendientes con el poder a fin de ayudar al hermano. Y quizá al arte, se dijo para sí.

Y se dijo también: si hay que hacer reverencias, hay que hacerlas para el lado conveniente. Y comenzó a envolver la *Alegoría del Pronunciamiento contra Juan Manuel Ortiz de Rosas.*

V
Papeles del general

Las caras de los soldados se enrojecen por el esfuerzo de la lucha y se inflaman y Blanes piensa: como las caras que tiene la gente de Brueghel. Urquiza no piensa así porque Urquiza no sabe quién es Brueghel ni cómo pintaba ese señor. Sabe cómo pinta Juan Manuel Blanes porque está viendo la batalla que terminó de pintar.

La batalla es *Sauce Grande*. Y Urquiza ve al ejército de sus colorados cruzando el río por un vado y por otro. Es grande la turba de sus soldados y animoso el espíritu con que levantan armas y banderolas. El río es angosto, pero ancha la llanura extendida ante ellos, sobre la que ya se asoman las fuerzas contrarias. Pero, así como dicen que el Danubio nunca es azul, porque es o amarillo o blanco (esto último por las heladas) este rincón llamado *Sauce Grande* no tiene sauces sino que tiene palmeras y no las tiene juntas, como dicen están en los oasis, sino desparramadas, aunque en gran cantidad. Ese dato se lo transmitió el general a Blanes. Y así quedó en el cuadro que entonces el general está viendo en la galería de su estancia-palacio de San José. Y que ciertamente fue una batalla victoriosa.

—Este cuadro late, pintor.

—Late la batalla, señor.

El Presidente de la Confederación mira, en el cuadro de la batalla de *Sauce Grande*, al joven comandante que dirige el ataque. De galera el hombre, que es él mismo, pero con muchos menos años, y dice:

77

—Anduvo errado, pintor. Yo en esta batalla no estuve al frente y usted me ha puesto.

—En espíritu estuvo, señor. Si no ¿cómo los suyos hubieran estado tan bravos?

Vuelve a sonreír el general presidente, como perdonándole la infracción justificada por Blanes.

—¿Sabe, general? En ocasiones el arte inventa sus asuntos.

Pero ya Urquiza apenas si lo escucha, porque sigue en lo suyo, que son recuerdos de la época. Por entonces no eran buenos sus tratos con el gobernador Echagüe. El hombre, a punto de concluir su mandato, tenía pocas ganas de dejar autoridad, mando y honores. Aimé Bonpland, naturalista francés que andaba recorriendo el país y estudiando su naturaleza, después de haber sido jardinero del palacio real de Josefina, la mujer del gran Napoleón, estaba desparramando rumores de tales desavenencias. Así parecía haber dicho en una embajada por las que solía trotar en busca de noticias y respaldos:

—Todos los que vienen del entrerríos convienen en que Echagüe y Urquiza están mal aunque en público parecen vivir en buena armonía —habría dicho y, según rumores, agregó:— Urquiza se esfuerza para hacerse querer por la gente, y esto indica intenciones para el futuro ¿no?

Algún comedido de los que nunca faltan habría sumado su parecer:

—Las afligentes circunstancias de la provincia, con Paz haciendo de las suyas y Echagüe con tantos melindres, exigen un gobernador enérgico que tome medidas rápidas.

—¿Enérgico como quién?

—No es necesario esforzarse mucho para dar con el hombre: Urquiza, pues.

Ciertamente, Urquiza tenía sus planes. Como para no tenerlos. ¿Acaso no era un militar victorioso? ¿Por ventura no era suya la única infantería de la provincia bien armada y mejor mandada? Y la caballería ¿qué tal? Una preciosura. ¿Y por qué no hablar de su sólida fortuna consolidada con trabajo y buenos negocios y relaciones oportunas en las cuales se entremezclaba toda la parentela? Hacienda, saladeros, graserías, estaban poblando las hectáreas y hectáreas que había ido haciendo suyas. Era un primor verlas asentarse y crecer. Por los ríos circulan carcamanes y barcos de diversa envergadura portadores de cueros de sus saladeros y troncos de sus bosques. ¿A cuántos daba trabajo en sus haciendas y comercios? ¿A cuántos cobijaba en esas tropas que subían y bajaban cuchillas, vadeaban ríos, talaban montes, enfrentaban enemigos, defendían las fronteras de la provincia y las libertades de la federación?

El gobernador Echagüe había sido vencido por el Manco Paz en Caaguazú, justo cuando estaba a punto de reunirse la legislatura entrerriana. Y la legislatura entrerriana, ante semejante revés, ni lerda ni perezosa, no tardó ni un amén en querer el cambio y no tardó ni otro amén en nombrarlo a él, a Justo José de Urquiza, gobernador. Y por amplísima mayoría.

El Manco Paz, por cierto, se mandó la parte:

—Urquiza me debe su nombramiento —dijo—. ¿Creen que de haber salido vencedor Echagüe, le hubiera dejado el puestito?

El Manco Paz, olvidadizo, parecía no recordar los diez años en que Urquiza había andado trajinando lomadas y montes para defender ese entrerríos montaraz y bravío. Y se olvidaba también de que aún estaba en guerra. Urquiza escribió que le sería imposible presentarse en el Paraná a los efectos del juramento de ley *por tener de frente al enemigo amenazando invadir.* Pedía que los legisladores supieran conciliar la exigencia legal con los deberes que él tenía en la guerra.

Por eso los representantes no tuvieron más remedio que abandonar sus bancadas para introducirse en los andurriales por los que andaba Urquiza, a fin de tomarle el correspondiente juramento de ley.

Fue toda una hazaña encontrarlo.

Pero lo encontraron.

Era enero y hacía mucho calor. Los diputados delegados, tres con sus correspondientes cortejos, encontraron al gobernador, electo pero no juramentado, en su campamento a orillas del arroyo Pintos. Tributario del arroyo Grande, en el lugar pastaba hacienda cerril y correteaban caballos salvajes. Después de los saludos, del descanso necesario y de las felicitaciones del caso, los diputados delegados que habían trotado azarosamente por cuchillas empinadas y montes ralos o espesos, y habían cruzado arroyos sin puentes y ríos asesinos porque parecían mansos y eran bravos, allí, ante los símbolos oportunos y con la solemnidad necesaria, le preguntaron:

—Juráis…

Y le dieron el grado de brigadier por los servicios cumplidos en *Pago Largo,* en *Don Cristóbal,* en *Sauce Grande* y en otras batallas. Se dispararon salvas, y en las ciudades como Paraná y Gualeguaychú y Concepción se tiraron cohetes de la India al aire y el aire se volvió de todos colores, como arco iris sostenido, y hubo repiques y vítores y asado con cuero y a la tropa del arroyo Grande se le ofreció una ración de aguardiente y todos entonaron cánticos y vivaron al nuevo gobernador.

El general dijo:

—Entro a mandar obedeciendo.

Y a todos les gustó lo que oyeron.

Y dijo también:

—Olvido lo que puedo; sólo me acuerdo de lo que debo.

Y también les gustó.

En la proclama que dio a conocer pidió unidad y exigió coraje. Porque por las costas del Paraná avanzaba el Manco Paz, por las del Uruguay asomaba la nariz el Pardejón Rivera, el oriental. Los dos ríos que siempre sirvieron para defender el territorio, entonces eran portalones para los enemigos. Los hombres de los poblados estaban huyendo a montes o islas porque era mucho el pillaje. Los invasores trataban al entrerríos como a un país conquistado. Por esa razón, al paso de los enemigos la gente temblaba: sabían que primero tenían que ponerse a salvo de las tropas enemigas, después de las propias y, por último, de las bandas de forajidos brotadas de unos y de otros.

El gobernador para nada era hombre de *prosopopeya y balacas*, como le gustaba decir, y en la ocasión lo demostró. Nombró un delegado en Paraná para que se sentara en el sillón del gobernador y él siguió guerreando.

El día del juramento que lo consagró como gobernador, contento como estaba porque todo le iba saliendo bien, decidió tener por la noche su fiestita privada. Pero, cosa de no creer, con tantas mujeres en su vida, para el festejo estaba solo y sin china a la vista, tal vez por su exigencia de que las féminas no siguieran a sus ejércitos.

En la ocasión se encontró desprovisto. ¿Cómo hacer? Consultó con *Colibrí*, uno de sus asistentes, apellidado así porque el hombre tenía el pelo colorado, los ojos negros, el uniforme rojo, la cola parada, y la movilidad constante como estilo de vida. *Colibrí*, desde hacía años, estaba a su lado. Desde el día en que se le había aparecido en su casa de Concepción cargando algunos bártulos, dos niños y muchas incertidumbres, porque su mujer no había sobrevivido a un parto, y él no sabía qué hacer después de la luctuosa novedad. Don Justo José le hizo ubicar los bártulos en un cuarto que puso a su disposición, sumó los niños a los que correteaban por la casa, y al *Colibrí* lo convocó a su servicio personal, que fue servicio fiel y eficaz.

En la ocasión del mentado juramento, *Colibrí*, su asistente, que no estaba acostumbrado a tener la boca cerrada, empezó a hablarle de los recursos que tenía la zona en cuestión de mujeres para atender a la tropa. *Colibrí* cerró la puerta de la casa que habían convertido en sede del jefe, porque no era cuestión de que la gente se enterara de la índole de esas conversaciones con el general. Para hacerlo avanzó arrastrando los pies como si llevara cadenas; pero no eran cadenas, eran callos. Con callos y con arrastre consiguió su fin, que era cerrar la puerta. Luego pasó a informar al general.

—En la loma, detrás de los pencales, hay una casa y en la casa una doña con algunas chinas traídas del Gualeguay. Usté sabe, patrón, las chinas son querendonas porque el aire es dulzón y las aguas tibionas. Dicen que por lo mismo las chinas son así: calentitas y azucaradas. Si es gustoso, voy por una o por un parcito, digo yo...

El ceño del general se puso tormentoso y no presagió nada bueno, por lo cual el *Colibrí* se multiplicó en excusas:

—Créame patrón: yo sólo quise ayudar en la necesidá. Con todo respeto, patrón. Sólo quise servir, usté sabe...

Iba a seguir el hombre en su letanía de excusas pero Urquiza lo detuvo con un tajante:

—Ya deberías saber, *Colibrí*, que tu patrón nunca busca putas. Y si no te has dado cuenta, aprendélo ahora de una buena vez y para siempre.

Con buen tino nada contestó el hombre, y los dos se dedicaron, en los momentos siguientes, a escuchar el silencio, y de pronto oyeron el rasgar de alguna guitarra, y una voz de hombre que comenzó a cantar, y el general, después, dando vuelta la hoja, como si nada hubiera pasado, averiguó:

—Decíme, *Colibrí*, vos que sabés tanto, ¿cuál es la china más linda del pago?

—¿La más linda? A mi manera de apreciar, yo creo que la más linda —y el *Colibrí* quedó un momento como en suspenso, la mirada perdida en el aire y la boca abierta—, que la más linda, patrón, es la mujer del sargento Benítez… La más linda y la más querendona.

Nada dijo el gobernador, no se habló más del asunto, él se quedó en un esta boca no es mía, y luego mandó al *Colibrí* por unas diligencias y luego a descansar.

Esa noche el sargento Benítez tuvo que ir hasta el campamento de Calá con órdenes del gobernador. El gobernador lo había llamado y, delante de él, abrió su petaca de campaña, y una vez abierta su petaca de campaña sacó un fajo de papeles, y otro fajo de dinero, y se los entregó a ambos con una orden:

—Esto es para el Jefe, en el campamento de Calá. Y esto es para usté, mi amigo —y le dio dinero, mano y saludo.

Y el sargento Benítez partió para el campamento de Calá.

Y el gobernador, esa noche, tuvo su fiestita privada. Con la china más linda de la región.

El Presidente de la Confederación y el pintor Blanes están frente al cuadro que pinta la batalla de *Sauce Grande*. Los dos miran las figuras. Blanes ve los rostros rojos de Brueghel y Urquiza sólo ve los de sus lanceros entrerrianos, porque él nada conoce de la pintura de Brueghel, pero sí de esas caras que han correteado por cuchillas y pajonales junto a él, lanza en mano y ánimo dispuesto.

Urquiza y Blanes ya llevan varios meses manteniendo conversaciones, de modo que ambos conocen el ritmo de los diálogos, y también el de los silencios y pausas, y a los gestos también los conocen. Blanes ha escuchado la historia de aquél que era gobernador y ahora es Presidente de la Confederación, porque entonces, cuando la batalla, era 1840 y ahora es 1856. Pero el ahora Presidente de la Confederación, por obra de la memoria y del recuerdo, ha sido durante largo rato un comandante batallando batallas provinciales y no esta gesta nacional en que ahora está embarcado. Y es ese actual Presidente de la Confederación quien le dice, palmeándolo:

—Pintor, aquellas eran cosas de los años mozos… Tómelo así, pintor. Cosas de años mozos —repite, y Blanes sabe que no se refiere a *Sauce Grande* sino a la mujer del sargento Benítez—. Y en los años mozos, ¿sabe, pintor?, a veces las calenturas hacen olvidar el respeto.

Blanes ve cómo Urquiza, sonriendo con picardía, se va. Camina por la galería, derecho el porte, alta la mirada, brillantes sus botas de charol que los hijos le envían desde Liverpool, vía Buenos Aires, el latiguillo en la mano. Lo deja a Blanes frente a *Sauce Grande*. Y Blanes piensa: linda historia ésta de la china de Benítez y Urquiza, acollarados una noche de fiestita privada. Linda para contársela mañana a María, cuando llegue a casa.

Y ya está a punto de guardar sus petates para irse a descansar, cuando el general pega la vuelta y le dice:

—¿Quiere conocer el final de la historia, pintor?

Se sorprende Blanes por el regreso, pero atina a decir:

—Si usted gusta, general… Ganas no me faltan.

—Entonces le cuento. El sargento Benítez llegó a coronel, porque era cojonudo en serio pero, tal vez por eso mismo, porque era un valiente, murió en Caseros, en la primera entrada que le hicimos al Palomar, que era donde los gubernamentales se habían metido. Pero antes deso ¿sabe, pintor?, antes deso le nació un hijo al sargento Benítez. A él que tenía varias hembras y ya ni se animaba a esperar el varón, mire usté, se le dio el machito… Tuvo esa alegría antes de morirse, le digo.

Urquiza mira la pintura en que Blanes ha pintado su batalla de *Sauce Grande* y le cuenta lo demás:

—Aquella noche, la mujer del sargento Benítez me ayudó a quitarme las botas y después me ayudó en la cama. Linda hembra la mujer del sargento Benítez, que esa noche fue mía. Linda hembra —repite, reiterativo, mirando las estrellas y como saboreando antiguas mieles—. Al otro día yo me fui, por asuntos de campaña. La mujer se quedó en su rancho, aguardando al marido, que era el sargento Benítez, como le dije, hombre bravo y leal. Pero yo, antes de que la mujer del sargento Benítez se fuera, le di unos dineros y le dije, como me gustaba decirle siempre a las doñas, en casos semejantes: tomá para los pañales. Y si necesitás algo, avisáme, china, no te olvidés. Que estas cosas, le dije y le tantié la cintura, como me gustaba hacerlo, que a estas cosas, este servidor no las olvida.

"Pero no tuve noticias de ella sino del sargento Benítez. Encantado el hombre con la preñez de su china, aunque algo preocupado por el parto, que se presentaba distinto a las otras veces, como si viniera un macho, patrón, me dijo, medio adivino. A mí me preocupaba la preocupación del sargento Bermúdez por el parto, porque el sargento Benítez sufría de alzamiento de sangre y, cuando se ponía nervioso o se agarraba alguna rabieta, se le subía la sangre como mono que trepa a un poste. Y por la mujer también me preocupaba, no le digo que no. Y también por el hijo. Pero aunque el parto se alargó y alargó y alargó como para complicar la vida doméstica y el servicio del sargento Benítez, no se le subió la sangre. Yo le di entonces los permisos necesarios, porque alguien debía estar y, se imagina, tenía que ser el marido. Les mandé, como una atención para el festejo del nacimiento, unos patos que me habían regalado, y como el parto se prolongó más de la cuenta, y como era verano y la laguna cercana se había secado, me contaba el sargento Benítez, y los mentados palmípedos estaban a punto de asfixiarse por la canícula, los Benítez no encontraron mejor camino que valerse de varios fuentones en los cuales los ponían en las horas de alta canícula a los consabidos patos. Pero como el parto, me contaba Benítez, se atrasaba por demás, los patos no tuvieron más remedio que nadar y nadar y nadar... Hasta el día en que nació el niño, y con el niño cambió el destino de los patos que, zas, no más a la batea sino al asador, listos para el festejo. En el cual, desgraciadamente, no pude participar porque yo estaba otra vez en campaña. Pero el sargento Benítez sí pudo, porque el sargento Benítez estaba de licencia en razón de paternidad y buena conducta, y cuando vino de regreso al servicio, la cara ancha de alegría, me contó del crío, de los festejos y de los saludos que me mandaba su china.

Vuelve a mirar el cielo estrellado el general y otra vez va a retirarse. Pero antes murmura:

—Pobre sargento Benítez que murió en el Palomar de Caseros. Tipo derecho, créame, pintor. A su hijo suelo verlo de tanto en tanto. Buen crío le salió al difunto el mozo. Ahora me lo he puesto en Santa Cándida para que aprenda un oficio, como corresponde, ¿no?

El general Presidente de la Confederación se va, acariciando la lustrosa superficie de sus botas de charol con el latiguillo que acostumbra usar, y el pintor ve cómo el Presidente de la Confederación se va acariciando la lustrosa superficie de sus botas con el latiguillo y, sospecha, calentando recuerdos en su corazón.

No puede impedir una exclamación:

—¡Pucha digo con este don!

Y se apresura a guardar sus trebejos, porque el tiempo, que se estaba descomponiendo, comienza a llenarse de truenos. *Caelum tonantem.*

VI
Papeles del pintor

Era una de las casas más antiguas del pueblo. La hilera de sus habitaciones volcadas hacia la galería, tenía un revoque tan viejo que, en algunos lugares, se caía a pedazos, con notorio peligro para el distraído que circulara por los aledaños, en tanto casi todas las ventanas estaban levemente estrábicas en razón de tiempo y ventoleras. La casa había sido de fulano, de mengano, de zutano: parecía que todo el pueblo, alguna vez, en algún año, por lo menos una vez en la vida, hubiera sido su habitante.

El último dueño, de nacionalidad turca, de raza judía y de religión malumbai (creencia desconocida en la región pero presumiblemente propia de una tribu ucraniana), había desaparecido hacía tiempo y por inciertas razones, después de ser ampliamente perseguido por muchos del pueblo. Según se decía, los huesos del hombre tenían una insólita condición: sus entrecruzamientos óseos en lugar de linfa poseían pepitas de purísimo oro. Tal atributo fue descubierto en ocasión de un accidente en el cual al mentado turco-judío-malumbai se le había descoyuntado una rodilla. Cuando, entre los lacerantes gritos del implicado, el médico lugareño intentó colocársela, un relumbrón bastante enceguecedor brotó del hueso al aire libre y, antes de que fuera encauzado a su intersticio natural, dejó caer, como quien echa a rodar una gota de sangre o una lágrima, cierta pepita de algo que todos los presentes pronto descubrieron en su real condición: oro. Desde entonces el hombre, según parece, aunque volvió a tener la rodilla en el lugar correspondiente, no consiguió recuperar la paz. Ojos ambiciosos y manos prontas lo perseguían para descoyuntarlo nuevamente y hacerse cargo de las sospechadas pepitas que sus huesos volverían a manar si se presentaba la ocasión. Un día, el don desapareció y la casa quedó vacía por décadas, hasta la llegada de los Blanes. Al no encontrar otra, ellos se hicieron cargo de la casa por todos conocida como la Casa del Hombre de los Huesos con Pepitas de Oro.

Daba entrada a la casa una enorme puerta de algarrobo, de aquellas que se usaban cuando el miedo a los malones, y a las partidas de asaltantes, clausuraba a las familias durante semanas enteras en hogares convertidos en fortalezas. Pero, aunque a pesar de años y deterioro, la puerta seguía sólida y dispuesta al resguardo doméstico, los Blanes se acostumbraron a seguir la costumbre del pueblo: dejarla siempre abierta. La razón era de peso y no les costó entenderla: en Entre Ríos (y estaban en el entrerríos), no había robos de ninguna especie gracias a la mano dura con que el gobernador Urquiza había tratado, desde hacía muchos años, a los acostumbrados a hacerse dueños de lo ajeno. Hasta a los viajeros ingleses el hecho les había llamado la atención. Trotamundos habituados a recorrer profesionalmente las ciudades y campiñas rioplatenses, llevaban después a su país las noticias de tales viajes, y las escribían en gacetas y libros que muchos leían. Incluidos los mismos rioplatenses, interesadísimos en saber cómo eran.

—Usted puede llegar a una pulpería y encontrará cómo quedan a la intemperie carromatos llenos de mercaderías que nadie toca. También puede dormir al simple cobijo de la luna y las estrellas sin que, al despertarse, le falte ni un alfiler de sus pertenencias —así declaró *urbi et orbi* un gringo bastante lengua larga, pero que en ese asunto se atuvo a la verdad.

Por cierto, a Urquiza le había costado conseguir tanta honradez multitudinaria, pero lo había logrado a fuerza de perseverancia y rigor. La gente decía:

—Al comienzo, un robo costaba un dedo. Después se encareció: valía una mano. Mas luego encareció ya muchísimo: costaba la cabeza.

Y hacían memorioso recuento:

—Hubo un tiempo en que abundaban los mancos. Otro en que dos por tres se encontraban paisanos sin dedos. Decapitados aparecieron pocos, porque aunque la cabeza quedaba colgada de un poste, para escarmiento, los cuerpos iban a parar al camposanto, por cuestión de humanidad.

—Pero ya por entonces se acabaron los robos.

La casa tenía como aldabón una mano de hierro, completita, con anillo en el anular y puntilla en el puño, aunque toda herrumbrada. Pero aquella mañana, cuando se hizo presente el mensajero del Palacio en lo de los Blanes, no tuvo necesidad de llamar, toc-toc, en la gruesa madera de algarrobo; simplemente empujó la hoja que chirrió de puro desacostumbrada a ese trámite (porque casi siempre utilizaban una puertita trasera más modesta), penetró en la cancel y preguntó, con su voz poderosa de coronel en ejercicio de actividades pasivas, y hombre escaso de oídos:

—Ave María Purísima ¿hay alguien en esta casa?

En la casa estaba María Linari, ya no de Copello sino de Blanes, porque el amor había salido con la suya, aunque sin pasar por los correspondientes trámites ceremoniales. María Linari de Blanes se hizo presente con su tímida dulzura de siempre y un toquecito alerta frente a la imprevista visita del hombre alto, gritón y desconocido.

Cuando llegó el inesperado visitante, ella litigaba, en

los fondos de la casa, con un tendal de perdices para la cena, y con la criada, traída del Uruguay. La muchacha, agitada en sus gestos y bastante torpe de ademanes, había sido recogida en la Casa de Expósitos. Por esa razón, en sus muchos momentos de confusión, no hacía más que canturrear los versos que en su infancia había visto escritos junto al torno donde sus padres, apenas nacida, la depositaron como quien coloca un paquete del que es necesario desprenderse.

> *Mi padre y mi madre*
> *me arrojan de sí;*
> *la piedad divina*
> *me recoge aquí.*

María Linari se había enfadado más de una vez por semejante costumbre de la muchacha.

—Mujer, que ya estás aquí y no en el asilo, y ésta es tu familia. Aprende otras canciones, por Dios.

—¿Cuál, un suponer?

—Ésta, por ejemplo —le había dicho María Linari, en aquella primera ocasión, mientras la tomaba del brazo y, junto a Ana María, la hacía girar y girar y Juan Luis aplaudía y reía, y Juan Manuel, que había acabado de llegar, sin titubeo se unía al coro y a la danza:

> *Alegre, festiva,*
> *oh valsa divina*
> *tan rápida y viva*
> *cual viento veloz.*
> *Corremos, volamos,*
> *que en brazos del amor*
> *y en medio de la danza*
> *se olvida el dolor.*

Pues bien; en eso estaba María Linari y su criada, cuando llegó el mensajero del Palacio, hombre alto de porte, moreno de rostro, tardo de oído, esto último a consecuencia de un simulacro de fusilamiento que, si lo dejó con vida, lo privó del sentido de la audición.

La cosa había sido así, aunque ellas no lo sabían:

Hombre del ejército de Urquiza, había participado en la batalla de Vences contra los unitarios, con tan mala suerte como para ser tomado prisionero. Y condenado a muerte. Pero ocurrió que el jefe enemigo, victorioso en la ocasión, estaba de buen ánimo porque le había nacido un hijo varón después de seis desesperanzadas hembras.

—Prisionero: lo pondremos en una torre —le anunció, señalándosela— y, a cien metros de distancia, cinco de mis hombres le apuntarán y tirarán sucesivamente. Si usted tiene la suerte de que mis soldados tengan mala puntería, usted quedará libre y mis hombres serán castigados. Pero, si son buenos tiradores…

El trámite se cumplió según fue anunciado. El coronel, entonces prisionero, contó uno, dos, tres, cuatro, cinco, y escuchó uno, dos, tres, cuatro, cinco tiros. Cuando concluyó el tiroteo de los demás y su propia enumeración, comprendió que tenía una pierna quebrada, un agujero en el hombro, una oreja de menos, un dedo anulado, los calzones meados y un susto del carajo. Pero estaba con vida. Eso sí: sordo como una tapia.

Reparado en sus diversos baches personales, recuperado en parte de la cerrazón de sus oídos, el coronel quedó en servicio pasivo al lado de Urquiza. Esa tarde estaba cumpliendo parte de tal servicio pasivo, en acción de mandadero.

—Busco al pintor Blanes —anunció a la señora.

Como la señora le informó que el señor Blanes andaba en trámites de su oficio en casa de un cliente, es decir, de un señor a punto de ser retratado, el inesperado visitante informó, comedido:

—Ah, sí. Me he enterado de que se está poniendo de moda en esta ciudad hacerse retratar por el señor Blanes. —Y agregó el señor mensajero de Palacio entregando una nota:— Precisamente el general Urquiza invita al señor pintor Blanes a visitarlo, a fin de concretar la realización de algunos cuadros en los que tiene interés.

Ese día se había presentado lluvioso y con mucho trabajo por cuestión de las perdices; cuando la lluvia se fue, quedó sepultado en nubes de niebla y un montón de aves desplumadas prontas para el escabeche. María esperaba varias cosas entonces. Esperaba la llegada de la escuela de su hijita Ana María; esperaba la venida de Juan Manuel de sus correrías por el pueblo en busca de trabajo y relaciones; esperaba carta de la amiga de Montevideo que la ponía al tanto de su marido, Copello, siempre en trámites de venganza; esperaba que hirviera el agua para cocinar las perdices... Esperaba muchas cosas María Linari, menos esa invitación ansiada por Juan Manuel y Mauricio como la llegada del Mesías por los judíos.

María Linari sonrió al señor mensajero sordelli, portador de tan buena nueva dicha con voz de trueno, dijo las cosas que tenía que decir, cómo no, le transmitiré el mensaje a Blanes, mi esposo, irá en seguida, seguro, muchas gracias, desde luego, mucho gusto señor, buenos días.

Cuando el hombre se fue, María se dijo: entonces el cuadro emblemático sacado del altillo, en Salto, dio resultado, y sintió que era una mujer visitada por la dicha, como pocas pueden serlo en un día comenzado con lluvia, avanzado en neblinas, y tan lleno de plumas como ése que estaba viviendo. Cuando Juan Manuel llegó y supo la noticia, se enloqueció de alegría. ¡Por fin! En realidad, ya no le iba tan mal, estaba haciéndose conocer en la ciudad y hasta tenía suerte con su clientela de Concepción y sus alrededores. Por cierto, a ello había contribuido cierta situación que primero le causó gracia, después había sido motivo de risa para la familia y, al final, le estaba ayudando a… solventar los gastos de la casa. Nada menos. La historia venía de atrás y era así. Cuando aún vivía en Montevideo y en aquel primer taller de la calle Reconquista, un día en que, sin trabajo y por lo tanto bastante entristecido, salió a dar una vuelta, tropezó con cierto extraño individuo. Era un mendigo, pero su largo pelo color cobre, la espesa barba, los ojos melancólicos, su desvaída sonrisa y el rostro distante, no sólo lo intrigaron sino que lo subyugaron. Decidió pintarlo. El hombre se prestó a ello. Lo pintó. Durante varias tardes posó, sentado en una silla, absorto en quién sabe qué, con la mirada perdida hacia el ventanal abierto a la solitaria calle por donde, claro está, él aguardaba el paso imprevisible de la María Copello de sus ensueños. Y Juan Manuel Blanes, en innúmeras horas, con desusado ahínco, libró su íntima batalla de artista traspasando al lienzo los rasgos de ese desconocido que la calle y la vida le habían ofrecido. Mientras lo pintaba, Blanes pensaba que el muchacho, medio lelo, pronto sería un desecho de la sociedad, a consecuencia de ese abandono en que vivía, pero que por entonces poseía una secreta fascinación que él buscaba capturar en su pintura, en tanto escuchaba los ruidos domésticos de las casas vecinas, el trac-trac familiar de las ruedas de las carretas que pasaban por la calle, camino al paso real que llevaba a las chacras, y esperaba, como regalo celestial, la aparición de María Linari. Y quizá porque el día en que concluyó su trabajo no pasó María Linari frente a su ventana, con el frufrú de sus pollerones y la dulcedumbre de su mirada, quizá por esa irremediable tristeza que lo embargó entonces, pudo volcar en el rostro del desconocido mendigo de pelo largo y atractiva barba un cierto aire de nostalgia irremediable que lo encantó a él cuando lo concluyó, y a cuantos, después, se detuvieron frente al cuadro.

—Lo mejor que he pintado —dijo, abandonándose por unos instantes a la perplejidad del cuadro, en la tardía luz de ese día en que despidió al muchacho con algún dinero en la mano y un abrazo.

—Maravilloso cuadro —dijeron los amigos.

—Lo compro, señor Blanes, ¿cuánto vale? —requirió cierta señora adinerada mirando, asombrada, los matices de la luz y la sombra que disputaban espacios y tensiones en el rostro—. Este San José me parece tan sublime…

Blanes calló. ¿Qué podía decir? Un cuadro, como un poema, una vez concluido ya no es del artista sino del contemplador. ¿La señora adinerada ha visto a San José en el lugar del mendigo? La señora adinerada tendrá a su San José. Y lo tuvo, como lo tuvieron, además, cuantos lo quisieron: Juan Manuel repitió, en diversas medidas y calidades, la imagen de ese San José con la cara de un mendigo de pelo y barba color cobre, melancólicos ojos y manso rostro. En alguna ocasión, hasta le tocó verlo, rodeado de flores y velas, en el colegio de las monjitas donde iba Ana María. Y, gracias a San José, la familia anduvo bien por un tiempo, y pudo enfrentar la enfermedad de su madre.

Pero esa tarde, cuando al regresar a su casa María le entregó la invitación de Urquiza, Juan Manuel revivió. No más vagabundear de aquí para allá, buscando motivos que le permitieran cumplir su sueño de artista y conseguir dinero para mantener casa y familia. Basta de tanta prostitución disimulada: de ahora en adelante, reflexionó, seré pintor de un gran señor. Como otros en Florencia, como en Versalles y en Madrid, pintaré para un grande, seré pintor de cámara, tendré mi Mecenas. Y la imaginación de Juan Manuel buscó a Rafael, a Miguel Ángel, a Filippo Lippi. Y casi se vio como ellos.

De modo que esa tarde de la noticia, Juan Manuel Blanes no pudo con su genio. Levantó en brazos a María Linari, portadora de la buena nueva, y después la comió a besos, y luego tomó al niño, adormecido en la cuna, y en seguida a Ana María, y a todos hizo bailar una danza sin nombre, porque era danza inventada por la felicidad de la noticia: mañana, a primera hora, hay que estar en Palacio. Y después de concluir el doméstico baile, puso a los críos en sus respectivos lugares, es decir, en la cuna al niño, a Ana María, junto a la criada, en los fondos de la casa, para concluir de pelar las perdices y comenzar a cocinarlas, y él se llevó consigo a María, la encerró en su habitación, se clausuró con ella. Porque, en esas ocasiones, cuando la alegría le clavaba amorosos dardos en el corazón, sentía en su carne otros dardos: los del deseo por los labios de María, por sus íntimos jugos, por ese misterioso placer que conseguía arrancar, como secreto fruto, del cuerpo de María. Fuego y ambrosía había en María y él fue a buscarlos.

Los encontró, Juan Manuel, y tuvo esos contentos del mundo que lo dejaban jadeante, exhausto, el cuerpo entero en armonía, los labios llenos de palabras. Porque, después de hacer el amor, Juan Manuel se volvía parlanchín.

De modo que, aún en la cama, ya más tranquilo en razón de noticia y encuentro, Juan Manuel le contó a María las últimas noticias murmuradas acerca del señor del Palacio a cuyo servicio ya se veía. Todo el pueblo, toda la región y, quizá, todo el país, giraba siempre alrededor de qué sucedía en el Palacio y qué con el general y qué con su familia. Las de entonces eran noticias buenas y más bien singulares. Juan Manuel se las fue contando a María Linari: el señor Urquiza, antes de su matrimonio había tenido muchos hijos, y esos hijos eran de diversas mujeres, pues si algo le gustaba al general, que no bebía alcohol, ni fumaba, ni jugaba, ni tomaba mate, era enamorar mujeres. Nunca se casó el señor Urquiza con dama alguna, hasta el momento en que llegó Dolores Costa. Pero jamás abandonó a los hijos concebidos ya entre sedas o percales, ya en camas con baldaquinos o en catres, sino que se preocupó por tenerlos a su lado, darles apellido, oportuna educación, un lugar en la sociedad de acuerdo a posibilidades y sexos y, llegado el momento, casarlos según conveniencia de rango o disposición. Pero la novedad venía entonces:

—*De un saque, y por Ley del Poder Ejecutivo de la Confederación* —le contó Juan Manuel—, *se acaba de decretar la legitimación de los hijos naturales que el presidente Urquiza había tenido antes de su casamiento con la señora Dolores. Estos hijos, reconocidos ya como de la familia Urquiza por toda la sociedad, son más de una docena.*

Así le cuenta Juan Manuel Blanes a su mujer, María Linari.

—¿Por qué ahora esto? —pregunta María Linari, sorprendida, disponiéndose a levantarse puesto que, como le dice siempre a su fervoroso esposo, esos intercambios amorosos fuera de hora le complican el ritmo de la vida doméstica. Que corre por su cuenta, según es notorio.

—¿Por qué se les ha ocurrido en estas circunstancias, cuando doña Dolores está en el Palacio y ya hay tantos hijos del matrimonio?

—Pues porque Urquiza tiene a su lado un hombre que piensa y que piensa bien.

—¿Quién?

—Del Carril, el vicepresidente. Salvador María del Carril. Parece que de él ha sido la idea. Que los hijos anteriores, por más que socialmente son aceptados, van a tener problemas el día de mañana en cuestión de herencia. Que mejor otorgarles claramente el derecho a bienes y dignidades. Que debería poner, a esos hijos que quiere tanto, como Teófilo y Diógenes, para no citarte a todos, ponerlos, digo, en igualdad de condiciones con los nacidos últimamente, que...

—Pero ¿y nadie se ha opuesto? Yo no entiendo mucho, pero me parece algo raro —objeta la mujer.

—Claro, es un procedimiento insólito entre nosotros. Dicen que así se usa en las monarquías, en Europa. Pero, en una democracia... Bueno, si es por ley, está bien —concluye Juan Manuel a quien ya todo lo que tenga que ver con Urquiza le resulta positivo.

—Y ¿cuántos hijos son los que así han legitimado? —averigua, pragmática, María.

—Mira, según dicen, son doce. Pero ¿sabes? La gente sospecha que han sido cien...

—¿Cien...?

—Cien, ¿qué te parece?

—Me parece que no puede ser —responde, decidida, María, quien apenas si puede con dos hijos y ni quiere pensar cómo será cuando tenga tres.

Abre la puerta del dormitorio que da a la galería, ve a lo lejos a su niña y a la criada chapoteando entre plumas y risas. Va hacia ellas. Y hacia la esperanza: mañana Juan Manuel irá a Palacio a encontrarse con Urquiza. Qué bien.

VII
Papeles del general

El señor Gobernador de Entre Ríos mira al horizonte y en el horizonte de agua, que se pierde entre follaje y arenales, ve a sus entrerrianos. Los ve, el sable a la dragona, en la espalda la lanza, atravesar el Uruguay. A ese río muy poco antes lo vadearon las tropas aliadas de los unitarios, al mando del Pardejón Rivera. Lo vadearon en "pelotas", armadas a la disparada, con cueros que habían saqueado en un saladero cercano, después de la derrota de *Arroyo Grande,* bien al sur de Concordia.

El Pardejón Fructuoso Rivera era un caudillo oriental trapalón, mitad gaucho y mitad político, amigo de los fogones, despilfarrador y olvidadizo de sus promesas. Urquiza no le perdonaba su perniciosa costumbre de penetrar en el territorio entrerriano, como acababa de hacerlo, para saquear y robar, cuando no para acabar con fortunas y dignidades. Él oponía, y con orgullo, sus disciplinadas milicias profesionales, subordinadas y decentes. *Mis soldados no han dejado en pos de sí la desolación y el espanto,* aseguraba, porque bien claro les tiene ordenado: *El que desertare o robare por valor de un real, dejará de pertenecer a la familia entrerriana.*

Urquiza, aunque había sido electo gobernador, seguía correteando como judío errante. De poniente a levante, por cuchillas y llanuras, por lomadas y riachos, por Entre Ríos y Corrientes, por Gualeguaychú y Victoria y Nogoyá y las islas y Gualeguay. Pactando y librando batallas, pidiendo caballadas y reventando caballadas con tanta guerra. Uniendo a los díscolos y a los cansados que, por miedo a los invasores o por terror frente a los saqueos, disparaban hacia las islas si estaban cerca de los ríos, o se perdían en los montes si habitaban poblados. ¿Para qué tanto trotar desaforado y bélico? Para instalar, de una buena vez, la paz en el país de los confederados. Para que él y los suyos, los entrerrianos y el país surgido en mayo, pudieran hacer buenos negocios y vivir felices.

Por entonces, Urquiza ha decidido cruzar el río y meterse en la Banda Oriental.

Después de ver vadear a los suyos el Uruguay, lo hace él.

En Buenos Aires se cantaba:

> *Cielito, cielo y más cielo*
> *Cielito del federal*
> *El que no sea neto*
> *Pase a la Banda Oriental,*

y a la Band a Oriental se iban los unitarios, y para terminar con ellos, Rosas, mediante Oribe, había sitiado Montevideo.

Dicen que el príncipe Sviatoslav, ruso y valiente, promediado el siglo X, sin bajarse del caballo se comió un imperio como quien come una manzana. También Urquiza, sin comer ninguna manzana, pero sin apearse de su tordillo, recorrió el país vecino durante cerca de dos años. De norte a sur, de este a oeste, a caballo y acompañado por *Purvis*, el perro con nombre de almirante, y almirante inglés, que lo seguía por donde marchara, con la lengua afuera si el camino era largo, con el hocico helado si acosaba el frío, jadeante en las repechadas, a los tarascones durante las batallas, vigilante en los descansos, fiel siempre.

A las corridas, de aquí para allá, entre encontronazos y escabullidas anduvieron los ejércitos hasta que al final, amilanado como lobo herido, Rivera tuvo que refugiarse en el Brasil, mientras Urquiza se dedicaba a sanear al país hermano de ladrones y desertores. Provocaba levas, daba marchas y contramarchas: dos años es mucho tiempo, pero dos años pasados en esas correrías, lejos familia, bienes y gobernación, parecía ya un exceso.

Aquella tarde Urquiza estaba contento y una sonrisa correteaba por su rostro, comúnmente adusto en esos tiempos calamitosos. En su mano tenía la carta que acababa de recibir: *Mon cher père...* comenzaba su misiva Teófilo, el hijo nacido de sus amores con Segunda Calvento. Con esa carta, escrita en francés, el muchacho le demostraba lo avanzado de sus estudios en el idioma de Napoleón. Vaya suerte la suya, hombre hecho a fuerza de trabajos y batallas: tener hijos que pueden recibir los beneficios de la cultura. Eso sí que es lindo, pensaba Urquiza.

Por cierto su familia no lo abandonaba, lo tenían al tanto, recibía noticias. Acababa de llegar una que puso campanillas en su ánimo: le había nacido un nieto, el primero. ¿Ya un nieto? Sí. Pero se le hacía cuento.

La noche de la noticia, a la luz de un candil, en el rancho de cierto vecino donde, según costumbre, se había hospedado para descansar, volvió a preguntarse ¿ya un nieto? ¿Abuelo él, tan dispuesto aún para seguir engendrando más críos pese a los muchos anotados en su cuenta? Y, lo que son las cosas, miren las casualidades: esa misma noche tuvo la confirmación del nacimiento de otra hija, Clodomira del Tránsito, hermana de Cándida Margarita, nacida un año antes. Las dos, hijas de sus amores con una bellísima riojana (lumbre sus ojos, junco el cuerpo, nardos sus pechitos tentadores), a quien encontró en un baile, conquistó en una fiesta, y arrastró a su cama, delante de las narices de los mismísimos padres, los Mercado y Pazos, riojanos poderosos, doble apellido y dueños de varias fincas.

La niña Tránsito le había ofrecido su virginidad, y los padres de la niña que había dejado de serlo en sus manos, estancia y bienes. Pero el gobernador andaba en son de guerra y mal podían tentarle leguas de tierra o tendal de vacunos y caballos, si ya tenía tantísimos. De manera que se limitó a recibir caricias y otras cosas del querer de esa niña Tránsito, hecha mujer por sus afanes, y partió para la guerra, dejándola en un mar de lágrimas. Tanto lloró la niña Tránsito, que hasta en sueños lo hacía, razón por la cual había mañanas en que el pañuelo de mano y el borde de la sábana amanecían empapados.

En ocasión del nacimiento de Cándida Margarita, Urquiza, antes de partir, con preocupaciones de solícito padre, dispuso los detalles de siempre: que la niña tuviera buena atención, que tales y cuales la apadrinaran, y que volvería prontito para verla. Ante el anuncio de la llegada de Clodomira del Tránsito, se dispuso a escribir las mismas recomendaciones.

¿Puede un hombre vivir sin mujer? No puede, señor. Por tanta andanza guerrera, y porque la carne de un soldado dispuesta para el coraje tiene necesidades urgentes como las de la sed, y busca aplacarla donde pueda: en un riacho, en la laguna, dentro de la mujer que le salga al paso.

Una noche en que iba desde el Ibicuy a Paraná, detrás del Manco (del Manco Paz, claro), la encontró a María Ramos. Y verla y saber cuánta sed tenía fue todo uno.

La halló en un rancho donde esa noche pernoctó por razones de la hora, que era alta, y del cansancio, que era mucho. María Ramos vivía sola con sus hermanos menores, porque el padre y los tres mayores estaban en la guerra. Pero esa noche estuvieron todos en guerra, además de los del frente: los tres más pequeños oficiando de bomberos por mandato del mismísimo Justo José, mientras él permanecía guerreando de otro modo con la chinita, que resultó querendona y obsequiosa. A la mañana siguiente los chicos Ramos recibieron su paga de soldaditos bomberos, y María Ramos también algo a cuenta. Antes de partir, ya al pie del tordillo, mientras *Purvis* aguardaba, como correspondía, él sacó de su cinto unos dineros y se los extendió a la María Ramos, según acostumbraba:

—Tomá para los pañales. Y no te olvidés de avisarme.

Pero a los nueve meses recibió un aviso. Fue el traído por uno de los Ramos que habían oficiado de bomberos nueve meses atrás:

—General, dice la María que fue una hembrita y que si usté es gustoso la gurisa se llamará Aurelia Norberta.

—Que se llame Aurelia Norberta, como pide la madre —contestó el general—. Y tomá para las urgencias y que no se olvide del bautismo y ya doy orden para que se atiendan sus necesidades.

El segundo aviso lo tuvo unos meses después. Venía del lado de Nogoyá el tal anuncio y era enviado por Cándida Cardozo, una morochita a la cual había encontrado, meses atrás y en plena campaña, entre unos pastizales. La muchacha andaba buscando huevos de perdiz y, fíjense lo que son las cosas, la moza no encontró ningún nido pero terminó siendo nido del general con necesidad de cariño, en esa tardecita comenzada con balaceras de guerra y concluida en ternuras de acollarados.

—Se llamará Medarda —informó el mensajero que era nada menos que el padre de la Cándida Cardozo, la moza de los nidos.

El trámite fue similar al anterior, al de Aurelia Norberta. Que no se olvidara del acristianamiento, que él proveería para las necesidades, que pegaría la vuelta prontito.

Pero en cuanto el viejo Cardozo se fue, dijo para su coleto:

—La pucha, tres en un año, me parece ya un poco mucho. —Con todo, sonrió contento. Le gustaba ser padre. A su tierra había que poblarla. Y en eso estaban él y los suyos. Aunque de modo notable combatía la presencia de mujeres en las filas de sus legionarios, alentaba, y cómo, la formación de parejas que levantaran esos ranchos donde el hombre en campaña podía encontrar críos, china y hogar.

El caballero Sarmiento, exiliado del régimen del Restaurador, quien protestaba por todo, labia, pluma o tipografía mediante, no dejaba de enviarle dardos por esa costumbre de Urquiza: lástima la institucionalización del concubinato que ha establecido el hombre en Entre Ríos, decía el caballero Sarmiento. Pero, más que por ser protestón de oficio, lo hacía porque le estaba echando el ojo al comandante y al entrerríos.

Diógenes, el hijo de Urquiza, regresado del Janeiro después de dos años de estar allí, cursando estudios en el mejor colegio, y codeándose con gente de pro, le confesaba su sueño: irse a París para seguir Leyes. Y él andaba buscando el modo de darle el gusto al muchacho, mientras seguía, empecinado, en esa lucha de no acabar. Pero ya se estaba cansando.

Lo peor era que su gente también se le estaba cansando.

En una de esas idas y vueltas por la campiña oriental, estrategias de guerra los habían acercado a las costas del Uruguay, frente al entrerríos. A muchos de sus soldados se les ocurrió que estaban por pegar la vuelta del regreso. Al propio terruño, claro. Cuando se dieron cuenta de que para nada era así, sino que la guerra seguía y quién sabía hasta cuándo, vino la desilusión. Como hombre desilusionado hace cualquier cosa, a uno se le ocurrió desertar, y a muchos seguir la idea, razón por la cual un día, de un saque y de buenas a primeras, toda una compañía tomó las de Villadiego. Para qué.

Cuando hay que tener cojones, el general los tiene y demuestra que los tiene. En esa ocasión, lo demostró.

El Presidente de la Confederación, ya cincuentón largo, mira el cuadro que ha estado pintando Blanes, y recuerda aquella otra escena, la del castigo por la deserción en los campos del Uruguay, tantos años atrás.

Así había sido:

Estaba la compañía formada, y frente a la compañía formada estaba el teniente Balmaceda, cabecilla del conato sin éxito. Joven, barbudo y altanero, pese a la circunstancia. Frente a él, los fusileros, listos para cumplir con su deber. Ahora Urquiza mira el cuadro pintado por Blanes, pero entonces miraba otro cuadro; más patético porque no era pintado sino real. Escuchaba, también, las voces de su gente, mero susurro de moscardones.

—Bravo viene el castigo, hermano. El general no perdona estas cosas —escuchó decir a uno.

—¿Tenés miedo?

—Como tener miedo, tengo.

—No ha de ser para tanto, seguro. Si te despertás, y ya no te duele nada, es porque estás en el otro mundo.

—Sí, pero antes... —retrucó el otro.

—¿Antes de qué?

—Del despertar en el otro mundo, digo.

—'ta que tenés pensamientos, che. Mirá en lo que estás pensando.

—Pensamientos no tengo. Lo que tengo es cagazo, mierda.

Frente a esos hombres, y a la tropa, y al enjuiciado, estaba el comandante Urquiza. Y era invierno y hacía frío, pero el sudor corría por la cara de más de uno; y no soplaba ni el aire ni la brisa, ni la vida, y si soplaban nadie los sentía, porque todos sólo aguardaban, expectantes, qué iba a decidir el comandante, desde el rincón en que estaba. Y él, desde el rincón en que estaba, percibió cómo la vida se detenía esperando su decisión, mientras en su alma se desataba la lucha entre su deseo de decir lo que sabía que no podía decir, borrón y cuenta nueva, y la obligación que le incumbía de poner coto a las insubordinaciones. Porque, sin orden y obediencia ¿dónde iban a parar? ¿Cuándo concluiría esa guerra interminable en la cual ya habían muerto tantos, y tantos quedado huérfanos y viudas?

Pensó en ellos, el general. Pensó en lo difícil que era ser jefe. Pensó en que debía acabarse con esas guerras, porque las leyes sólo se escuchan cuando las armas callan. Y porque pensó en todo ese tropel de cosas levantó la mano primero, y con la mano el latiguillo que siempre usaba y, de acuerdo a lo convenido, enseguida bajó esa mano, y la otra mano de inmediato buscó el sombrero que cubría su cabeza. Y se lo sacó. Porque frente a un muerto se debe estar descubierto en señal de respeto, y muerto estaba ya ese joven y altanero teniente Balmaceda a quien acababan de llenar de plomo, no bien su mano, la mano del gobernador, con latiguillo y todo, había cumplido la parábola que va de lo alto a lo bajo. Porque ese gesto quería decir: ejecute.

Y se había cumplido el mandato.

Después, el frío comenzó a sentirse otra vez, y el viento retomó su ritmo para todos, menos para el teniente Balmaceda, ya difunto. Pero el batallón aún mantenía en suspenso respiración y ánimo. Nadie había derramado una lágrima por el jefe difunteado, porque sólo se puede llorar cuando uno está aliviado, y ese centenar de hombres sólo sentía mucho miedo. Entonces, Urquiza, frente a ellos, imponiéndoles autoridad y silencio, les dijo, en los labios todavía gusto a ceniza y vinagre.

—Soldados, ustedes quedan perdonados.

El aire se llenó de *¡hurras!* y los ojos de lágrimas, y las gargantas, apretadas de sollozos, se abrieron como exclusas y todos, veteranos o imberbes que acababan de ver morir al jefe, sin pestañar, y que se habían jugado la vida por cruzar el Uruguay para abrazar a los suyos, se pusieron a llorar.

—Como mujeres, lloramos —dijo uno.

—Pero no olviden la lección, paisanos —escucharon la voz del comandante perdonavidas que no se la pudo perdonar al oficial Balmaceda.

Y mientras se iba retirando al rancho donde había establecido su cuartel, el general perdonavidas que no se la pudo perdonar al oficial Balmaceda, alcanzó a escuchar a uno de los soldados parlanchines:

—Si no dejás de llorar, por tu cara va a poder nadar un surubí.

Todo eso recuerda el general, ahora Presidente de la Confederación Argentina. Y esos recuerdos tienden un puente, y el pintor Blanes deberá pasar por ese puente para pintar los recuerdos del general.

Sobre el campo quedó el fusilado, desangrándose, y más de cien hombres sintieron que al cuerpo les volvía el alma, en tanto él se alejaba rumiando sinsabores de jefe a quien no le puede temblar ni la voz ni la mano ni el corazón, aunque esa voz y ese corazón decidan lo que decidieron: la muerte de un oficial, mierda.

A Urquiza tampoco le tembló ni la voz ni el corazón cuando se encontraron con el Pardejón Rivera, regresado del Brasil por lides de esa guerra, en los campos de *India Muerta*. En ese lugar había muerto una india, de muerte violenta y sobrenatural, según decían las lenguas de lugareños asustados, y hasta la de los loros de la cercana laguna.

Según tales decires, la cosa había sido así: la india en los ojos tenía arena como otros tienen lágrimas y otros fulgores, y las arenas desos ojos eran maléficas como veneno de cobra, por más que en ellos aparecieran brillos y rebrillos, y con tales arenas maléficas como veneno de cobra la india mataba a los hombres que primero conquistaba poniendo resplandores de cielo en su mirada. Y sucedió que cayó un indio y cayó otro y cientos cayeron, y hasta cayó, envenenado, por cierto, el hijo de un valeroso cacique de la parcialidad querandí. Y el cacique de la parcialidad querandí juró venganza y buscó a la india de los mortales ojos que en lugar de lágrimas tenían arena, y cuando la encontró, sin mirar esos ojos maléficos a fin de que la pasión no lo arrebatara y los venenos no fluyeran hacia él para hacerlo víctima del hechizo, tomó un puñado de arena sacada del río y tomó otro y otro y mirando al cielo echó tales puñados en los ojos malditos y sepultó con arena la arena maléfica y luego alzó a la india y con ella caminó hasta el río, y en el río entró y se perdió en las aguas del río; y al cacique querandí que había perdido su hijo nunca más se lo vio, pero a la india sí se la vio porque a la india la devolvió el río una noche de luna. Con los ojos cerrados la devolvió, la boca clausurada y la piel hecha hielo, porque la india era ya una india muerta y sin poder maléfico.

Desde entonces ese lugar se llamó *India Muerta*.

Allí, en *India Muerta*, se enfrentó el Pardejón Rivera con las fuerzas del general Urquiza. Eran campos orientales a orillas de aguas que por un costado se estaban haciendo zanjón y por otro, río tumultuoso. Urquiza había sido hábil como para llevar los enemigos al Sur, zona de esteros y bañados, a fin de escamotear el verdadero número de sus fuerzas, que eran muchas y bravías.

Y el pintor Blanes pintó esa batalla como Urquiza le había indicado, y Urquiza se lo había indicado según su memoria le recordaba la hazaña de *India Muerta*, que había sido así:

Sus colorados chapotean en la orilla del río, y son una legión esos colorados que brotan de las aguas y el río. Y otra legión de sus colorados avanza sobre el campo que es campo ondulado. En el horizonte se ve una casa rodeada de árboles, y hasta pareciera que sale humo de esa casa en la cual, quizá, alguien ha estado amasando pan. Pero no ha de ser así porque pronto se ve que el humo brota de otros lugares, de sectores donde se han trenzado unitarios y federales con el fuego de sus armas y el furor de sus divisas. Y aunque la escena se cierra en lomadas casi bucólicas que clausuran el paisaje como si fuera un escenario, no es un escenario sino un campo de batalla. Y si las personas se definen por sus decisiones, en *India Muerta*, una vez más, se definió el general, porque fue su impulso el que hizo retroceder al enemigo y fue su presencia de ánimo la que alejó temores. Zumbaron órdenes, se sucedieron marchas y giros en medio de relinchos de caballos que parecían casi llanto, y de gritos de heridos que semejaban relinchos, y de alaridos gauchos, desos que los hombres tiran al aire para darse ánimos en medio de la trifulca. Y las aguas que se hacían río, y las que se hacían zanjón, se volvieron rojas, como si algún tintorero desperdiciara en ellas sus mejunjes; pero no eran mejunjes de tintoreros sino sangre de entrerrianos y federales decididos a defender a su tierra y a su gobernador. Y así fue. Hasta que los del Pardejón Rivera tomaron las de Villadiego. Y el gobernador dijo a descansar. Y si hasta entonces las palabras del gobernador-general habían agujereado el aire con voces de mando, entonces tuvieron aire de arrullo y más de uno murmuró:

—Gracias a Dios que salimos de esta mierda de atolladero.

Pero tales gracias no las pudieron dar los cerca de mil muertos tiesos en la planicie, y los más de cuatrocientos prisioneros. La victoria tuvo aires de pesadumbre, sobre todo para el Pardejón Rivera, quien pegó la vuelta hacia el Brasil con su derrota y su tendal de años.

En muchos lados, recuerda Urquiza, se comenzaba a murmurar:

—A mí se me hace que el gobernador se está cortando solo, y que estas victorias van anotadas a su cuenta, y no a la del Restaurador...

Porque muchos ya estaban soñando que esa mierda de Rosas se iba a acabar.

Pero otras victorias anotará pronto en su cuenta el general.

El atardecer está llegando a esa galería que mira hacia el Sur. Como un manto cae en esa esquina una tupida olorosa madreselva. Y como otro manto la ternura de la tarde. El cuadro donde está pintada *India Muerta* se amortigua por escasez de luz, y Blanes aprovecha ese descanso del general para adelantar el trabajo que comenzará en el día siguiente.

—*Laguna Limpia*, general. Ahora me tiene que marcar lo de esta batalla, que es la que sigue, según me advirtió —dice Blanes, contento porque es cara de satisfacción la cara del Presidente de la Confederación, al cual a él le gusta llamar simplemente general, como *Colibrí*, el asistente, lo llama patrón.

El general comienza entonces a hablar mientras cubre con sus pasos los ladrillos de la galería, y trata de acomodar su porte a la imagen que entonces tenía, tanto tiempo atrás y muchos menos años. Armoniza su andar con el impulso de su testa hacia lo alto, y con el ritmo de la mano derecha, manejando el testarudo látigo, según costumbre imposible de desterrar; y habla golpeando con él las botas lustrosas que su ayudante mantiene impecables; habla mirando ya hacia el suelo, ya hacia el horizonte donde el sol se está ocultando en barullo de colores y de trinos; habla como sorbiendo el pasado. Si allí estuviera ese vasto espejo biselado que preside el salón, ese espejo biselado podría captar las expresiones del rostro del señor Presidente de la Confederación en el cual se van sucediendo aquellas escenas de la batalla que están en su memoria y en la voz que las dice.

Había regresado de la otra Banda después de cruzar el río, pues esas aguas servían de correveidile para argentinos y orientales. Estaba plantificado en Concordia, preparando a sus bravos para largarse contra el

Manco Paz quien, nuevamente, volvía a las suyas, en Corrientes. Entonces le llegaron noticias de Paraná. Desde allí, los legisladores, muy ampulosamente, le señalaban que, puesto que *el fuego de la atroz discordia* proseguía y, considerando el eficaz empeño de él, Urquiza, en el asunto ése de *restablecer en el suelo Entre Riano la dulce paz,* habían resuelto elegirlo nuevamente Gobernador y, para cumplir las formalidades del juramento, ellos, los legisladores, otra vez se ponían en camino, puesto que, por segunda vez el gobernador electo no estaba donde debía estar, es decir, en su sillón de mandatario, sino que estaba en medio de la trifulca, pues nuevamente se presentaba brava la situación. El cordobés Paz tenía su veteranía y Urquiza, aunque se jactaba de habérselo puesto en el bolsillo, sabía que con las batallas no se podía jugar.

En la ocasión le estaba diciendo a *Colibrí:*

—No creo que el Manco nos pueda hacer mella con sus leopardos, los sombreros de Yatai.

—Pues figúrese que el general que los manda —le informó *Colibrí*— tiene dieciocho años. Y parece que los hombres en sus sombreros cargan las mudas de ropa, el jabón, el tabaco y la yerba. ¿Qué me dice? Toditos los avíos de campaña en el sombrero, jefe.

—Pues lindos soldados para lidiar con nuestros valientes —se jactó el general—. Más bien estoy por creer que el día en que se encuentren en una trifulca se tirarán una oreja y no alcanzarán la otra. Entonces conocerán también que más les hubiera valido permanecer sosegados, en sus casas, sembrando caña, batatas y mandiocas, que meterse en estas pellejerías de guerrear con litoraleños.

—Así ha de ser, patrón. Seguro no saben lo que les espera. Son un puro anacronismo.

—Y ¿qué entendés por anacronismo, *Colibrí*? —quiso saber, sorprendido el general, porque esos soldados dos por tres le venían con palabras aprendidas en tanta mezcolanza de pueblos y regiones promovidos por la guerra.

—Pues el yerro en los tiempos, mi general. Esa gente debió quedarse sembrando sus cositas y no más. Porque mire que parece que pasan hambre por allá, en sus territorios.

—¿De dónde sacás esas cosas?

—De comentarios de los que saben, patrón, deande ha de ser. Dicen que hubo tiempos en que hasta se vendían bolsas de estiércol de cóndor. Para comer, digo; mejor dicho, me dijeron. Y a veces hasta de cristianos. Ni hablar de los de cabra, que es alimento normal.

—Estás exagerando, *Colibrí*.

Colibrí siempre exageraba.

Pero a veces sus simplezas eran agua balsámica cayendo a chorritos sobre el alma del general.

En tales pellejerías se encontraron, y Urquiza tuvo que enfrentar, una vez más, la azarosa posibilidad de la batalla. Y la batalla fue *Laguna Limpia*.

Un soldado arrimado en Ibicuy quiso saber por qué a ese lugar se lo llamaba de ese modo, y otro, presentado en servicio militar por la zona del Gualeguay, correspondió a su inquietud.

—Nadie averigua mucho el nombre de los lugares por los que anda, porque a veces son nombres que ha puesto el viento y otras nomás los trajo el canto de los pájaros. Son nombres sin mucha racionalidá —acotó con aire de entendido. Y continuó muy seriamente:— Pero voy a informarle lo que sé por informes de parientes de la zona. Por aquí, en tiempos de antes, supo haber una laguna que no era laguna de agua sino laguna de hielo. Y en tal laguna y en ese hielo se le daba por hacer sus bailes a una muchacha que era como la flor del pago, y esa muchacha un día tuvo la desgracia de que el hielo de un de repente se rompiera, porque ya se estaba en tiempos de estiaje, y la muchacha, mire lo que son las cosas, tuvo la desgracia de hundirse hasta el cogote en el agua, pero el hielo, que aún no se había convertido en agua, sino que estaba filoso como cuchillo entrerriano, la degolló de un saque antes de hacerse el líquido correspondiente, que es agua. Dicen que la cabeza rebotó una vez y otra y otra sobre el hielo y después desapareció en las aguas que ya eran toda la laguna. Se imagina: nadie quería beber desa agua de la laguna porque decían: laguna con criatura adentro, sea cristiana o pagana, mala laguna. Pero un día una vieja a punto de irse al otro lado, quiero decir, al lado del cielo, no por cuestión de años sino de lepra, que es una enfermedad asquerosa, vino a la laguna y bebió de su agua y ¿querrá creerlo?, no sólo se curó de su mal sino que se le alargaron los años y vivió como Matusalén, que dicen fue un hombre que nunca acabó de morirse. A todo esto, la vieja sólo atinaba a decir: laguna limpia, laguna limpia. Porque la laguna la había limpiado a ella, y porque la laguna estaba limpia. Y desde entonces fue así, *Laguna Limpia* nomás.

Pues bien: en *Laguna Limpia* se encontraron. ¿Qué emboscada del destino le depararía el lugar?

Por entonces Urquiza estaba en el campamento de Calá, y allí ordenaba marcaciones de ganado y convocaba al servicio militar a todos los habitantes, pues aunque estaban en paz se preparaban para una guerra que, paradójicamente, era traída por alguien llamado Paz. El Manco.

—Tengo el ejército pronto por si el Manco quisiera pagarnos la visita que le hemos hecho —decía, socarrón. Pero no era sólo por el Manco que fortificaba la provincia, sino también porque andaban fuerzas de marinería inglesa asaltando estancias aledañas a los ríos, y extranjeros embarcados queriendo meterse en las tierras defendidas por su brazo armado. Eso por un lado; por otro, buscaba hacerles lugar a su gente, sobre todo a los jóvenes, para cuando se acabara tanto guerrear entre hermanos por discrepancias de hombres y llegara la paz.

Antes de entrar en batalla muchos se persignaron, como les enseñaban los curas. Otros, no menos en cantidad y fervor, se rezaban sus buenos padrenuestros porque, así como hasta en épocas de la superstición pagana, se abrían los templos en vísperas de batallas, según razonamiento sacerdotal, así no debían usarse las armas sin valerse primero del Incienso, según decía el capellán Santibáñez, gallego lleno de granos en la cara, refranes en la boca y letanías en los labios, que los acompañaba en esas lides con sus consejos y latines y, a veces, hasta con el trabuco.

¿Cuándo sería el día en que tanto guerrear finalizara? Cuanto antes mejor, pensaba Urquiza. Por eso en *Laguna Limpia* fue con todo.

Eran esteros y montes, y había una muy tupida vegetación, y un río también había, y estaban sus colorados cruzando ese río. A caballo lo cruzaban, porque para eso eran hombres de su Caballería Entrerriana, no como la del Paz ése, portador de guerra, que a los animales les iba con exigencias que no podían aguantar: avanzar y luchar y vencer sin agua ni alimentos.

—Mire si sería bruto el cordobés de una sola mano —decía *Colibrí*.

Brava la batalla de *Laguna Limpia*.

Más brava, todavía, la persecución, que duró leguas y duró días entre bañados, cañadones y lomadas. Porque, si anocheció la violencia cruenta ese día, de ningún modo entonces amaneció la paz.

Hubo que salir a buscarla.

Recuerda el general, entonces Presidente de la Confederación, frente al pintor Blanes, puro oídos escuchándolo para pintar *Laguna Limpia*. Recuerda y habla. En ocasión de esas persecuciones, le trajeron a uno de sus ayudantes, deteriorado a más no poder. Sobre una parigüela lo trajeron, una pierna en dos y la otra en tres y muchos alaridos en el aire.

—Se entusiasmó con un correntino al que quería dar caza, y como no podía alcanzarlo corriendo, quiso volar con su caballo. Pero como los caballos no vuelan, terminó quebrándose las patas —anunció su asistente *Colibrí*, portador del herido entre ayes y tragos de caña para amenguar el dolor del desgraciado.

—Pobre, ahora no podrá ni andar por tierra el que quiso andar por los aires —terminó de reflexionar *Colibrí* y Urquiza se quedó triste, porque desde hacía años servía en sus filas ese hombre en recuerdo de alguna lejana lectura, y porque el hombre tenía la barba larga, lo había apodado *Longobardo*.

—Pero el *Longobardo* se curó de esa caída y, después de un largo parate, volvió a las filas, y después, en Pavón, encontró el final de su destino.

Recuerda, el general. Las recuerda frente a Blanes, puro oídos, quien ya les está poniendo colores a sus palabras. Y les pone verdes, y azules, y sepias, y colorados. Y el general le dice: era el campamento y era la noche y alrededor del fuego se reponían fuerzas y sueño atrasado cuando, de pronto, el estruendo, el relinchar de pingos, las sofrenadas, la voz de alerta, las voces amigas. Entre ellas la del *Colibrí*, desde hacía días en correrías de cazador de enemigos:

—Mire, Jefe —le dijo, desde la puerta del rancho en el cual había confinado su jefatura, mostrándole un prisionero, blanca su tez, alta su estampa, soberbio el gesto, briosa la mirada—. Buena la piel del bicho cazado por este cazador. Se lo traje resguardado, general.

Sonreía contentísimo el *Colibrí*, jactándose de su hazaña, y los ojos del general lo interrogaron con sorpresa, cuando el prisionero, ni lerdo ni perezoso, aclaró su filiación, como si nombrándose respaldara su destino:

—Soy Juan Madariaga.

Urquiza se quedó mudo porque Juan de Madariaga era hermano del gobernador correntino y enemigo en tal ocasión. Y aunque no dijo nada, fue entonces cuando comenzó a pensar: se está haciendo la hora de acabar con esto.

Y esto era la guerra, espacio sin ninguna leticia.

Esa guerra y esa batalla se la está contando el general al pintor Blanes. La guerra había sido en el cuarenta y seis y entonces ya se terminaba el cincuenta y siete. Pucha cómo pasa el tiempo, piensa el general y mira la tarde que ya se está haciendo noche, y hora es de acabar con tanta plática y recuerdos.

Lo vienen a buscar al general. Es por cuestión de cierto importante requerimiento, no de guerra, por suerte silenciada, sino de amor: el doctor Benjamín Victorica, joven abogado porteño que está oficiando como asesor de a ratos y de a ratos como secretario, le ha solicitado oficialmente la mano de su hija Ana. Desde su llegada la ha estado mirando con ojos querendones, y esa noche viene para concretar detalles de la futura boda.

Chancea el general antes de irse.

—Mire usted, pintor. A ese joven le abrí mi ejército y mi escritorio y mi casa y mire: me levanta lo que más quiero. Me la levanta a Anita.

Quién sabe si Ana es la hija que más quiere. Es, sin duda, quien más lo ha acompañado: antes de la llegada de Dolores a San José, Ana fue la llamada a cubrir las recepciones oficiales que debía cumplir Urquiza como gobernador ya en Paraná, en Concepción o en San José. Y lo hizo muy bien. Hermosa, elegante, la hija de Cruz López Jordán para nada desmerecía ni belleza ni abolengo, y supo manejarse con donaire en ambigús, teatros y bailes de gala donde le tocó hacer de dama del general.

—Una Urquiza de ley, la Anita. Una preciosura siempre. Claro que, por el lado de la madre, también recibió lo suyo; y bueno —dice el general y hay vanagloria en lo que dice—. Yo creo haber sido un buen padre, ¿sabe? Me he preocupado por darles a mis hijos de todo y de lo mejor. Me he preocupado por sus vocaciones y sus cansancios. Me he preocupado por sus patrimonios y sus estudios. Tal vez para balancear lo que no les pude conceder a las madres, mujeres que quise y dejé…

—detiene su perorata el general, queda como en suspenso, y después prosigue—. Vaya a saber por qué ¿no? A veces me lo pregunto. Hasta que llegó Dolores. Y mire usted, pintor, lo que ha pasado: en San José se ha producido el milagro de que mi mujer y mis hijas se entiendan. Como hermanas. Como amigas. En ocasiones me pregunto, en medio de tanto mujerío ¿qué hago yo? San José se ha convertido en un palomar. ¿Lindo, no? Pero ahora llegó el tiempo en que vienen a sacarme mis palomas. Pucha digo… Ahora tengo que dejarla ir a Anita… Yo soy un hombre duro, pero ¿sabe? estas cosas hasta me ponen lágrimas en mis ojos.

Urquiza está encantado. Victorica es un buen hombre y se entiende bien con él. Y con Ana, claro. Pero no puede con su genio: como padre, no queda mal ser un poco rezongón, piensa Blanes recordando a sus propios hijos. En tanto, taconeando fuerte por la galería, mira alejarse a ese general que preside los destinos de la Confederación, salvo la del estado rebelde de Buenos Aires. Es capaz, de un plumazo, de levantar ejércitos o sacar caudillos, pero marcha, tranquilo, hacia las simples emociones domésticas. Esas que le ponen lágrimas en los ojos, según acaba de confesarle.

Y cómo huele a madreselvas la tardecita.

VIII
Papeles del pintor

El niño tenía los ojos de la madre, pero el óvalo de su carita era el del padre. Juan Manuel Blanes estaba loco de contento. El parto no había sido nada fácil pero María, en cuanto sintió que el niño lloraba y la vecina que ofició de comadrona le gritó es varón y sanito, se olvidó de todo lo sufrido para entregarse al placer de ese otro hijo. En verdad, el parto se había complicado porque estaba sola. Juan Manuel en el Palacio, los niños en la escuela, el momento que se adelanta. Promediada la tarde, María sintió dolores, que se le rompía la bolsa, que no podía más. Cuando quiso acordar, estaba en la cama, con medio bebé afuera y medio todavía adentro.

Menos mal que una vecina había alcanzado a oír sus quejidos y acudió en seguida.

—Partos así no siempre terminan tan felizmente —dictaminó el galeno, cuando acudió, más bien enfadado porque no tuvo nada que hacer. Nada más que mirar cómo la madre le daba la teta al niño.

Ana María aceptó al nuevo hermano como madrecita en miniatura. Era una niñita alegre, Ana María, siempre de festejos aunque no hubiera nada que festejar. Celebra la vida, había contestado Juan Manuel a la acotación de la madre. José Luis, por su parte, criatura vivaz, parecía un sol, pero con el nacimiento se sintió muy desdichado. Al segundo día la familia, espantada, contempló cómo el niño había tijereteado todas las cintas que adornaban al moisés del bebé. Pero José Luis se conformó cuando le explicaron que ese nene en miniatura pronto iba a convertirse en compañero de juegos si él lo ayudaba a crecer. Se comprometió con un compromiso a medias, a veces cumplido y a veces no, en medio de intermitentes litigios ruidosos que nunca llegaron al mordisco o a la dentellada. Pero su promesa es mejor que nada, decía María, dispuesta a aceptar y comprender todo.

—Se llamará Nicanor —dictaminó Juan Manuel, como dueño de la situación. María dijo está bien.

Sin duda, ella hubiera querido una niña. Para compañía de Ana María, decía en voz alta. Pero para sí pensaba: para que en el día de mañana esté conmigo. Pero, se consoló ante el nuevo varón de la familia: también él puede convertirse en mi compañero.

A medida que pasaban los meses, María veía a Juan Manuel cada vez metido con mayor empeño en su mundo: pinturas, dibujos, libros de arte que le llegaban de Buenos Aires y a veces de Montevideo. Cada vez más dispuesto a soñar con esos viajes que pensaba hacer. Los pintores son así, se resignaba María. Ya había aprendido a conocer a los artistas; aunque había visto uno solo.

—Aquí estamos tan bien —se jactaba María, encantada con la casa, que había ido adecentando, con el pueblo, en el cual ya tenía amigos y amigos serviciales que, de algún modo, sustituían a su inexistente familia, con la cercanía del señor de San José y su buena voluntad.

Esa tarde, Juan Manuel había llegado temprano de la calle, enfundado en su pantalón y chaqueta negros (que buen juego hacían con su barba renegrida), y en la retahíla en que estaba embarcado desde hacía un tiempo.

—Ya sé que estamos bien, María, hemos prosperado bastante. Pero, alma mía, esto no es para mí. Yo debo ver museos, acercarme a los pintores célebres que han pasado por el mundo a lo largo de los siglos. Debo tomar clases, profesionalizarme, hacerme conocer fuera de estos rincones marginales.

—Pero en qué cosas piensas, Juan Manuel. Con lo bien que nos está yendo.

—Qué quieres, ¿que piense en huevos pasados por agua?

—Pero Juan Manuel, a todos les encantan los cuadros que estás pintando en el Palacio —agregaba la mujer, buscando convencerlo, repitiéndole los juicios que escuchaba día a día.

—¡Bah! Juicios de legos, de ignorantes, María. ¿Cómo pueden satisfacerme? Yo necesito ver mundo, necesito un maestro que me guíe en esta vocación que a veces pienso es una vocación de mierda... Pinto según mis corazonadas y punto, y así no puedo adelantar mucho. Esto lo sabe hasta un niño de teta. Más que con conocimientos me manejo a puro instinto. Y eso sé que no está bien, que no es lo correcto, me siento mal, tengo un ladrillo en la boca del estómago, he comenzado con insomnios...

Juan Manuel se puso de pie, no podía quedarse sentado mientras conversaba sobre ciertas cosas, sus nervios no se lo permitían.

—Pero el general Urquiza está tan contento de tu trabajo, Juan Manuel. Se lo decía los otros días a esos señorones porteños que llegaron en el barco desde Buenos Aires y lo visitaron en el Palacio. Se lo ha escrito a Alberdi, en París...

Juan Manuel la detuvo, enfadado, mientras María pensaba: pobre, más que melancólico, está histérico; también, todo el día encerrado, con ese olor a pintura... Pero ¿qué hacer? *Non ce niente da fare.*

—Qué sabe de pinturas el general, María —farfulló de pronto Juan Manuel—. No nos engañemos. Él supo en su momento cómo dirigir batallas, y ahora sabe cómo moverse políticamente, y siempre se arregló para convertir todo lo que toca en dinero y en bienes —agregó, y María se escandalizó de palabras y tono, y corrió a cerrar las puertas que nunca se cerraban. ¿Cómo podía expresarse así su marido? Juan Manuel hablaba rápido, jadeante, porque sus palabras escapaban al propio control, como el agua de la olla que ha hervido demasiado busca su salida, a borbotones, pensó María.

—Juan Manuel, por Dios… Qué haríamos sin el señor Urquiza… No seamos desagradecidos, mi amor.

—No lo soy, María, no lo soy. El general me dio una gran oportunidad. Pero yo le cumplí. Sacando bien las cuentas, hasta creo que deberá ser él quien quede agradecido y no yo —dijo, como decidiéndose a acabar con remilgos y etiquetas sociales, frente a los ojos azorados de María, que escuchaba sus palabras como quien oye blasfemias—. No te enfades, pero es así. También el destino de los artistas es así. ¿Qué hemos hecho con el dinero que me ha ido entregando y, debemos ser justos, religiosamente? Hemos comido, hemos vestido a los niños, compramos los remedios para curar sus enfermedades, pagamos la renta de esta casa, compré y compro pinturas y otros elementos para mi trabajo y… ¿Qué me quedará? ¿Acaso dinero para poder marchar a Europa, para buscar en Florencia los maestros con los que sueño, para ver en París los museos, eh? En cambio él, fíjate, María: en las paredes de su Palacio para siempre ¿escuchas? para siempre, permanecerán esos cuadros que muestran a todos, a los de ahora y a los que vendrán, la historia de sus glorias. Esas pinturas que hicieron estas manos, éstas…

Dijo Juan Manuel y se las miró, manchadas con tinturas que nunca conseguía sacarse del todo, y a esas manos se las llevó a la cabeza y con ellas en la cabeza se quedó, inmóvil, en silencio. Atribulado, si no vencido. De pronto se levantó, sonrió, apaciguado después de su explosión, del mismo modo que las aguas vuelven a su cauce pasada la inundación:

—Como diría el general, caballo que sacan de su trote no tiene buen andar… Seguiré, María, seguiré hasta que pueda irme a Europa para aprender.

—Ya, ya —dijo María y fue su mano la que acarició el pelo renegrido del hombre amado y quizá poco comprendido, y dos piedras taponaron sus ojos color ámbar, quizá por eso, precisamente, porque no podía comprender, y esas piedras eran lágrimas y Juan Manuel las vio, comprendió que se había excedido en sus lamentos pero, si no con ella, ¿con quién podía desahogarse? Es verdad que se carteaba y muy a menudo con su hermano Mauricio, y también que tenía constantes noticias de su madre, pero ¿acaso en ellos debía descargar sinsabores íntimos que lo quemaban por dentro, ese sueño en el cual se perdía porque era inalcanzable?

—María, María, qué haría sin ti, dulce mujercita —dijo, lió su cuerpo al de ella y su carne al deseo que ese cuerpo y esa mujer despertaban en él, vamos, María, le susurró, muy tierno, adiós quejas, adiós sinsabores, tenía el paraíso al alcance de su mano, Juan Manuel sabía que era paraíso pasajero, pero qué importaba: lo tenía, eso era valioso vamos, vamos, mi amor, vamos, y un mechón del pelo de María se había deshecho y cosquilleaba el cuello de Juan Manuel y María estaba tan enternecida que una lagrimita de sus ojos fue a parar a la barba de Juan Manuel y…

—No es hora, Juan Manuel —protestó la mujer, deteniéndolo.

—¿Cuándo es hora, María? ¿No es hora cuando mi cuerpo te llama, cuando mi sangre te necesita, cuando te siento, María?

Y aunque no era la hora fue la hora porque pronto los dos anduvieron en diligencias de amores y en juegos de enamorados, y entre los dos viajaron lejos, hasta las estrellas viajaron, y fue conmovedor el regreso de ese viaje de María y Juan Manuel. Pero, no había pasado tanto tiempo cuando bullangas de niños les arrebataran el espacio estrellado: Juan Luis y Ana María regresaban del colegio con sus exigencias de merienda y cariño, y el pequeño Nicanor, con los ojos abiertos, recordaba la hora de su comida. No hay caso, los niños nunca son prudentes. Y los amantes, ¡pobres amantes!, a los tropezones lidiaron con camisas caídas, zapatos tirados, cabezas despeinadas. Y fueron a atenderlos. Después de todo eran sus hijos, aunque resultaran insoportables. Y, como había dicho María, ésas no eran horas.

María llamó a la criada, que, aprendida la lección, canturreaba *Oh, valsa divina, tan rápida y viva...* en lugar del tétrico *Mi padre y mi madre / me arrojan de sí*. Con ella comenzó a preparar mamaderas y meriendas, un aria de Rossini en los labios, mientras Juan Manuel entraba rezongando en su taller:

—Pero hay hijos más atentos que los nuestros.

En el taller retomó el retrato de un don del pueblo, rico de bienes, pobre de ideas, alto de porte, narigón de apéndice nasal, oblicuo en sus ojos, torvo en su mirada, grande de papada. A Juan Manuel el don le recordaba un pavo. El pavo, cuando se excita, infla el buche y el buche se enrojece y en el buche le aparecen unas venas azules: así le pasaba al don y así le hubiera gustado retratarlo. Pero debía guardar las apariencias. Tenía que cobrar ese retrato, pensó Blanes, mientras se ponía en la cabeza el gorro colorado que recientemente le había comprado a un turco mercachifle.

—Se llama fez —le había dicho el hombre.

A él le resultaba cómodo para sus horas de trabajo. Se lo puso entonces, y en seguida su mano comenzó a deslizarse sobre la tela acentuando sombras, esfumando colores, atemperando gestos, entregada a esa tarea de colorear el rostro del don que hubiera querido pintar, para ser fiel a la verdad, en su carácter de excitado pavo y no en el de reposado comerciante con que lo está pintando. Pero de ese modo armoniza su tela con las buenas costumbres y la tradición.

Un día le había explicado a María:

—Algunos mienten con sus palabras, otros con sus hechos. Yo miento con mis pinturas.

—¿Por...?

—Porque retrato las caras que la gente o la familia de los retratados quieren tener. De lo contrario... adiós trabajo.

—Yo nunca pude mentir. Me lo enseñó mi madre —dijo María y de pronto se arreboló su cara—. A Copello le mentí. A mi marido. Pero ¿te acuerdas? En seguida se descubrió la mentira...

—¿De qué sirve faltar a la verdad si en seguida te pescan...? Mis mentiras son coloreadas, tienen que ver con la vanidad de los otros, y la gente cree en ellas más que en las Escrituras.

—Fanfarrón... —le había dicho María mientras le revolvía el pelo, según dulce costumbre.

Blanes, mientras sigue en la mentirilla de ese cuadro, masculla para sí: tengo veintisiete años, tengo dos hijos varones, tengo una hija mujer que aunque no es mía es como si lo fuera, tengo una mujer amante y tierna, y de tantas cosas importantes y bellas que han pasado por mi vida que ya va dejando de ser corta, una recuerdo intensamente: el día en que, en el escritorio del Palacio de San José, mi mirada se enfrentó con la del Presidente de la Confederación Argentina, y el Presidente de la Confederación me dijo: señor, quiero que usted adorne las paredes de estas galerías, y me mostró las paredes de esas galerías. Habíamos abandonado el escritorio y salimos a la intemperie de los patios y a la neblina de esa mañana que era la mañana y la neblina del año anterior.

—Quiero que pinte las batallas por las que anduve, pintor.

—Lo haré, señor —había contestado—. Y usted quedará satisfecho. Pero deberá irme diciendo, general, cómo fue todo aquello…

—Claro, claro… Cómo fue aquello… Lo haré, pintor.

Acaso un universo vacío sea más fácil de afrontar que uno deshabitado de la propia vocación y su cumplimiento. Por eso el pintor recuerda aquel encuentro con el señor de San José. Cree que ese encuentro fue lo más notable en su vida: porque gracias a la disposición del señor de San José pudo dar rienda suelta a esas explosiones de colores y formas que llevaba desde niño prendidos a sus dedos. Y por eso también, ya no lo duda, entonces, frente al final de la tarea para la que fuera contratado, siente otra vez el cosquilleo tan bien conocido que lo lleva a soñar con nuevos horizontes; y sueña con tales horizontes mientras desde patio y cocina le llega el doble gorjeo, *Oh, valsa divina*, por un lado, y María Linari con su aria de *Rigoletto*. Su tarea en el Palacio ya concluye, piensa: sólo resta pintar la última batalla: Caseros. El general quiere que con Caseros haga dos cuadros. Los hará. ¿Y después? Después Europa. Ya se arreglará para que sea posible semejante sueño.

Y el pintor imagina: el agua es azul, y es el agua del Arno, y si todos los ríos tienen sus olores, ¿a qué olerá el Arno?, se pregunta. Y el sol de la mañana y el del atardecer acunará a Florencia y a sus cúpulas, a las de Santa María dei Fiori, y a la de Brunelleschi, y la de la Capilla de los Medicis, y él se encaminará hacia la Piazza della Signoria, y al Palazzo Vecchio, y a la Galleria degli Uffizi y allí, oh Dios, cuántos cuadros, cuántos siglos, cuánta vida…

Y así sigue el pintor.

Cuando sueña, como cuando pinta, Blanes se siente feliz, a salvo se encuentra, acompañado aunque esté solo. Enredados en el aire del anochecer dulzón, flotan aromas de jazmín. Al amparo de tanto conjuro, Juan Manuel restaura su esperanza.

IX
Papeles del general

Encontró a la muchacha en un recodo del río y en lugar de llevarla al río la arrastró al recodo y en el recodo, entre pastizal tiernito y a la sombra de un sauce que ocultaba la intrepidez del solazo de las tres de la tarde, hizo con ella lo que quiso, que era una sola cosa, aunque la niña se defendió con manos, brazos y pies que pateaban de lo lindo donde alcanzaban y donde podían. Y pudieron bastante, puesto que llegaron a ese lugar que tienen los hombres entre las piernas. Y en ese pastizal tiernito del recodo del río, la muchacha se encontró con algo que nunca había visto: porra de hombre y de hombre general. Y él, el hombre y general, desvirgó a la niña que hasta entonces había sido una niña juiciosa, pero que de ahí en más sería catalogada como mujer poco juiciosa. Porque ya en esa primera vez, pese al sangrado que manchó sus bombachas y al escozor que le quedó en la cucucha se dijo qué pecado más grande, pero qué bueno. Y aunque supuso seguro que mis amigas se comportan mejor que yo, por más que se mueran de ganas, ya no pensó en echarse atrás. El padre dijo esto es una cosa muy fea. Mamá: pero se trata de un hombre tan importante... Y la dejó cumplir su sino por eso, y porque dio por cierto que probablemente el señor general, que ya estaba entrándose en años, se casaba con su niña. Entonces los encuentros no fueron en el recodo del río ni entre pastizales sino en casa adentro, sobre la cama con cobertor encima, y por las noches, como corresponde.

Tal era la situación. Pero el señor comandante estaba

en campaña, y aunque amar y batallar no eran acciones incompatibles, como los correntinos habían vuelto a las suyas, una vez más tuvo que partir. Esta vez dejando muchacha, cama adentro y cobertor.

Así fue cómo a la niña se le escapó el general de las manos, aunque dejándola, entre sofocos y pasmos, con un hijo en veremos. Ella lloró porque sabía lo que son las guerras. Y porque el general se lo había confirmado:

—Soy soldado. Tengo una profesión en la cual los hombres son la materia más perecedera.

Y eso era más claro que el agua.

Pero la pobre no lo perdería al general por cuestión de guerra, sino en razón de otros ojos que se le hicieron presentes. Para Urquiza era hecho inevitable el trasvasamiento amoroso.

Debe decirse que, cuando el general se fue a la nueva guerra con los correntinos, vino una vez y se volvió a ir y volvió a venir y otra vez se fue. Pero entonces para no volver más: había conocido a una jovencita en Gualeguaychú, Dolores Costa de nombre, animosa de ánimo, bella de estampa. Y cuando el general encontraba a una muchachita donde fuera, y la muchachita le caía bien, no era para intercambiar besitos y nada más.

Lo de los correntinos parecía un cuento de nunca acabar. Siempre se estaban revolviendo añejas discrepancias, siempre renovando antiguos rencores. Urquiza sabía que el único enemigo bueno es el muerto, sobre todo si se trataba de vecinos y unitarios, y desde un tiempo atrás había comenzado a oler la gestación del desencuentro que pronto se presentó. Los que hasta entonces habían sido aliados volvieron a las andadas. El gobernador lo acusaba a Urquiza de no haber cumplido con los compromisos contraídos entre ambas provincias en el Tratado de Alcaraz. Algo de razón tenía, pero Urquiza se defendió, refutó cargos. Quería la paz, decía. Trabajaba para el engrandecimiento de su pueblo, declaraba. Pero su ejército seguía aumentando en número y armas.

—La lucha actual será contra el gobernador Madariaga, no contra el pueblo —anunció al pueblo y al gobernador al cruzar la frontera y avanzar con su ejército.

Lenta pero fatalmente, tomó un villorrio, y tomó otro, y en uno y en otro puso mandos propios, y siguió en busca del gobernador correntino. Pero ¿dónde está el gobernador correntino? ¿Dónde ese huidizo ejército al que casi a desgano debe enfrentar? Urquiza hubiera querido ver a tantos soldados levantando las cosechas ya a punto, con las espigas maduras besando el suelo con su peso y no en esos menesteres, destripándose entre ellos.

Pero sigue en la guerra porque otra no se puede.

Mañoso el gobernador correntino. Conoce el terreno, puesto que es el suyo, y a Urquiza y al ejército federal los va arriando por caminos difíciles, por esteros y pantanos, por brezales y charcos hasta un potrero. *El Potrero de Vences*.

Y allí es el encontronazo.

Alborea sobre los esteros y sobre los esteros avanza el ejército, al mando de su jefe, vestidísimo de galera y poncho sobre su caballo blanco (que no es caballo de Paolo Uccello sino pintón caballito blanco y criollo). Al mando de su jefe avanza la caballería entrerriana, con los estandartes en alto, los gorros de manga colorada bien calados en las chúcaras cabezotas. Armados como están y decididos, sobre el campo se adelanta la infantería ululante. Porque esos soldados no abren la boca más que en dos ocasiones: en medio de la batalla, para darse ánimos, o cuando se emborrachan, y entonces empiezan a filosofar. Ahora están en la batalla y por cierto no filosofando, sino gritando para darse coraje; a lo lejos se ve la larga línea de los correntinos que ocupa el horizonte, y puede imaginarse el furtivo cabrilleo del miedo, el olor de las bestias ya nerviosas por la cercanía del encuentro, las armas preparadas, el corazón a punto de estallar. El paisaje parece sereno, casi lunar, en su quietud sólo quebrada por el humo de los estampidos que preludian la ferocidad de la batalla. Pero no es lunar ese paisaje: está simplemente detenido porque es paisaje pintado por Blanes bajo las órdenes del gobernador, en una de las galerías de su estancia-palacio de San José, para solaz de Urquiza y de generaciones venideras. Con todo, resulta notable cómo una escena bélica puede presentarse con tanta calma; quizá por ese vasto espacio del estero en el que asoman plantitas dispersas con alegre abandono; quizá por la extraña coincidencia de que cielo, agua y tierra poseen la misma tonalidad difusa que va del sepia al ladrillo más intenso, para apenas diversificarse en el apagado rojo de los uniformes; quizá, sobre todo, porque la infantería que avanza y la que aparece en el lejano horizonte, apenas perfilada, semejan alineados soldaditos de plomo entrando a una batalla de mentirillas.

Urquiza mira la escena en la cual alguna vez estuvo, mira el brillo del óleo que aún no se ha secado en ciertas partes, se pregunta cómo el pintor ha podido pintar una hazaña en la cual nunca ha estado, de qué artimañas se ha valido para revelar aquello que no vivió. Pero se queda sin respuestas. Cuestión de inspiración, se dice. Cosas de artista, supone. Y dando por concluida su inspección, regresa del pasado, en el anochecer dulzón de tantos años después, palmea al pintor que ha sabido tan bien pintar su batalla y le dice:

—*Potrero de Vences*… Fue el principio del fin. Allí pacificamos la región. Dicen que estuvimos sanguinarios, pero sólo fuimos justos: más se hubiera perdido de seguir la guerra.

Al Presidente ahora, más descansado, se le ha dado por leer historias de antes. En una que hace poco encontró, se enteró de que Raymond, conde de Toulouse, en medio de una campaña fue atacado por enemigos. Entonces cargó con valentía desesperada, hizo seis prisioneros. Al ver esto los enemigos se lanzaron salvajemente, obligándole a retirarse donde se hallaba su ejército; ante el peligro, el conde ordenó que le sacasen los ojos a un cautivo, y que a otro le cortasen los pies, y a otro las manos y cuando iba a seguir con las narices, los enemigos, espantados ante el sufrimiento de los cautivos, se detuvieron. Entonces él, Raymond de Toulouse, junto a sus hombres pudo escapar, sano y salvo, de los malos azares de aquel lugar.

Así la crónica del libro.

¿Y la suya?

—Yo mismo perseguí durante leguas a los jefes correntinos, buscando aventar de una vez por todas tantos violentos desencuentros. Algunos escaparon por un pelo. Los otros tuvieron que aflojar. Pero terminamos la guerra, pusimos fin a disensiones generacionales, pintor.

—¿Muchos muertos? —averigua Blanes, que ha pintado la batalla antes de la hecatombe final.

—Muchos —dice Urquiza. Y agrega, mirando una vez más el terrible suspenso de ese cuadro que pinta la *Batalla de Vences*—. Pero cada muerto es único, y eso es lo que duele, pintor.

—Ya han pasado muchos años, general —murmura torpemente Blanes, como buscando alguna justificación para borrar esa sombra de pena que ha caído sobre el rostro del señor de San José.

—Diez años, Blanes; justo diez años. Pero aún faltaba...

—¿Qué faltaba, señor?

—Caseros, Blanes. Caseros... —dice Urquiza y se queda en silencio, pensativo, para de pronto agregar:— Rosas. Había que terminar con don Juan Manuel de Rosas, el autócrata, pintor.

Juan Manuel Blanes mira a ese hombre ante cuya fascinación se rindió con gusto de entrada nomás; cree entenderlo. Él, pintor, está acostumbrado a observar lo observable, como siempre dice, aun los detalles mínimos, pero ¿y lo que está adentro de un hombre? ¿Qué hay en los adentros de un hombre? ¿Qué en Urquiza?

Guarda sus elementos de trabajo, Blanes. Guarda también ese gorrito turco que se le ha dado por usar, y se apresta a partir hacia María y el encanto de su indisimulable acento itálico, y a su piel de magnolia, y a ese cobijo cálido que encuentra en su cuerpo siempre. Y hacia los niños quiere partir, y hacia sus risas y ese constante descubrimiento del mundo en que ellos están y que a él le encanta compartir.

Mientras hace sus aprestos, mira al general que mira por la galería y ve cómo al general se acerca su mujer, y sus hijas con gritos de júbilo.

La tarde ya se ha hecho noche y es inminente esa fiesta que durante todo el día el movimiento de la casa ha presagiado con sus aires de jolgorio. Por la mañana don Justo José había visto que las criadas pulían candelabros y platería con tanto empeño como el asistente su caballo. A las niñas mayores las entrevió en aprestos de música y vestidos. Ahora llega Dolores, su mujer, con el pequeño Justo José Salvador en brazos y, prendidas a sus pollerones las dos hijas, Dolores, la mayorcita, y Justa. Justo José Salvador es el primer hijo varón que le ha dado su mujer Dolores, después de esas dos niñas que lo tienen embobado, como si fueran las primeras de la colección, pese a que ya es un padre veterano, padrillo viejo como a él mismo le gusta denominarse. Porque, vaya que son graciosas y parlanchinas sus hijitas.

—Tata… tatita…

Gorjean sus demandas de mimos las dos, en racimos brotan de los infantiles labios (prerrogativas de inocentes que no ven al guerrero entorchado de condecoraciones sino al Tata proveedor de afecto), taladran el aire sus gritos.

—Como todos los Urquiza estas niñas tienen tendencia al movimiento y al mando —murmura el padre, con orgullo de integrante mayor de la estirpe.

Como Tata de las niñas se apresta a conceder los mimos solicitados. Y enseguida se los concede: toma a la mayorcita de la mano, a la otra la sube a babucha, y con ambas al trote un-dos-un-dos… comienza a recorrer al ala de la galería en cuya pared, a la luz del atardecer, vio la batalla del *Potrero de Vences*, previó la fugitiva identidad que da la Historia a través del arte, promovido por tales recuerdos, y también evocó, perdiéndose en la negrura del tiempo y de la noche, la sombra de las mujeres amadas en aquellos años de errancia bélica.

Muy luego, con el mismo trote, Tatita y las niñas enfilan hacia el parque de versallesco porte y, en el parque con aroma a madreselva y lavanda, hacia la gran pajarera de hierro habitada por bullanguera fauna en la cual lucen sus galas papagayos celestes traídos del Paraguay y otros oscuros portados del Amazonas, y faisanes dorados provenientes de Francia, y dulces palomas de los montieleros bosques y, de la costa del Gualeguay, parlanchinas cotorritas que han aprendido a saludar al gobernador en guaraní y a putear a Rosas en latín. Y las niñas ríen, mientras por los barrotes de la inmensa jaula buscan el suave plumaje de los papagayos celestes traídos del

Paraguay, el de los dorados faisanes importados de Francia, el de las parlanchinas cotorritas de la costa del Gualeguay… Y siguen en su correría, up, up, le dicen a Tatita, y marchan hacia la otra jaula, la grande, donde están los animales temibles, esos tigres de ojos enigmáticos y garras enormes, el león africano que sacude su cabellera castaña como madre el ébano de la suya cuando llega la hora de dormir, y la pantera de cuerpo grácil y boca impresionante. Y las niñas azuzan al tigre de ojos enigmáticos y al león africano y a la pantera de cuerpo grácil y al aire lanzan sus risas y al aire sus manotones de gloria hasta que Dolores dice basta.

—Basta ya —repite mamá Dolores, quien con sus tres partos tan seguidos se está poniendo voluminosa; pero no hay peligro: siempre su alma será más grande que su físico—. Los invitados han de estar al llegar.

Coscorronea a las niñas, las niñas comprenden que ha llegado uno de esos momentos en que deben obedecer, aunque se resisten a dejar espalda y manos de Tatita.

—Ya, ya —dice don Justo José dispuesto a dar una vuelta de hoja. Y con las niñas en los lugares correspondientes de su persona para el juego que han jugado, atraviesa el patio camino al comedor donde lo aguardan tareas de gobernante y de político.

Más allá de la galería y del palacio, la noche estalla en estrépito de estrellas y de grillos.

En la vastedad del comedor, frente mullidos sillones, tapicerías orientales, muebles de europea factura, algún aparador taraceado y cierto misterioso biombo Coromandel, presidiendo la cena, está don Justo José entre olores que desde la cocina atraviesan los patios pregonando la llegada de viandas saturadas de cebolla y ají, de pimienta y fritangas, de asados y confituras. Dicen que a la mesa de trabajo que Santo Tomás utilizaba para escribir la Summa Teológica, sus hermanos en religión debieron cortar, en nombre de cristiana caridad, un gran semicírculo a fin de que el voluminoso vientre del sabio pudiera expandirse en paz, de modo tal que a la comodidad de su corpachón respondiera con holgura la sagacidad de un intelecto asombroso. Don Justo José, aunque con los años está engrosando, para nada necesita de tales subterfugios, pero sí de un cierto volumen en el espacio que lo rodea para poder manejar sus manos con la libertad exigida por la elocuencia. De aquí que la mesa sea tan grande, y tan holgada la cabecera. Y en esa cabecera está, y ha comenzado la cena y ahora, mientras los demás beben los vinos de sus viñas, sus garnachas y moscateles, y él el agua que acostumbra, porque el señor de San José nunca bebe vino, levanta el tono don Justo José, pues su voz tiende a perderse en la vasta sala y en la larga mesa donde el ruido de los cubiertos y el tintinear de las copas hacen lo suyo y vuelven difícil mantener esa conversación. Que es conversación importante, porque esos señores que comparten su mesa han venido de lejos. Han venido de Buenos Aires, y también de Paraná. Y el asunto que tienen entre labios es asunto de país y de país en crisis. Porque ¿acaso puede no estar en crisis un país de un Estado rebelde, esa hermana mayor separada de la Confederación Argentina desde hace más de un año?

—Es preciso probar, en todo caso, que el edificio de nuestra Constitución no está fundado en arena. Todo el sistema actual reposa en el respeto a la propiedad y a la vida. En el desarrollo de la riqueza material, para lo cual es necesario la concordia y la paz en todos los rincones del territorio. En la Confederación, no propender a la paz es ofender y falsear la Constitución. Y esto lo defenderemos a rajatabla.

Asienten los señorones que comparten la mesa y se ven espejados bajo el resplandor lechoso de las lámparas, en las quietas aguas del azogue. Asiente el Barón de Mauá, poderoso brasileño en trámites de préstamos para fomentar las industrias que el gobernador quiere instalar en el país. Asiente el naturalista sueco Augusto Liliedall, trotacaminos que ha recorrido los ríos estudiando sus cursos y la manera de hacer que, mediante puentes y otros arbitrios, no obstaculicen el tránsito de los hombres y el comercio de la zona. Asiente Bonpland, el francés, por entonces cortejando los palmares aledaños al río Uruguay. Y el delegado del emperador Pedro II, quien acaba de otorgarle la orden del Cruceiro, también asiente. Y el profesor Larroque, venido de muy lejos para impartir clases en ese colegio que ha fundado en Concepción, por orden del señor Urquiza, a fin de abrir el país a las ideas nuevas y propiciar entusiasmo intelectual en los jóvenes, también asiente. Y todos, de a uno y entre varios, opinan y preguntan y acercan pareceres pero, sobre todo, escuchan al señor Presidente de la Confederación, quien ha dejado a su delegado en Paraná para venir a dictar políticas desde San José. Ducho en el arte de dirigir los coloquios hacia el punto deseado, con amplísimos gestos de magisteril sembrador y de *pater familias*, les está informando, ya en tono tenue y coloquial, ya con estentóreo empuje, según la materia a exponer.

Y en la gran luna biselada que cubre una de las paredes del comedor, lago de aguas dormidas ese espejo, reanimados al calor de los garnachas y moscateles que más de uno ha proclamado excelente, porque vienen del Portugal, y de Maracaibo, y de Túnez, y de los viñedos de San José, se repiten los gestos del gobernador, que está hablando. Y los del delegado de Pedro II, quien acaba de llevar un trozo de codorniz a su boca. Y el perfil del doctor Alberto Larroque el cual, después de dejar su copa de cristal de Bohemia sobre el mantel, nombra los libros llegados de París, fija en ese momento sus ojos en el centro de mesa formado por las rosas que sin duda doña Dolores ha cuidado y, abandonando en el mullido respaldo su corpachón, murmura las rosas literarias de su adolescencia en París, recuerda a Malherbe, recuerda *Die of a rose in aromatic pain*. Se lo dice a doña Dolores, doña Dolores sonríe, luego Dolores posa su mano sobre el borde de la mesa cubierto con mantel traído de Holanda, y se levanta, envuelta en sedas crujientes, importadas desde Londres, vía el Janeiro. La sedas ciñen el cuerpo de la dama de acuerdo a los dictámenes de la moda también importada directamente desde París a ese Palacio instalado en medio de la selva montielera. Y doña Dolores, centelleo de pedrerías que remueven las quietas aguas del espejo, con autoridad de ama de casa dice:

—Señores, por favor, pasemos a la sala.

En la sala las niñas tocan el piano y cantan, juegan con arpegios y con voces, recitan los versos de Alberdi:

> *Las ninfas del Plata*
> *con planta fugaz*
> *el aire perfuman*
> *de rosas y azahar.*

Hay aplausos y hurras. Hay versos en francés, aprendidos a la sombra de Mme. Lefrière, la institutriz traída de Toulouse, sonríe complacido Aimé Bonpland y su cabeza entrecana asiente, *oh, elle récite très bien*, vence la tentación de comentar algún recuerdo, porque ya salen a mirar el parque, porque la noche está espléndida y todos maravillados frente a las laberínticas perspectivas tramadas por senderillos y árboles a la luz de la luna. Las exclamaciones de asombro se suceden. Urquiza piensa cómo se ha hecho realidad todo lo soñado en medio de su itinerante tránsito bélico. En aquellos tiempos, jinete en su pingo o viajero de caminos imposibles, triscando polvo y necesidades, entre batalla y batalla, su imaginación pensaba en levantar esa casa, a semejanza de las de París, sólo conocidas por él a través de revistas y noticias. Y soñaba también en crear fábricas y fundar colegios y colonias y en traer hombres sabios para que le ayudaran a construir un país.

—Es un lugar paradisíaco —anota uno, expeliendo el humo de su cigarro.

—Me recuerda a París —musita, levemente nostálgico, Aimé Bonpland, quien en su momento compaginó nada menos que los jardines de la Emperatriz Josefina, la esposa de Napoleón.

El presidente de la Confederación, víctima él también del melancólico privilegio de la evocación, murmura para sí: también este hombre es vulnerable a los recuerdos. Mas en voz alta dice:

—Pero Sarmiento acaba de escribir en *El Nacional* que es indecente que el general Urquiza haya establecido el gobierno del país en los corrales de su estancia de San José.

X
Papeles del pintor

El alboroto de voces y risas sacó a María Linari de sus pensamientos. Desde la costa del río, unos cien metros distante, vio venir a la criada con los niños. Nicanor, a quien había dejado junto a ella, comenzó a gatear hacia el alboroto de voces y risas que sin duda había reconocido, y su gatear era sobre la arena porque estaban a orillas del Uruguay. En la ciudad el calor era agobiante. María había añorado aquella "sala del siroco" que tenían las casas de alguna región de su país, y permitían aguantar el cimbronazo del verano y el viento cálido que venía del África. Pero en su casa de Montevideo no había ningún lugar fresco: María Linari y Carmela, la criada, provistas de alimentos y vituallas, habían marchado hacia el río. Allí acamparon a la sombra de los grandes árboles y las enredaderas en flor que ornaban ese rincón del Uruguay. Y allí pasaron largas horas de ese día, ya a punto de concluir, buscando la frescura aportada por la cercanía de las aguas.

Pero la caída de la tarde se había anunciado de improviso con la súbita desaparición del blanco resplandor solar, en tanto el paroxismo de colores y la suntuosa ordalía de verdes y de rojos y amarillos que los habían acompañado durante horas, eran sustituidos por el melancólico grisáceo provisto por las nubes. Bajas, de pésima catadura, estaban cubriendo el cielo, de este a oeste, con tanta rapidez como para apresurar el paso de la criada.

—Señora, está por cambiar el tiempo —dijo al llegar la muchacha—. Mire.

Aunque ella lo hacía con un solo ojo por pérdida del otro, ese uno veía todo cuanto había que ver. Mientras los hombres bien que miraban con los dos el pecho exuberante que ella dejaba entrever entre las aberturas de su bata de percal.

María Linari había estado meditando acerca de cómo la vida la había puesto a punto cero cuando abandonó su hogar, y entonces le devolvía un marido, tres hijos y muchos amigos. Soy una mujer golpeada por la dicha, se decía a sí misma, bromeando con su destino, cuando le llegó la voz de alerta de la criada. Entendió que no era hora de seguir rumiando pensamientos sino de poner manos al regreso, secundada por la previsora Carmela, quien ya, apresuradamente, tomaba a los niños, arreglaba sus ropas, juntaba las prendas desparramadas sin ton ni son, y se iba hacia el río en busca de algo olvidado:

—Vuelvo enseguida, señora.

Este es mi presente, se dijo María Linari sin poder romper el círculo de sus meditaciones. Y lo estoy haciendo entre un pasado destruido y un futuro que no sé ni quiero imaginar, por ahora.

Vio a la criada acercarse al río, y la vio agacharse y recoger el juguete que había olvidado Ana María. Y, casi a punto de pegar el regreso, la vio mirar distraídamente la superficie ondulada de las aguas, oscurecidas entonces porque ya no espejaban el azul del cielo sino el negror de las nubes. Supuso el hedor a pescado podrido que en ese recodo habría, porque habían andado pescadores despanzurrando sus piezas por allí; y en eso estaba, con Nicanor en brazos y José Luis prendido de su mano, y Ana María ayudando en la tarea de juntar las cosas cuando, inesperadamente, escuchó el grito de Carmela, trabado por la histeria y exasperado por el miedo, y la vio retirarse de la orilla, como animal aterrorizado ante un fenómeno inusual. Y fue un alarido el que cruzó el aire y llegó hasta ella:

—Señora, señora María, por favor…

El grito de la criada sustrajo a María Linari de la modorra tropical en que había estado, y de tanta introspección personal. Dejó a Nicanor en la arena, al pie de un ceibo, entre lágrimas y pataleos, porque para nada al niño le había gustado el repentino despojo de esos brazos maternos que lo estaban acunando. Ordenó a Ana María:

—No te muevas y cuida los niños.

Y corrió hacia la orilla del río entre los gritos de la criada. Con el despliegue de su voz, la mujer parecía querer llamar la atención del mundo, en tanto, inmovilizada por el espanto, con mano temblorosa señalaba la ondeante superficie de las aguas.

—¿Qué pasa, por Dios…?

No bien llegó, siguiendo el brazo extendido de Carmela que oficiaba de brújula, María Linari vio qué pasaba: en la orilla de ese vasto cuenco que mansamente acercaba y retenía y apartaba el curso líquido de sus aguas en rítmico vaivén, perfilada nítidamente como criatura insólita, flotaba una mano.

María Linari unió al de la criada su sorpresa y quizá su espanto.

—Una mano —murmuró como quien da nombre a algo inconcebible.

Y lo era, porque ¿puede acaso uno imaginarse una mano fuera del cuerpo que es su lógico contexto? María Linari, amiga de asociaciones imprevistas, recordó aquella Flor Azteca de su infancia, que sólo poseía entidad de la cintura para arriba. Pero ¿una mano sola, vagabundeando por el mundo, mejor dicho, por las aguas?

—Una mano —repitió Carmela.

Ante tamaña infracción a las leyes de la naturaleza, husmeaba en el aire como buscando algún hedor, algún aroma vegetal o animal, cierta señal que explicara la presencia de ese miembro trashumante traído por aguas indecisas que parecían no saber si devolverlo al cauce o dejarlo en la orilla.

—Qué extraño.

De hombre parecía ser, y estaba, como un gajo desprendido, acercado por esa insólita errancia acuática. Ambas mujeres la miraban, ganadas por el desconcierto, sin saber qué hacer, ni decidir. Mientras tanto, el cielo seguía oscureciéndose y las voces de los niños les llegaban en intermitentes altibajos de risas y de llantos. De pronto, la criada, con su explorador ojo único que desplazaba por el alrededor, vio algo que sólo pudo anunciar con la voz grave y casi temblorosa conferida por el terror:

—Dios mío, señora, mire allí…

Y otra vez María Linari siguió el rumbo del extendido brazo, y otra vez sus ojos rastrearon el agua, y en el agua vieron lo que vieron: a la vera de unos juncos a cuyas raíces quizá estaba adherido, flotando a la deriva, o mejor, bajo el suave pero constante impulso de las aguas, un cuerpo, y cuerpo humano, se acercaba a la orilla. Grande, hinchado, zaherido en su estructura por las aguas y quizá por el tiempo, velero misterioso en errático deambular. ¿Quién era? ¿A quién pertenecía? ¿Por qué allí y no en el lugar reservado a los muertos?

María Linari se hizo la señal de la cruz ante el difunto. Siguiendo su vieja propensión a asociaciones, recordó una historia de su tierra: cierto pueblo antiquísimo del Sur, sepultaba a sus muertos en barcas muy pequeñas que lanzaban al mar. Pero ¿en un río?, ¿en ese río donde sus niños se pasaron la tarde chapoteando y buscando piedritas, y caracolas, y quizá el Unicornio de los cuentos infantiles que ella les contaba?

—Es hombre y su atuendo huele a disfraz —advirtió la criada que ya parecía haber tomado confianza con tantos exabruptos del río.

Pero no estaba disfrazado. María se encargó de anular el equívoco.

—No, Carmela. Esas ropas raídas son de uniforme militar.

—Y de uniforme de militar porteño —sentenció la criada, entendida, después de breve análisis.

Vaya si sabía de militares la criada Carmela. Había tenido relaciones con varios soldados y hasta se dio el caso de mantener a la vez dos galanes, uno soldado de Oribe y el otro lancero de Urquiza. El asunto fue cuando se sintió preñada. ¿De quién sería el hijo?, se preguntó intrigada, aunque no tanto: de uno o de otro, el crío pertenecía al ejército federal. Y eso era lo importante.

En la ocasión, ambas mujeres, apesadumbradas y confusas, rezaron sus íntimos *requiescat* por el difunto. María Linari recordó un dicho de la tierra siciliana: *Fra cent'anni tutti senza nasu* (en cien años, todos sin nariz). Y se entristeció más aún: la muerte siempre apena. Regresaron, lentamente, donde estaban los niños, los calmaron, apresuraron la partida. Carmela preparó el coche y el percherón que los había traído y que ella, como buena campesina, sabía manejar a las mil maravillas.

—Al pasar por el destacamento te detienes —ordenó María—. Daremos aviso. Y por Dios, que los niños no se enteren.

Mientras iban camino al pueblo y al hogar, las dos mujeres se acordaron de una historia que repetían las comadres del barrio. Era la historia de la señora de Mancuso, y era muy vieja, y contaba el caso de un matrimonio que cierto atardecer estival, mientras tomaban fresco en la puerta de calle, se vieron atacados por un par de facinerosos.

La cuestión fue que, en tanto el marido corría hacia la casa en busca de armas, la mujer los enfrentaba, corajuda, razón por la cual uno de los intrusos, portador de un hacha, no encontró mejor manera de asustarla que descargársela en la mano. La mano voló por los aires, sin que la doña se diera cuenta. Corrió en busca de algún vecino, mientras el marido se hacía presente en la escena con el arma, pero con tan mala suerte que, antes de poder usarla, fue alcanzado por un puñal. Cayó muerto en tanto la mujer, a su regreso, ante tamaño estropicio, y ya enterada de la ausencia de su mano, no encontró mejor consuelo que poner, junto a sus lágrimas, la mano propia en el pecho del marido muerto. De la historia macabra se hizo eco la ciudad y hasta algún poeta:

> *Dechado de crueldad fue el asesino*
> *Que de tu esposo y mano te privara;*
> *Pero*
> *Si firme fue Fermín, tú firme fuiste*
> *Pues tu mano, al morir, también le diste.*

Juan Manuel Blanes, esclavo de su destino y de su vocación, se pasaba los días en San José en ese laboreo de cuadros encargados por Urquiza. Pero, en cuanto encontraba una ocasión, regresaba para restaurar sus fuerzas en la ternura de María y los niños. Esa tarde había regresado. La excusa había sido falta de material para su trabajo. El mayordomo tenía las órdenes para la compra de los avíos necesarios, que se encargaban a Buenos Aires. Larga la lista, pues no quería quedarse corto al encarar la parte final de su trabajo: veinte metros de lienzo, aguarrás, goma arábiga, blesi de ultramar, juego de pinceles, cola de Pergamino, amarillos, bermellón, tierra sombra, púrpura, índigo, blanco plata, amarillo de Nápoles, ceniza verde, tierra verde, negro humo, albayalde de Génova, bleu ultramar fino, tierra sombra natural, aceite cocido, ultramar en polvo, alambre de cobre, cardenillo finísimo, goma laca, aceite cocido, polvo de bronce ocre rosa, trementina de Venecia. Había requerido también pagos atrasados. Y algo consiguió: "ciento veinte onzas a cuenta de trabajos de su profesión", señalaba el recibo que tenía en sus manos y que María estaba mirando. Claro que prefería así los pagos, al contado. Cuando eran letras a descontar, resultaba el cuento de nunca acabar el arte de cobrarlos. Urquiza cumplía y él, Blanes, no tenía quejas. Pero ¿los empleados? ¿Los banqueros que debían traficar sus letras? No se daba abasto con el dinero: los niños, la casa, la criada, la madre a quien debía ayudar, en Montevideo, pobre vieja, con tantos achaques por la edad. Era gravoso mantener una familia. Una familia y una vocación.

Pero el tema de pagos y encargos profesionales en marcha apenas si llamaron la atención en esa tarde complicada, puesto que Blanes había encontrado a su mujer y a Carmela y al barrio, ya que no al pueblo, alborotados por el trágico hallazgo, en el río, de esa mano descubierta por las dos mujeres.

La situación interesó a Blanes pero no en demasía. María Linari protestó:

—Por cierto, una cosa es que escuches el cuento que te hacemos y otra haberte enfrentado primero con esa mano flotando y después con el muerto, que ni siquiera sabemos si es difunto propietario de esa mano. Nos quisimos morir —exageró.

Pero ocurría que Blanes, más al tanto de la situación política por la que atravesaba la provincia y el país, no podía sorprenderse demasiado, puesto que la violencia de ningún modo estaba acallada. Soldados y oficiales, durante tantos años impulsados a matar sin asco, y entonces convertidos en mano de obra desocupada y no reeducada, ¿no eran elemento propicio para estas anormalidades macabras? Por lo demás, el Estado rebelde de Buenos Aires, y la Confederación Argentina, aunque habían llegado a cierta *entente* para nada cordial, pero sí prudente, no dejaban de tener sus enfrentamientos cuando unos u otros superaban los estrictos límites. Y estos límites eran transgredidos más bien a menudo. ¿Por qué? ¿Pues por qué iba a ser, sino por cuestiones comerciales? Probablemente, la historia ésa del cadáver, y de la manito huérfana, se debía a algún litigio similar a esos que dos por tres se suscitaban entre porteños que avanzaban más allá de los límites acordados, y provincianos exaltados. El caso de la invasión de los generales Madariaga y Hornos, después de Caseros, había dejado a muchos con la sangre en el ojo. Los porteños, en aquella ocasión, se habían querido apropiar de la ciudad, pero resultaron expulsados con metodología variada, entre otra, la ensayada por los estudiantes del Colegio de Concepción del Uruguay. Que fue el uso indiscriminado del cascotazo.

—Vieras, los muchachos devolvieron los invasores a sus barcos a pedradas —le está diciendo Juan Manuel a María.

Y como María Linari, interesada en ese Colegio cuya mole ve a diario desde la ventana del comedor, le pregunta por su historia, Juan Manuel Blanes la pone al tanto. Su creación fue idea de Urquiza, cuando era gobernador. Al comienzo pensó fundarlo en Paraná, pero, en razón de algunos encontronazos entre el cura Miguel Vidal y el gobernador delegado, fue imposible ponerlo en la capital. Urquiza cortó gordianamente el asunto: dispuso que materiales, albañiles y planos fueran trasladados de Paraná a Concepción del Uruguay.

—Y aquí comenzaron las tareas, y aquí se construyó y aquí está funcionando —explica Juan Manuel a su mujer—. Con la única salvedad de que los estudiantes tuvieron que cambiar de río… Del Paraná, pasarse al Uruguay. Y aquí lo estás viendo.

Juan Manuel le cuenta, además, cómo se está volviendo célebre el Colegio: llegan estudiantes de todos lados del país, y aun de países vecinos. Después de aquella desgraciada ocasión en que, para defender su ciudad, los estudiantes debieron formar un batallón, los porteños barcos pegaron la vuelta a la rada de Buenos Aires, los estudiantes regresaron a sus libros, los hombres a sus trabajos. Y colorín colorado cada cual a sus asuntos.

—Pero, donde hubo fuego, cenizas quedan… —dice pensativamente Juan Manuel.

—¿Podrá empezar otra vez la guerra, Juan Manuel? —pregunta María levemente inquieta: no puede sacar de su cabecita la imagen, flotando en el río, de ese cuerpo, sin duda ya en el destacamento.

—Hay que confiar en Urquiza, María. Es prudente y está decidido a mantener la paz. Fíjate que, habiendo vencido a Rosas, que tenía a su favor la mayor parte de la población y a federales de todos los pelajes, Urquiza no ha querido enfrentamientos con Buenos Aires, y prefirió dejarla sola.

—Que se arreglara.

—Y se está arreglando bien. Pero también avanza la Confederación.

María piensa que es así. Ella conoce sólo algunas cosas. Pero, si la gente de Buenos Aires podía escuchar en su ciudad las arias de Verdi estrenadas en Venecia o Roma, y sus mujeres consultaban los figurines de París, y recibían los muebles de Liverpool, los Coromandel de China, y *El Tío Tom* de Estados Unidos, algo similar, por lo que ella veía, pasaba en el Palacio de San José o en la ciudad de Paraná, la capital de la Confederación.

Con todo, María Linari tiene ciertos temores.

—Pero, Juan Manuel ¿éste sigue siendo un solo país?

—Claro que sí. ¿Has visto esos matrimonios que se separan por un tiempo y después vuelven a reunirse?

—Pues sí.

—Bueno, Urquiza dice que así terminará esta historia. Con el reencuentro.

—Ojalá.

—Y ahora, basta de tanta politiquería y a mimar un poco a su marido que casi está de vacaciones —dice Blanes y revuelve el negro pelo de María y besa su cuello. Pero no puede con su genio: por la ventana ve la Plaza que ya llaman del Pronunciamiento, porque desde allí Urquiza dio la proclama mediante la cual se separó del Restaurador. Señalándosela a su mujer, le explica:— Mira: allí empezó la batalla de Caseros.

—¿La que tienes que pintar? —pregunta, ya al tanto, María Linari.

—La que tengo que pintar. La última. María, te cuento lo que haré.

Juan Manuel Blanes toma papel y lápiz, sobre la blanca hoja comienza a trazar unos bosquejos, y empieza a explicar aquello que ya ilumina su cabeza.

—Pienso pintar dos cuadros, María. En uno la caballería entrerriana avanza, sobre sus cabalgaduras los bravos lanceros, rojos los trajes, y sobre los trajes rojos el peto blanco que señala de qué manera los hombres que allí marchan son federales, sí, pero no de Rosas el Restaurador, sino de Urquiza, el entrerriano… Y con ellos irá Urquiza, y con Urquiza, *Purvis*, el perro ¿recuerdas? Y…

Se ha exaltado Juan Manuel Blanes, ya no está allí, está en la batalla que tiene en la cabeza y trasladará a su cuadro, está en… Pero María Linari le toma la cara entre sus manos, y entre sus manos ve ese joven inquieto y talentoso, enérgico y a veces confundido, y acaricia la renegrida barba, come a besos el encendido rostro, anida sus labios en la oreja de su hombre, le dice cosas, le pregunta:

—Manuel, ¿no me dijiste que estabas de vacaciones? —y lo pregunta con voz gorjeante María Linari, y es voz portadora de resonancias secretas que invitan a abandonar las feas realidades del mundo para entregarse a otras dulzuras, y ella huele un olor maravilloso, asociado a cálidos estremecimientos de un alba que se inicia, de un tranquilo oasis.

Y Juan Manuel dice que sí.

XI
Papeles del general

Pero un buen día al general don Justo José de Urquiza, gobernador por tercera vez de Entre Ríos, se le acabó la paciencia. Se hartó del señor Restaurador de las Leyes don Juan Manuel de Rosas, de sus exabruptos, de los impedimentos que ponía para que en la región se hicieran buenos negocios, y de su vieja costumbre de zamarrear a todos con sus intemperantes decretos y órdenes.

Por cierto, hacía todo eso porque su corte de adulones le permitían cometer tantos excesos. Pero muchos ya soñaban con que ese Rosas de mierda se iba a acabar.

—Una legión de obsecuentes practica el besamanos inclinándose tanto, que ese besamanos se convierte en besapiés —protestaba.

Su asistente *Colibrí*, por su parte, agregaba:

—Cuando no en besa-culo.

Por sobre todo, Urquiza se hartó de las mañas a que recurría Juan Manuel de Rosas para no disponerse a organizar el país, de una vez por todas, mediante una Constitución. *Colibrí*, su asistente, bastante ignorante pero en ocasiones de corazonadas certeras, le había dicho, un día en que lo vio al general preocupado en razón del mandamás porteño:

—Pensar que todo se podría solucionar si él se muriera, ¿no, Jefe? Se mueren tantos… Pero ¿quién podría obligarlo a que apurara su camino?

—No seas bruto, *Colibrí*. A los hombres sólo los mata Dios o las batallas.

—A veces hay ayuditas, patrón. Porque, mire que este hombre es fortachón y tiene para rato, según parece. Y está prendido al gobierno como el bicho canasto a su rama.

—Te he dicho que no seas bruto, *Colibrí*. Nadie se muere ni un minuto antes ni uno despúes.

En esos momentos, justito en la mitad del siglo XIX, don Justo José era un personaje no sólo regional sino nacional, admirado por sus éxitos militares, la severa administración de las rentas públicas de que hacía gala, la inmensa fortuna consolidada con su trabajo e ingenio, el empuje dado a la cultura y a las colonias extranjeras que fomentaba en Entre Ríos.

Uno de sus hijos, Diógenes, el segundo de los nacidos de sus amores con la niña de los Calvento, en una visita a San José le había comentado, entusiasmado:

—A usted, Tata, cada día lo conocen más en Buenos Aires por los adelantos en la provincia. Cosa de no creer, se dicen los porteños, lo que está haciendo este hombre. Y se quedan más bien verdes de envidia. Le cuento que, por eso mismo, su figura despierta resquemores. Lo comparan con el general Rosas, y el general Rosas sale perdiendo en la comparación. Hay que andar con tiento —decía el jovencito.

Su padre lo miraba, en tanto para sí se decía: prudente el muchacho; demasiado joven para tomar las cosas tan en serio. Pero ¿acaso él no había sido también así, antes de los veinte años y ya con cierta fortuna, varias mujeres y un hijo reconocido?

Urquiza estaba orgulloso de Diógenes: había andado por el Brasil y alternado con jóvenes cariocas de pro, y sabía el inglés y el francés y el portugués y acababa de doctorarse en leyes y le servía como buen contacto en la capital en esos asuntos políticos que él tenía entre ceja y ceja. Físicamente muy parecido a su padre, ameno y expansivo, siempre con un reloj que requería a su chaleco con frecuencia para mirar la hora, porque era hombre de aprovechar el tiempo y parecía saber que ésa era la materia más desaprovechada, el hijo resultaba interlocutor imprescindible para su padre.

—Mijo es un soldado con aspecto de señorito y corazón de hierro —decía Urquiza, orgulloso, constantemente empeñado en apaciguar su aire montielero.

Una tarde Diógenes le contó el viraje de Domingo Faustino Sarmiento, una de las mejores cabezas de América y hombre de agallas que se llevaba todo por delante. Exiliado en Chile, desde allí bregaba por la convocatoria al Congreso, al tiempo que incitaba a Urquiza para que tomara la batuta:

—Viera, Tata, lo que dice de usted en *Arjirópolis*: Urquiza es la gloria más alta de la Confederación, dice. Y especifica: jefe de un ejército que siempre ha vencido, gobernador de una provincia donde la prensa se ha elevado, y el Estado ha organizado la instrucción primaria...

Así dijo el muchacho que decía Sarmiento. Y agregó:

—¿No lo ha leído usted? Es importante que sepa usted qué escribe el hombre.

—No lo he leído pero lo haré. Por lo demás, la verdad, hijo, que he hecho los mayores esfuerzos para dejar a la República libre de enemigos interiores y exteriores, y en condiciones de constituirse. ¿Puedo acaso, ahora, permitir que todo se frustre por la intemperancia de un hombre que no respeta los pactos federativos y ha hecho criminal abuso del poder?

Diógenes le había traído a su padre el libro de Sarmiento, y Urquiza, que nunca ponía distancia entre el dicho y el hecho, pronto lo estuvo leyendo. En algún momento de la lectura, no pudo menos que sonreírse:

sin conocer la provincia, el sanjuanino le planteaba las ventajas que tendría la zona con el libre tránsito fluvial y los puertos abiertos al comercio directo.

—Lo mismo me dice Mármol. Y me dice también *La mano de V. E. púede imprimir un nuevo movimiento a la vida de la república.*

—Sí, todos se lo quieren sacar a Rosas de encima.

—Así es. Y no hablemos de los vecinos: los brasileños y los paraguayos y los montevideanos, y los ingleses también...

—Pero todos esperan, como para empezar el baile, la voz de aura.

—Mijo, el poder de Rosas es un poder ficticio, nulo, sin base. Al primer empuje se desplomará su trono con más facilidad que una pirámide de humo.

Urquiza recuerda que Rosas decía: los unitarios son muy zonzos, no ven que a la mulita se la debe sujetar por la cabeza y no por el rabo. Pero yo, Urquiza, reflexiona Urquiza, como soy federal, sé cómo sujetar a la mulita. Yo iré directamente a la cabeza. Un día manda cambiar el nombre de una calle de Paraná, capital de la gobernación: se llamaba Rosas, en adelante, será Ramírez, como el Supremo. Después, azuza a los diarios. Y mantiene conversaciones, entre bambalinas y a la luz del sol, sobre esa revolución constitucionalista que busca con los de afuera, con los de adentro, y consigo mismo. Lo escuchan.

Cuando se cansó de todo eso, reunió a su caballería entrerriana y llamó a los pobladores. En Concepción del Uruguay, en la plaza que estaba haciendo cruce con el Colegio y con la Iglesia Matriz, hizo sonar trompetas y campanas y leyó una paginita en la cual planteaba las nuevas condiciones de la convivencia nacional: declaró que el pueblo entrerriano asumía la soberanía de la provincia, reasumía las facultades delegadas en el gobernador de Buenos Aires, y pasaba a cultivar directamente las Relaciones Exteriores y la dirección de los Negocios Generales de Paz y Guerra de la Confederación Argentina. Todo lo cual significaba, para buen entendedor, que le daba al señor Restaurador una patada en el culo y se declaraba independiente del mentado tutelaje. Prácticamente mandaba al Restaurador a cuarteles de invierno.

El acto, efectuado con mucha solemnidad, se llamó el Pronunciamiento. Siguieron claras señales de que el señor montielero no estaba solo en la decisión tomada: lo acompañó todo el paisanaje entrerriano, y el entrerríos enterito se volcó en festejos.

Hasta se compuso una "canción marcial entrerriana":

Argentinos, heroica progenie
de los hombres de Mayo y Junín,
cuyos hechos pasman al mundo
desde el uno hasta el otro confín,
elevad la humillada cabeza,
para ver la salida del sol
que se alza hoy de Entre Riano horizonte
como el arco bendito de Dios.

En Buenos Aires fue el sanseacabó.

El Restaurador montó en cólera con su hasta entonces aliado, todos se decretaron ofendidísimos, gritaron *¡Muera el loco, traidor, salvaje unitario Urquiza!*, el anatema presidió proclamas, anuncios, decretos, diarios, periódicos, carteles, cartelitos, cartelones, cartas íntimas, correspondencia pública, papeles privados, papeles y papelones oficiales, y hasta fue traducido al inglés, en primer término por el *British Packet*. Se inventaron también ovillejos que cantaron los copleros y recitaron las niñas. Los ovillejos eran malos pero, como resultaban patrióticos, se hicieron famosos. *Verbi gratia:*

> *¿A quién le espera un buen susto?*
> *a Justo.*
> *Por ser loco bien se ve,*
> *José,*
> *el oprobio se eterniza*
> *de Urquiza.*
> *Mal la vida finaliza*
> *quien a ser traidor empieza.*
> *Le cortarán la cabeza*
> *a Justo José de Urquiza.*

Por si eso fuera poco, los jóvenes federales una noche se agenciaron de un ataúd, lo pusieron sobre un carro, al carro lo hicieron tirar por un burro tristón, de orejas alicaídas y paso cansino, al féretro lo cubrieron de cintajos celestes, para el fondo del féretro destinaron un Arlequín que era don Justo José de mentirillas, acostado sobre cardos y rodeado de plañideras y excrementos. Después le prendieron fuego al arreglo floral salvando, por cierto, a las lloronas. El delirio rosín había inventado una nueva liturgia necrofílica. Además, como se enteraron de que los brasileños apoyaban al del entrerríos, y le mandaban tropas para incorporar al elenco estable de Urquiza, se las tomaron con los belicosos vecinos en clave musical.

> *¡Al arma, argentinos!*
> *¡Cartucho al cañón*
> *que el Brasil regenta*
> *la negra traición!*

> *Por la callejuela*
> *por el callejón,*
> *que a Urquiza compraron*
> *por un patacón.*

Los gritos suplían los tropezones del verso y el énfasis excusaba las intermitencias del ritmo.

El Brigadier Restaurador peroró, enfático:

—Prometo defender el honor de esta tierra querida, cuanto más se empeña la injusticia del pérfido gabinete brasileño en agredirla por sí y por su digno esclavo, el inmundo, loco, traidor, salvaje unitario Urquiza.

> *¡El sable a la mano,*
> *el brazo al fusil!*
> *¡Sangre quiere Urquiza,*
> *balas el Brasil!*

Así coreaban los federales rosistas, en fuego graneado de coplas y letrillas y sueltos periodísticos. Los contreras, por su parte, aunque en voz baja, cantaban:

> *Ya no bailaré con gusto*
> *hasta que venga don Justo.*

Y hasta se animaron a escribir tales versos en papelitos subversivos, y tirarlos en el Coliseo una noche de función de gala.

Pero alardes y peroratas no le sirvieron de mucho a la ciudad colorada: al Restaurador le están saliendo los tiros por la culata, pensaba ya la mayoría.

A don Justo José todo ese frangollo no le hizo ni mu.

—Tengo la convicción de que los insultos del tirano y sus cómplices me honran. Y las calumnias no me llegan.

Una tarde, su hijo Teófilo le recitó los versos de un "recluta" traído del campamento de Calá:

Contra el Tirano
Corrientes y Entre Ríos
se dan la mano.
El déspota triste Juan Manuel de Rosas,
tiene carcamanes, y a las puertas
de Uropa llora buscando limosna.

En el entrerríos todos acudieron al llamamiento para integrar las filas que deberían avalar el mentado Pronunciamiento. Como siempre. Esa gente, desde la época del Supremo, en sus ranchos y en sus casas, guardaban, detrás de las puertas o debajo de los catres, banderolas y lanzas prontas. Los soldaditos de caballería se presentaban con dos y tres caballos de tiro, porque las batallas se ganan sobre todo con buenas cabalgaduras. Los hombres se vestían a sus expensas, con ropas cosidas por sus chinas. Por la alimentación ni se preocupaban, puesto que la contribución de los hacendados ricos era la entrega de vacunos que ellos mataban a destajo, de acuerdo al hambre de cada día, con el solo compromiso de devolver el cuero y el sebo correspondientes a los vacunos manducados. ¿Paga? Ni hablar; ya sabían que el gobernador era generoso en el momento de repartir para la futura sobrevivencia.

Urquiza, estratega sagaz, comprendió que en esos momentos, antes que nada, lo que debía hacer para derribar al Restaurador era acabar con Oribe y el ejército que desde hacía una década mantenía el sitio de Montevideo. Quién sabe si Urquiza conocía a Talleyrand, pero sí tenía su intuición. Talleyrand afirmaba que más abundante era la caza cuando se le ponía cuidadosa emboscada que si se recorrían los campos a cuerpo descubierto y con declarada intención. Urquiza, entonces, aunque su estilo no era oblicuo para nada, esa vez lo fue: enfiló sus tropas a Montevideo porque quería llegar a Buenos Aires.

De manera que un buen día, a nado, seis mil caballos de la brida, el sable a la dragona y a la espalda la lanza, sus hombres vadearon el río Uruguay y atravesaron la porción de país correspondiente para llegar a Montevideo. En el camino, a Urquiza se le unieron tropas desertoras de los ejércitos rosistas. Cuando llegó a la ciudad, obligó a Oribe a capitular. El sitio *c'est fini.*

La sentencia contra Rosas comenzaba a cumplirse. Para concluir esa estrategia que hemos llamado oblicua, el general Urquiza pegó la vuelta. Y se plantó en una hermosa isla, frente al pueblo de Gualeguaychú.

Gualeguaychú, ciudad linda y próspera, lo recibió con arcos triunfales y cohetes y música y banderas celestes y blancas, y cuchicheos festivos. La isla se llamaba Fraga y estaba frente a la Aduana y tenía hermosas playas y por ella comenzó a circular un gentío impresionante. Y allí Urquiza, muy seriamente, inició el rejunte de tropas que debería llevar a Buenos Aires.

En la Banda Oriental, un poeta argentino, exiliado, saludó la esperanza:

> *Bendito mil veces el rayo divino*
> *Que ya en el Oriente del Cielo argentino*
> *Anuncia la aurora de su libertad.*
> *Benditos los días de paz y de gloria*
> *Que, en pos de los tiempos de ingrata memoria*
> *Vendrán con la aurora de la libertad.*

En Gualeguaychú y en la isla Urquiza, mientras denodadamente preparaba el ejército, también improvisaba bailes dos por tres. Improvisaba es un modo facilón de comentar el asunto, porque los bailes estaban muy bien organizados. Por ser pasión favorita del general, habían sido elevados a institución pública. Todas las tardecitas se transmitía la orden oficial a familias y vecinos, mediante bando y anuncios, de ese baile al cual debían acudir, los hombres de poncho y las chinas calzadas. Por esta razón, una de las primeras medidas administrativas fue repartir calzados… a cuenta del gobierno, a fin de que las mujeres pudieran darle duro al baile, como al gobernador le gustaba. Urquiza no bebía, puesto que el vino enturbia el raciocinio de los hombres. No jugaba, ni permitía el juego, pues vuelve a gente ansiosos de dinero azarosamente buscado. No fumaba, porque el humo enturbia la mente y quiebra la salud. Pero le gustaba sobremanera el baile, mirar las parejas en movimiento, la polvareda levantada en los giros, el vaivén de los cuerpos, el sonido de la música. Mientras el general contemplaba a los bailarines, pensaba. Los amigos decían que, en tales ocasiones, armaba sus estrategias guerreras, la disposición de los distintos cuerpos en la batalla, los jefes que pondría aquí o allá: Crispín Velázquez, Urdinarrain, Galarza, Palavecino, sus incondicionales de armas llevar. Otros decían que, en esos momentos, el general pensaba en sus infinitos negocios: sacaba cuentas, sumaba, restaba, voy a vender aquí, hay que comprar allá, se hace necesario edificar una grasería en Calá, un saladero en Ibicuy, conseguir un crédito para Santa Cándida. Otros decían no, en medio del baile el general piensa en sus hijos; tiene tantos que la cuenta de los que son y de lo que hacen y de cómo debe ayudarlos y con quién conviene casarlos es de nunca acabar.

Otros, simplemente, confirmaban: el general, en el baile, baila y punto. Y alguno hasta se animaba a agregar:

—El general pone más empeño en las contradanzas que baila que en los convenios que firma.

Mientras preparaba sus tropas, el general buscaba aliados y empréstitos. Dicen que en tiempo de antiguas guerras, durante el reinado de Alarico, un príncipe visitó Jerusalén y se dio cuenta de la escasez de hombres armados que tenía el rey. Le preguntó, entonces:

—¿De dónde sacas los soldados cuando te atacan los musulmanes?

—Los alquilo —le respondió el soberano.

—¿Y de dónde sacas el dinero, pues no veo que poseas grandes rentas que lo produzcan?

—Lo pido prestado.

Conocedor o no de la historia, el entrerriano la aplicaba.

Por entonces, Urquiza era un cincuentón de mediana estatura, recia contextura, facciones regulares, ojos pardos suavísimos que se volvían acerados cuando la pasión o el enojo le hacían montar el picazo. Pero su enérgico carácter se revelaba sobre todo en la boca apretada, en el mentón voluntarioso y potente y en la voz con retumbos de trueno. También en la rapidez de sus resoluciones, certeras y tajantes como filo de espada, que le servían para armar y desarmar alianzas. Con los años, había tomado la costumbre de guiñar el ojo izquierdo y de andar acompañado por *Purvis*, su perro, animalote de mal genio, oscuro, de fuertes colmillos y aire temible, grande de tamaño y mordedor de carácter, siempre decididamente a su favor.

—Por esta región hasta los perros están politizados —decían los entrerrianos.

Urquiza preparaba el ejército que marcharía sobre

Buenos Aires, tejía estrategias con extranjeros y paisanos, recibía a gente importante. Por ejemplo a Sarmiento, llegado desde Chile para colaborar en la empresa de sacar al tirano. Pero Urquiza, sin quitarse los arreos de la guerra, andaba también en otra. Andaba en entusiastas amores. Porque en su vida había aparecido, aunque todavía nadie lo sabía, Dolores Costa Brizuela.

Así había sido.

Aquella era una tarde nublada, que pintaba al día de mala calidad. Pero a Urquiza le resultaría óptimo. En la casa de don Cayetano Costa se asistió a desusado revuelo, porque hasta la casa de don Cayetano Costa, italiano que estaba trabajando duro para hacerse la América, acababa de llegar don Justo José de Urquiza. El gobernador venía de traje negro y pantalón blanco, y el saco del traje tenía botones dorados, y el pantalón estaba impecable, y el sombrero descansaba sobre la cabeza cuya avanzada calvicie estaba bastante disimulada, porque el general se las ingeniaba para ocultar tanta entrada vacía de pelambre. El pelo negro orlaba la frente despejada, y las abundantes patillas hacían marco al rostro bronceado por los soles de tantas y tan largas campañas. El gobernador estaba muy elegante, aunque eso no llamaba la atención, pues siempre solía estarlo. Si había aparecido en traje de paisano era porque su visita a la casa del tano Costa tenía que ver con negocios particulares y no con asuntos de país. Cuando se trataba de política, se presentaba, indefectiblemente, con entorchados y galardones.

Don Cayetano traficaba con yerba, harinas, tasajo, cereales y mercaderías varias. El gobernador, conocedor de su habilidad y su fama, lo estaba visitando para ultimar detalles de una transacción que tenía en veremos con gente de la otra banda. ¿Podría el señor don Cayeta-

163

no Costa traerle la mentada mercadería en ese barco de su propiedad que se encarga de remontar el Uruguay más de una vez al mes, de acuerdo a permisos otorgados por él y sus benévolas leyes? Sí, señor Gobernador, podría.

El asunto de las mercaderías y su transporte ya estaba llegando a su fin. El señor Gobernador había bebido su refresco, habían convenido el precio del encargo, y a punto se encontraba el señor Urquiza de darle las gracias y hasta más ver, señor Cayetano Costa, cuando, de pronto, se abrió la puerta que daba al patio. Y por la puerta que daba al patio irrumpió un fresco remolino de colores y de risas, y el remolino de colores y de risas era una jovencita.

El padre la presentó:

—Mi hija.

—Dolores Costa, para servir a usted… —dijo la jovencita, haciendo una atropellada reverencia.

La voz de la jovencita era cantarina y su rostro del color de la grana, y el pelo, alborotado por la corrida y el sofocón, desordenada corona sobre el rostro moreno y juvenil que se levantó hacia el gobernador para mirarlo con dos luciérnagas negras encendidas en plena tarde. En seguida agregó, frunciendo la nariz y con cierto airecito entre desfachatado y confundido:

—Perdón…

—¿Por…? —inquirió el visitante.

—Por el papelón… —dijo la niña en tanto disimulaba su rubor bajando la cabeza. De pronto, sin poder retener un imprevisto ataque de risa, optó por una rápida inclinación de cabeza y apresuradamente hizo su mutis de la sala entre algazara de colores y chisporroteo de sonrisas que estallaron al trasponer la puerta.

—Perdón —dijo a su vez don Cayetano.

—Cosas de niñas —expresó el general con amable complicidad en tanto pensaba: así que esta muchacha es Dolores.

Y el general más exitoso de la época, el estanciero fuerte, el estratega inteligente, no supo qué más decir de esa chiquilina que se le había reído en la cara. Pero quedó encantado. Por Dolores y por lo que podía venir.

Desde esa tarde la chica de los Costa comenzó a ser la compañera preferida en las contradanzas que gustaban tanto al Gobernador. Seguidora en el baile resultó la moza de los Costa. Sus manos se encontraban en el baile y sus corazones en las miradas. Al comienzo. Después en otras cosas.

Doña Micaela Brizuela, la madre, dama entrada en carnes y experiencias, en la gloria. Los acompañaba a todos lados, escuchaba sus bisbiseos enamorados, miraba hasta donde podía mirar, aconsejaba a la niña y le tiraba dardos al galán. Don Cayetano, en tanto, hacía sus buenos negocios con barquichuelo y gobernador.

La niña tenía la sangre alborotada, porque era joven y porque los aires que circulaban por las orillas de esos ríos entrerrianos eran demasiado dulces. En primavera, sobre todo, se ponían querendones y, según decires, capaces de embarazar a las mujeres con sólo soplar, pues el entrerríos no es tierra de machorras. Por lo demás, y esto se sabía, el general era de armas llevar. ¿Cómo terminaría el asunto? Gualeguaychú estaba a la expectativa. Se rumoreaba que la niña pronto tendría su vientre lleno con otro Urquicita, pues era de público conocimiento: quien comenzaba con el general de palique y contradanza, concluía en la cama y con un crío. Aunque nadie podía saber cuándo se cumpliría el tenebroso peso de tal profecía.

—El general monta los caballos que compra y las mujeres que elige —decía el paisanaje.

—Y compra y elige bien —agregaban los entendidos.

—Y monta mejor.

Sarmiento protestaba por tanto concubinato entrerriano y oficial, aconsejaba a sus amigos casar al gobernador con una viuda que lo tranquilizara al hombre y le sumara abolengo porteño. Urquiza seguía en la suya: preparar el ejército más grande que América podía haber visto, y que crecía como levadura de la noche a la mañana. Y encontrarse con Dolorcita lejos de la mirada de mamá Micaela y de gualeguaychuceros entrometidos que estorbaban con sus ojos y lenguas el curso natural de las cosas.

—¿Y cuál es el curso natural de las cosas, compadre?

—Pues que el hombre y la mujer se acollaren cuando les cante.

Así como los bebedores reconocen una borrachera de vino tinto de una de vino blanco, Urquiza sabía distinguir entre un enamoramiento fugaz y uno más asentado. Pero, acorralado por profesión y destino, y en tiempos de guerra como ése, debía partir.

Partió.

Dolores lloró tanto y tan fuerte que en una ocasión hasta sintió sus lágrimas estrellarse contra los ladrillos del piso, plaf-plaf. Como pedrerío, porque eran lágrimas grandes.

—Y más de un mosquito se ahogó en sus ojos —decía la mamá Micaela, una exagerada.

Mucho tiempo después (después del cruce del Paraná y de la batalla de Caseros, y de la llegada a Palermo y de todos los líos por los cuales tuvo que pasar el general), el general volvió a Gualeguaychú.

—¿Por qué volvió, general? —le preguntó Dolores

que ya no era niña sino mujer y mujer del general—.
¿Porque terminó la guerra?

—No. Porque extrañaba estos hoyuelos —le contestó el general, acariciando la carita morena con una mano y tendiendo la otra hacia los pechitos tentadores de la muchacha.

Cuando le nació la primera hija, Urquiza dijo:

—Se llamará Dolores, como vos.

Porque así como Adán dio nombre a las cosas, Urquiza se los dio a todos sus hijos.

Urquiza, por entonces, era más que gobernador, porque era Presidente de la Confederación. Le dejó dinero y le dijo pronto vuelvo.

Pero ni había salido de Gualeguaychú cuando doña Micaela, en razón de marido en barco y negocios en medio del río, decidió por sí, con eficiencia y majestad:

—Mijita: a hacer las valijas.

—¿Nos iremos de viaje, mamá? —preguntó Dolores, bañada en lágrimas, y aún no repuesta del parto.

—De viaje no. Nos iremos a casa.

Más sorprendida aún, miraron a su madre los ojos anegados de sales de Dolores:

—A casa he dicho, niña. Nos vamos a San José.

Y así se hizo. Pero no enseguida por cuestión de lluvias y contratiempos.

Y era verano incipiente, y los árboles estaban verdes que era un contento, y las flores de los arriates del palacio un jolgorio de colores y fragancias, y las perras en celo cruzaban por los senderos jadeantes, seguidas por una jauría de machos excitados, y la niña alborotaba con sus gritos de gozo el aire y los corazones de mamá y abuela, cuando las dos señoras y la negra Eulalia, la criada, llegaron en su coche a la puerta principal, donde los soldados hacían guardia y los peones sus trabajos. Entonces Dolores puso a Dolores de Urquiza, que apenas si se veía en el suelo, en la galería del Palacio, y la niña corrió, y llegó a la Secretaría Pública y gorjeó:

—Tatita, tatita…

Y de oreja a oreja y de boca a boca y de colmillo a colmillo cundió la nueva:

—El general ha formado familia y la tiene en San José.

El ejército que logró armar Urquiza con la ayudita de muchos, era inmenso en número y en potencial y en coraje a disposición para servir a usté y a la patria. Una sola cosa no quería agregar a sus fuerzas el general: mujeres. Él, tan amigo de las hembras en la intimidad, para nada las permitía en el campamento.

—Hacen líos —decía—. Complican todo. Distraen a los soldados.

Un día, tanto hombrerío y bagaje se pusieron en marcha. Avanzaron por cuchillas y campo abierto, atravesaron puentes y ríos, sembradíos primorosos y otros que debían laborarse. Cruzaron montes tupidos de árboles y de bichaje, poblados abandonados por las levas o destrozados por las guerras, y otros que comenzaban a levantarse porque el gobernador estaba en una política de traer gente de afuera. Llegaron, así, a Punta Gorda, a orillas del Paraná.

Fue impresionante ver la flota de balsas y lanchones y bergantines y goletas y paquebotes y balsas correntinas. Éstas estaban circundadas por estacas, como si fueran potreros, y allí se encerraban a las cabalgaduras. Toda esa flota apareció de pronto, surgida de las aguas, porque venía río abajo, desde Corrientes y desde el Brasil, como ellos habían aparecido desde las márgenes del Uruguay.

—Por algo somos del entrerríos —dijo uno, contentísimo—. Los ríos dan para todo.

—Y ahora se nos ha hecho camino para llegar hasta la capital.

Fue algo magnífico de ver. Urquiza miró con su catalejo, desde una barranca de Punta del Diamante que se precipitaba sobre las aguas como lo estaban haciendo hombres, animales, armamento, pertrechos. En tanto los baqueanos lidiaban con caballada y hombreríos, el vapor *Don Pedro*, de la ayudita brasileña, remolcaba las balsas y sus divisiones. Mientras unos utilizaban técnicas de la náutica moderna, la mayoría pasaba la caballería entrerriana según la antigua usanza indígena, a nado. Durante horas y horas se luchó con aguas y caballos. En alguna ocasión, en mitad del río, caballos u hombres decidían cambiar de opinión, es decir de ruta, y buscaban retroceder. Era tarea de baquianos y jefes impedirles el intento y hacerlos proseguir en el acuoso cruce. Así pasaron veinte mil soldados. Así lo hicieron ciento cincuenta mil caballos. Y ni les digo la cantidad de vehículos y de piezas de artillería que lo cruzaron.

Por algo ese ejército se llamaba el *Ejército Grande*.

Desde las escalonadas barrancas del Paraná el general miró todo eso y vio cómo las tropas, desarmadas por imperativo de las turbulentas aguas, volvían a disciplinarse al llegar a la otra orilla, la santafecina. Y vio allí reunirse a las diversas divisiones, y desplegarse las banderas, y a los batallones iniciar el trámite de armar sus carpas.

Vio, por sobre todo, a sus lanceros colorados desparramándose sobre la llanura infinita desplegando banderolas y coraje.

La vanguardia del Ejército Grande está ya en el campo de sus operaciones. Entre el tirano medroso y nuestras lanzas, entre el despotismo que desaparece y la libertad que se levanta, no media más tiempo que el necesario para atravesar la pampa y el correr ligero de nuestros intrépidos jinetes.

—Pluma de oro este sanjuanino, aunque la imprenta que le di no es muy moderna —dijo el general al día siguiente, mientras se entregaba a su aseo personal, antes de iniciar el avance hacia Caseros, bajo la mirada atenta de *Purvis,* que lo contemplaba embelesado como siempre. Porque si alguien ama al general, es *Purvis.* Y dijo lo de pluma de oro porque acababa de leer en el *Boletín* la arenga escrita por Sarmiento, a quien ha nombrado en ese cargo por dos oportunas razones: para que dé cauce a su verba patriótica, que era mucha y certera, y para sacárselo de encima, porque el hombre era más seguidor que moscardón con sus críticas y pedidos.

Hace días que el general y Blanes están en conversaciones, déle palique. Faltan los dos cuadros últimos, los que tienen que ver con la batalla de Caseros, y el general lo ha estado poniendo al tanto. En cualquier momento y lugar: por la mañana, en la galería, mientras el pintor acomoda sus bártulos y el general se prepara para las audiencias del día. Al atardecer, en tanto caminan a orillas del lago o bajo los senderos cubiertos de olores y luna. Cuando comen, ya con la familia, ya con algunos de esos personajes copetudos que nunca faltan en San José, o solos, si está en apuros de tiempo el señor Presidente de la Confederación.

Ahora, bajo la parra tupida de racimos, buscan el frescor, porque hace calor y quizá se venga la lluvia.

—Yo, Justo José de Urquiza, me adelanté al grueso del ejército. Dos jornadas de ventaja le llevé al grueso del ejército, pintor. Avancé con la vanguardia a mis directas órdenes. Diez mil hombres venían conmigo. Veinte mil caballos. Y baquianos, en legión, para buscar aguadas. Y para rastrear lugares de pastoreo y zonas de descanso. Porque no iba a hacer, por Dios, lo que había hecho Lavalle, quien destruyó, en los campos de Santa Fe y en algo más de un mes, veinte mil caballos que había traído, gordos y fuertes, de la campaña de Buenos Aires. No. Yo, Urquiza, cuido los caballos como cuido mis lanceros, porque sé que estas guerras se ganan con soldados y con caballos. Conmigo venían las caballerías de Lamadrid, y de Galarza, y de Medina, y de López.

Se detiene Urquiza, comienza a caminar, retoma su discurso.

—Mire, pintor, en cinco columnas avanzábamos sobre los campos que ya no eran del entrerríos sino de esa pampa controlada por el salvaje Rosas. Sobre un frente de siete kilómetros avanzábamos. Cosa de no creer. Cosa nunca vista. Luego venían las divisiones de infantería. La argentina. La oriental. La brasileña. En los flancos las caballerías de Urdinarrain y la de Ávalos. Y los trenes, y los parques, y comisarías, y bagajes. —Urquiza lo mira fijo a Blanes, sus ojos oscuros se hunden en las oscuridades del otro.— Pintor, usted que sabe tanto de colores ¡viera qué arco iris! ¡Qué arco iris avanzando sobre la pampa! El rojo de los argentinos. El oscuro del oriental. El verdiblanco de los brasileños. Y sobre todo ese ejército, pintor, el sol ardiente de enero. De enero de 1852.

Entrecierra los ojos, el general. Otra vez están ambos en la galería, porque ha comenzado a gotear. En la galería está, vistiendo su traje de paisano, la galera sobre un banco, el latiguillo en la derecha, en la izquierda un pañuelo con el cual ahora seca su frente perlada, en tanto piensa: ojalá este pintorcito vea lo que yo estoy viendo.

—¿Sabe, pintor? El horizonte estaba reseco; el horizonte repetía a tamaño ejército sobre la mentida superficie de un espejo inexistente. Puro espejismo. Dios había mandado que no hubiera lluvia, sino sol, y el sol requemaba campos y requemaba cristianos. Rosas había mandado que sus secuaces prendieran fuego a los campos. El Ejército Grande cuerpea las llamas, las esquiva como puede. Hay veces que los hombres cabalgan doblándose hacia un lado y hacia el otro, según el viento maneje las llamas. La llanura recalentada después de la depredación de las llamas era ceniza y muerte y sobre la ceniza y la muerte cabalga el Ejército Grande. Los gubernamentales ensucian las aguadas. Los nuestros limpian hasta donde es posible las aguadas. Oh, paradoja, tierra de ríos la que pasábamos y nos estábamos muriendo de sed. Pero nos arreglábamos y seguíamos. La naturaleza ordenó que una manga de langostas azotara la región y las langostas obedecieron la ley del instinto. El volido de alguna perdiz desnortada en medio de tanto páramo salía al paso de las cabalgaduras. Alguna liebre, sorprendida, se paraba a mirar tanto insólito tráfico. Pero yo, pintor, frente a la sequía y el sol y el fuego y las cenizas y las langostas dije: adelante. Y el señor Sarmiento, cronista Oficial de ese Boletín del Ejército en Operaciones que dirigía por mi mandato y condescendencia, porque este servidor había querido darle trabajo a su intelecto y mantener a raya su genio entrometido con ese Boletín, le cuento, pintor, en ese Boletín Sarmiento puso: *Bajo los torrentes o sobre las llamas del incendio del campo, abrasados por el sol de enero, de-*

safiando los rayos de las tempestades. ¡A Palermo sea
nuestro grito de guerra! ¡A Palermo!

Suspira Urquiza, queda un momento en silencio, prosigue.

—Pintor, si usted hubiera visto la monotonía de ese vasto paisaje desmantelado de vida, sin una hierba, sin un árbol para guarecerse, sin ese derroche de verde y de colores que en el entrerríos tenemos. Cosa grande. Porque el dictador y el verano dictaron sus leyes, nosotros, el Ejército Grande, debimos sufrirlas. Pero hasta ese desierto ardiente —dice Urquiza y vuelve a pasarse el pañuelo por la frente, y en la esquina del pañuelo que el gobernador se pasa por la frente, Blanes alcanza a distinguir el monograma J. J. U. en laboriosas letras entrelazadas, sin duda bordados por Dolores esos primores—. Pero hasta a ese desierto, le digo, pintor, nos llegaban buenas noticias. En Rosario nos aclamaron. En San Nicolás soplaban aires levantiscos. En Arroyo del Medio, los cuerpos que habían sido tercios de Rosas y que ya integraban el Ejército Libertador recibieron, en augusta ceremonia, en lugar de la bandera rosista, la azul y blanca que ni conocían. Y llegaban los susurros traídos por espías, bomberos y algunos lugareños, aventados por los gubernamentales que se animaban a desacatar la orden de la tierra rasa y solitaria. Los tales nos decían: en la Guardia de Luján está el general Pacheco. El general Pacheco es el General en jefe. De él depende el momento y el lugar para la Gran Batalla. De él y no de Rosas, decían. Más cerca de Buenos Aires, quiere el Restaurador. Más cerca de Palermo. A las puertas de la ciudad. Un disparate, pensaba yo, que he sido hombre de batallas y lector de estrategias aprendidas en libros y en campo abierto. ¿Por qué tan cerca de la ciudad? ¿Por qué no antes?, pensé mientras seguía marchando y acercándome con ese Ejército enorme. Y lo entendí porque lo conocía a Rosas: terco el hombre. Maestro de tácticas rudimentarias, el hombre. Vaya ventajita para este servidor. Improvisé guerra de zapa. Como el tero, comencé a poner el huevo en un lado y gritar en otro. Partidas volantes inundaron la región espiando al enemigo y trayendo noticias. Confundí a los generales rosines con informes falsos y traidores de mentirillas. Confundí a Rosas. Embarullé a Pacheco. Multipliqué escaramuzas. Mezclé al cardumen rosista. Yo, pintor. Porque yo tenía que ganarle esa última pulseada al Restaurador, mi ex aliado, con quien había tenido, desde hacía mucho tiempo, discrepancias que entonces explotaron.

El Restaurador había decidido, más por razones de tozudez que de estrategia, que la batalla fuera en Caseros y en el Palomar. Y así sería.

¿Qué era Caseros? ¿Qué el Palomar? Edificada a fines del siglo anterior por un señor apellidado, precisamente, Caseros, era por entonces punto de reunión para cabalgatas y paseos. Sobre todo para los paseos de Manuelita, la hija del Restaurador, y sus amigas. La casa de Caseros era vasta, de buena factura, con más de veinte habitaciones abiertas a anchos corredores, cerradas por sólidos enrejados. Una escalera interior la comunicaba a un mirador, cuadrangular y rematado en una cruz de hierro forjada a martillo, con flecha y banderola.

Al lado de la casona estaba el Palomar. Sólido, asentado sobre tirantes de lapachos, tres cuerpos concéntricos y circulares, se levantaban hacia lo alto. Entre el Palomar y la casona, una especie de torreón. Detrás del torreón, un bebedero de hacienda. Junto a la casa, un aljibe, bebedero de hombres. Y, rodeando el conjunto, árboles, muchos árboles: duraznos a granel, laureles, eucaliptos, algún aguaribay, innúmeros paraísos. Por algo el lugar era llamado Monte Caseros.

—Y hacia Monte Caseros fuimos, pintor. Ese atardecer habíamos vivaqueado en los alrededores. Pero a las nueve de la noche, llegó el toque de queda, hice apagar los fuegos, guardar silencio, esperar. Con el Jesús en la boca. Si usted supiera, pintor, lo que son las vísperas de una batalla. Cómo se añora la casa, el pueblo. Cómo se reza. Yo pensaba en los hijos, claro; pero también en las mujeres, pensaba. En Dolorcita, pensaba, la niña de Gualeguaychú. Y en el otro, pensaba. En Rosas, pintor: el hombre estaría en el torreón, con su catalejo, buscándome en las sombras, como me habría buscado durante la tarde, como me buscaría al alba. Mi antiguo aliado. El que se había quedado atrás en tiempos que ya pedían otra cosa. Que estaban pidiendo una Constitución. Pobre Rosas, me dije, dispuesto a deshacerlo.

Se detiene el general. Bebe un vaso de agua que le ha acercado *Colibrí*. Blanes juguetea con ese gorrito turco y colorado que usa para pintar, lo mueve entre sus dedos: en ascua lo tiene el relato del general.

—Todo esto no se puede poner en un cuadro, pintor. Ya lo sé. Pero se lo cuento para que, enterado, invente las formas de decir algo de todo esto con sus colores. Dos cuadros quiero, pintor Blanes. Dos. En uno, que el Ejército Grande avance, ordenado, prolijo, decidido. Mejor dicho, quiero ver mientras mis lanceros se precipitan hacia Caseros. En el otro, usted decidirá, pintor, pero pienso que debería ser frente al Palomar y al final de la batalla. ¿Le parece?

Asiente Blanes.

—Será como usted diga, señor —pero pregunta, déle que déle el gorrito colorado entre sus dedos—. ¿Y después? ¿Cómo fue después?

—Me levanté al alba. Antes de que el sol saliera, me levanté. Rasuré mi cara, me empilché de lo lindo, puesto que esa batalla sería función de gala. Me preparé como lo hice para el baile en Gualeguaychú, cuando por primera vez bailé con Dolores, mi mujer de ahora, que entonces era Dolorcita y niña. Me miré en el espejo. Me miré en los ojos admirados de *Colibrí*. Me vi bien; me sentí con los cojones bien puestos. Dicté a mi secretario la proclama. Escuche: así les dije a los soldados. *¡Soldados! Hoy hace cuarenta días que en el Diamante cruzabais las corrientes del Paraná y ya estáis cerca de la ciudad de Buenos Aires y al frente de vuestros enemigos, donde combatiréis por la libertad y la gloria.* Después les dije algo más. *¡Soldados!*, les dije, *si el tirano y sus esclavos os esperan, enseñad al mundo que sois invencibles; y si la victoria por un momento es ingrata con algunos de vosotros, buscad a vuestro general en el campo de batalla, porque el campo de batalla es el punto de reunión de los soldados del ejército aliado donde debemos todos vencer o morir. Este es el deber que os impone a nombre de la Patria vuestro general y amigo.* Después di las órdenes pertinentes. Después, catalejo en mano, vi al ejército ya al otro lado del río, y vi, en la claridad del día, los tiradores apostados en la azotea de la casa de Caseros, y los vi en el alto torreón, y en los pretiles de la Rotonda los vi, y recortados en la loma, y hasta donde mi vista se perdía en el horizonte seguía viendo esa vasta formación rosista, colorada, delirante bajo el sol de febrero. Y pensé: qué suerte haberles hecho agregar a mis soldados, en el uniforme, ese peto blanco de bramante que tan bien me permite distinguirlos. Póngame eso en su pintura, pintor: petos blancos de bramante sobre uniformes colorados. Porque todos éramos federales ¿sabe, pintor? Eso estaba claro. Pero algunos queríamos la Constitución. Y esos éramos los que llevamos el pecho blanco —suspira hondo el general, como dándose un respiro en tan largo discurso, y después continúa—. A eso de las ocho de la mañana, me hice traer el caballo. Era el oscuro, uno de mis preferidos, enjaezado de plata, porque, ya le dije, ésa sería función de gala. Y me puse el poncho de vicuña blanco, y mi sombrero de copa, y recorrí, al frente de mi Estado Mayor, la larga línea de batalla. Ante la formación del Marqués de Souza, el brasileño, victoreamos a la Confederación del Brasil y a su emperador. Y frente a la división oriental, donde estaban los suyos, pintor, arengué a los hermanos de la otra banda. Al llegar a la formación argentina, dije, y lo recuerdo clarito: *¡Soldados del Ejército Grande! Detrás de aquella línea se halla la Constitución de la República y la libertad de la patria!* Porque yo sabía que sería así.

Suspira el general en la galería de su establecimiento de San José, al cual todos denominan Palacio, y mira a Blanes. Blanes se estremece, cómo haré para pintar esto, cómo, Dios mío, y se deja nuevamente llevar por la voz de Urquiza, y la voz de Urquiza le cuenta el final de Caseros, y él escucha lo que sigue diciendo el general:

—Eran las diez de la mañana. Había comenzado el crepitar de la fusilería y los ayes de los heridos y el resoplar de las bestias y… usted no sabe lo que puede ser todo eso, pintor. Pero usted píntemelo ¿cómo le diré? Píntemelo limpito, para no ofender a la gente. Que sea arte, pintor, no carnicería. Ya pasó, mi amigo. Ya pasó. A las dos de la tarde todo había terminado. ¿Sabe qué hice entonces, pintor? Cuando terminó el recuento de muertos y de heridos, después de dar las órdenes pertinentes para los trámites que debían seguirse, concluí el dictado de los informes que volarían en alas de mis chasquis, mejor dicho, en las patas de sus pingos, hacia el este y el oeste y el norte y el sur, a los respectivos aliados y socios en la contienda. Mi pensamiento iba tan rápido en el dictado que créame, pintor, la tinta de la pluma de mi escribiente no alcanzaba a secarse. Pero mi apuro era solo uno: entrar en la ciudad. Después de ultimar tantos detalles, pedí a *Colibrí*, mi ayudante, la petaca en la cual estaba guardada mi indumentaria personal. Dentro de la petaca de campaña, aparecieron las prendas que yo, personalmente, le había hecho poner a *Colibrí*. Prendas confeccionadas según el último dictado de la moda, le digo, pintor. Y entre las prendas confeccionadas de acuerdo a los dictados de la última moda, el chaleco color patito, apareció. Y el elegante frac negro, apareció. Y yo, ¿sabe pintor? miré las prendas preparadas para los solemnes actos que debería presidir. Y pedí un espejo. Y me arreglé el pelo. Y me puse el sombrero. Y tomé el latiguillo y llamé a *Purvis* y le dije *Purvis, vamos*. Y marché hacia Palermo. Quiero decirle: hacia Palermo y el destino de la patria. Porque yo sabía que sería así. Porque el viento del país había virado para rumbo distinto. Para buen rumbo, digo.

Entonces, más de diez años después, llega *Colibrí* con refrescos para el general y el pintor. Urquiza mira a su asistente y le pregunta:

—*Colibrí*, ¿qué dijiste cuando llegamos a Palermo?

—Dije ya cagó esa mierda.

Sonríe el general y le informa a Blanes:

—Este boca sucia dijo lo mismo que dijo Rosas cuando le anunciaron la muerte de Dorrego.

XII
Papeles del pintor

La ciudad estaba alborotada. Como cualquier pobla-do pequeño, se alimentaba de chismes domésticos. Con el agravante de que en ese lugar todos vivían a la sombra del Palacio y los acontecimientos que allí suce-dían se prolongaban en ondas expansivas que eran la comidilla de días y días y el centro de cualquier conver-sación.

Una bendición, el sol de las once. Y otra, la alegría de la gente apretujada para ver al Presidente de la Confe-deración. Urquiza recibía el tumultuoso homenaje co-mo la playa acoge los embates de las olas. Más allá de su alta jerarquía, para los suyos seguía siendo gobernador y general; como antes, como al principio.

Por cierto, su situación había cambiado con el paso por Buenos Aires. Un día a Urquiza le preguntaron:

—¿Es usted entrerriano, general?

—Sí, pero pasado por Buenos Aires.

Y así era.

—Esta gente vive por procuración —le decía Juan Manuel a su mujer. Aunque acostumbrado a que en Montevideo también sucediera así, no terminaba de aceptar esos excesos entrerrianos en la devoción a Ur-quiza—. Todo lo que sucede tiene centro, cuando no su razón de ser, en la familia Urquiza. Una barbaridad.

Pero ¿qué había sucedido entonces para mover de tal modo el avispero en esa mañanita dominical? Pues na-da más que la simple aparición del señor Presidente de la Confederación llevando a su lado, como lo estaba haciendo desde hacía un tiempito, no ya a Ana, su hija, la moza que andaba noviando con el doctorcito porteño, ése de los Victorica, sino a Dolores, su mujer, la chica de los Costa Brizuela.

El señor Presidente acababa de llegar de Paraná, capital de la Confederación. Los porteños, sobre todo el caballero Sarmiento, protestaban: Urquiza se ocupa de la crías de sus vacas y de la liquidación de sus pulperías, y sólo aparece por Paraná y la sede del gobierno cuando las papas queman y necesita andar en conciliábulos para solucionar líos. Pero Urquiza sabe que no es así: nunca ha escamoteado su servicio a la función y al pueblo; tampoco a sus propios intereses. No escinde sus intereses el general Urquiza. Está donde debe estar. Por lo demás ¿acaso en San José no ha ubicado, bien visible, el escudo entrerriano? Y eso ¿no demuestra que donde está él, permanece la sede del mando?

Estando en Paraná había recibido una importante comunicación: España reconocía la independencia argentina y renunciaba formalmente a los derechos y privilegios sobre los territorios del antiguo virreinato. Alberdi, mediador en las tratativas, le mandaba decir, contentísimo: *Usted cierra la revolución argentina y pone la más alta corona a su grande obra de organización. Un ciclo se cierra.* Pero la provincia rebelde, Buenos Aires, seguía en las suyas. Todo sería distinto sin ese inconveniente grande de la provincia segregada, Buenos Aires. En sus trece, tozuda, dejaba caer ofrecimientos de arreglos, que resbalaban sobre ella como la lluvia sobre las plumas de los patos. Mucho hubieran variado las cosas sin esa escisión. Pero ¿acaso la Historia se hace con lo que pudo haber sido? Urquiza, hombre de terco patriotismo y más de acción que de interpretaciones, con su vice Del Carril está haciendo lo que puede. Han vuelto a tender redes para arreglar las relaciones con la díscola.

—Donde hay huellas puede encontrarse un camino perdido —dice.

Y en eso está.

Urquiza apareció en el Colegio que festejaba las buenas nuevas, con su traje de gala, elegantísimo, perfumado, amable hasta donde lograba serlo un hombre serión por naturaleza. A su lado iba esa preciosura de Dolores Costa. Así confirmaron quienes la alcanzaron a ver en medio de la baraúnda, y se lo repitieron a aquellos que no habían logrado acercarse pero que también querían saber.

Urquiza, en el reverbero de su gloria. Dolores, en el de su bella juventud.

—Mire que es linda la moza. Pero ¿cuántos años le llevará el señor don Justo José a esta palomita? —dijo un señor que pitaba apurado y parecía no poder convencerse de lo que estaba viendo.

Ante esa observación entraron a tallar, como siempre, preguntas y reflexiones a granel, algunas dichas en voz alta y, entre hurras, otras susurradas apenas y como con vergüenza. Pero la mayoría no decía esta boca es mía de puro estar con la boca abierta.

—¿Que cuántos años le lleva? Se me hace que no menos de una treintena.

—Linda la gurisa, ¿no?

—Linda pero algo nerviosa, pues…

—¡Como para no! Verse de pronto convertida en la señora de San José.

—Y en la patrona de don Justo José, que es decir mucho más…

—Y… dígame usté, ¿se habrán casado? Porque usté sabe: el general al casorio le ha disparado.

—Pero esta vez dicen que sí, que se ha casado. Aunque algunos murmuran que faltan ciertas formalidades. El padre Ereño anda en eso...

—Pero compadre: fíjese que es la primera vez que el general anda en éstas. En estas oficialidades, quiero decir.

—Y... ahora están las hijitas.

—Pero si el general siempre ha tenido hijos, compadre. Siempre es un decir. Pero, no se olvide que desde jovencito tuvo críos. Si ya tiene hijos casados y nietos tiene.

—Ajá; pero nunca ha sido un padre descastado. Siempre los crió y atendió de lo lindo y nada de lo que les sucede deja de preocuparle, eso es sabido. Y el apellido, mire don, el apellido Urquiza a ninguno se lo negó.

El buen vecino no sabe (por eso no lo repite) el ejemplo que pone siempre el padre Ereño. Se lo ha contado al general y el general se ha reído de lo lindo. Esto es lo que dice, y es un ejemplo del Talmud el que trae a colación el padre Ereño: *Diez cosas duras han sido creadas en el mundo: la montaña es dura, pero el hierro la rompe; el hierro es duro, pero el fuego lo ablanda; el fuego es duro, pero el agua lo apaga; el agua es dura, pero las nubes la soportan; las nubes son duras, pero el viento las expulsa; el viento es duro, pero el cuerpo lo soporta; el cuerpo es duro, pero el miedo puede romperlo; el miedo es duro, pero el vino lo suaviza; el vino es duro, pero el sueño se lo lleva.* Al llegar a este punto el relato dice, y el padre Ereño debiera repetirlo: *Pero la muerte es más dura que todo,* mas el padre Ereño cambia el final: pero Urquiza es más duro que todo.

Juan Manuel Blanes también ha ido al festejo en el Colegio. María va a su lado, colgada del brazo, contenta, porque le encanta el clima alegre de esa ciudad chica donde no la amenaza el peligro de Copello y sus persecuciones, puede criar a sus hijitos en paz y, por sobre todo, donde a su Juan Manuel lo ve en lo único que sabe y le gusta hacer: pintar.

De manera que allí están, curioseando con los demás, comentando las nuevas del casamiento de Ana, y las reformas que se piensan hacer en San José y que tienen a todos alborotados. Algunos lo reconocen a Blanes y a su mujer, y saludan, *adiós, señor pintor; adiós, señora*, una breve inclinación de cabeza las damas, un rápido toque al sombrero, los hombres. Más de uno los ha detenido:

—Quisiera un retrato para mi mujer, señor Blanes.

—Señor Blanes, ¿cuándo podré conversar con usted? Usted sabe, desearía que me pintara. Por los hijos, ¿no? Para el recuerdo —dicen, justificando el escondido aliento de la vanidad.

Juan Manuel sonríe, acepta, pero, por Dios, cuánto trabajo tiene. No da abasto. Con su pintura mantiene a la familia, es verdad, pero está ya al borde del hartazgo. Cómo quisiera poder estudiar, perfeccionarse, conocer las obras de los maestros, salir de ese pueblo, partir hacia Europa. Le falta tanto por aprender, tantísimo por ver. Bah, el viejo sueño.

Juan Manuel aprieta el brazo de María.

—Vámonos, María.

—Bueno, vamos, Juan Manuel —acierta a decir, sorprendida por el cambio. No termina de acostumbrarse a esos contrastes en el genio de Juan Manuel, a ese nerviosismo inesperado, que de pronto lo golpea como una bofetada. Dios mío, qué le pasa a Juan Manuel, se pregunta María, temerosa, en medio del gentío, en ese día en el cual el sol y la alegría parecen una bendición.

—No María, no te digo que nos vayamos de la plaza y del gentío… Te estoy diciendo: tenemos que irnos de Concepción.

—Otra vez con lo mismo, Juan Manuel. ¿Por qué?

—Ya te lo he dicho, María: porque me he empezado a ahogar. Hay momentos en que pienso que es estúpido desperdiciar tiempo y energías haciendo retratitos de… de vecinos, María; de buenos vecinos y punto. Me veo como perro encadenado; puedo moverme, de acá para allá, sí, pero en un espacio tan minúsculo. He viajado tan poco en relación a mi curiosidad, María, a mi necesidad de aprender. Porque necesito aprender, porque tengo que conocer obras, museos, maestros… Tengo que medirme con otros, María, ¿me entiendes? Con otros.

Blanes observa el bello y pacífico rostro. María lo escucha, levemente preocupada, en medio de la gente, a pleno sol, mientras aguardan al señor Urquiza. María nota el tono exaltado de Juan Manuel, busca palabras y argumentos para animarlo. Pero de antemano sabe que podrá doblegarlo, por el momento, al menos, pero no convencerlo.

—Juan Manuel, Concepción del Uruguay es tu casa. Ya te acostumbrarás.

—Sí, como los judíos se acostumbraron al desierto.

—En el desierto tuvieron su maná.

—Pero con maná y todo quisieron salir de Egipto —dice y la mira a los ojos y le confiesa:— María: no puedo ser infiel a esta pasión. Es mi vida.

—¿Cuál pasión? —pregunta María por preguntar, porque ya sabe la respuesta.

—La de pintar, mi amor.

—Pero…

Oh, Dios, no hay peros que valgan. María conoce esos estados del marido que, cada vez más a menudo, quebrantan su entereza. La asustan, sobre todo cuando llegan tan a destiempo. Busca afanosamente palabras que le traigan paz, no las encuentra, ¿cómo hacer? A veces piensa: no es que Juan Manuel esté ahogado por Concepción. Es por el mundo que está ahogado Juan Manuel. Pero en ese momento, frente a la multitud y en un día de fiesta, no quiere dar un espectáculo. Lo toma del brazo, dispuesta a preservarlo hasta donde pueda, empecinada en ignorar lo que teme, lo que ve venir. Lentamente lo va conduciendo fuera del círculo espeso de gente, como si fuera un niño. Caminan como si estuvieran atravesando un campo de batalla. María lo va resguardando, Juan Manuel es un herido y ella oculta la herida clandestina del amado. Sonríe a los demás, conforta a Juan Manuel: ya estamos, mi amor, ya.

—María, cuando más me desespero, más te necesito y más te siento. Entiéndeme, por Dios —le dice Blanes, y acata el mandato de ese brazo.

Mientras van saliendo, les llegan los comentarios de la gente: están arreglando el Palacio y, para las refacciones, el general ha contratado a un tal arquitecto Pedro Fossati, hombre famoso que es el mismísimo constructor del palacio de Mehemed Alí, en Egipto. ¿Que usted no sabe dónde queda Egipto, don? Pues más allá de Ultramar, en esas tierras de herejes donde están las Pirámides y los camellos. Ah, sí: y donde hay oasis con palmeras… Ajá. Además, han traído plantaciones para la quinta y para los jardines. Para la huerta ha llegado té, que es planta de una extranjería de no sé dónde; y para los jardines, jacintos y dalias y tulipanes, que son flores tampoco sé de dónde, pero no de por aquí. Y hay unos suizos que están… ¿sabe qué están haciendo esos suizos? Pues cosa de no creer: ¡aclimatando abejas! Sí, señor, ¡abejas!

De improviso, sin saber cómo, la pareja se encuentra cerca del señor Presidente. El señor Presidente, con su ojo zahorí los descubre entre tantos, y los llama. Ambos se acercan. Don Justo José dice a Blanes:

—Pintor, usted ya la conoce a Dolores, mi esposa. Creo que usted no, señora de Blanes.

Besa la mano de la señora Dolores el pintor, y la besa María. María ha detenido su mirada en las sedas y en las joyas de la señora Dolores, pero sobre todo en sus bondadosos ojos negros. Y mientras las dos cuchichean acerca del calor y de los hijos, Juan Manuel escucha al señor de San José.

—Mi amigo Blanes, ahora que está ya casi lista la galería con sus cuadros, vamos a comenzar con la Capilla. Quiero que mis corrales, como llama el señor Sarmiento a San José, tenga su hermosa capilla. Quiero que no escatime gastos, pintor. Ni dinero ni imaginación: mi deseo es tener una hermosa capilla. Porque allí vamos a casar a mi hija Ana. Y usted ya sabe lo que Ana es para mí.

Juan Manuel sabe la noticia del casamiento, puesto que no se habla de otra cosa en la población. Será la fiesta más importante del año, razón por la cual todos los habitantes de Concepción andan enloquecidos. Y no es para menos: enlace de campanillas, éste de la niña Ana con el caballero Victorica. Y don Justo José, que ama como a la niña de sus ojos a esa hija que tan bien lo ha acompañado en sus trotes oficiales, está echando la casa por la ventana en suntuosos preparativos para la boda; a saber: refacciones en el Palacio, compra de plantas nuevas a granel, embellecimiento de la capilla, contratación de músicos. No hay caso, el general Urquiza sigue siendo un hombre fogoso, una cabeza clara y llena de proyectos, un constructor que no se pone límites.

Precisamente acerca de la capilla el general está hablando, olvidado del gentío, de Dolores, de la política.

El general cree tener el latiguillo en la mano e intenta azotarlo contra sus botas, según acostumbra. Pero no tiene en ese momento su latiguillo, porque está en traje de gala. El pintor, por su parte, también entusiasmado en el asunto de la capilla, intenta, según su nueva manía, jugar con el fez colorado entre sus manos, pero tampoco tiene el fez colorado entre sus manos. No importa, ambos siguen en el asunto de esa capilla que en medio de las selvas montieleras dirán cómo Urquiza, hombre de batallas y de leyes, es también un creyente. Y Blanes, el oriental, un gran pintor americano.

—A su cargo estará todo eso, pintor —decide el general. Y agrega:— Con las batallas que usté pintó, Blanes, hilvané mi gloria. Con la capilla que ornamentará, celebraremos la de Dios, pintor. Pero téngalo presente: no es la capilla de un colegio de Hermanitas de la Caridad, ni de un orfelinato: es la capilla del señor de San José.

Así dice Urquiza y el pintor piensa: necesitaré oro y plata, necesitaré hilo de cobre, necesitaré pinturería especial, necesitaré.

—Lo que necesite, pintor —dice Urquiza como si hubiera adivinado esos pensamientos.

—Sí, señor —acepta el pintor.

Al fin consiguen salir. Blanes aprieta el brazo de María, y María lo toma de la mano, y escucha cómo él susurra en su oído: contra el destino no se puede. Ella nada contesta. Pero sabe que es así: Juan Manuel quería sacarse el lazo de encima y ha sido enlazado nuevamente.

Se van, pisando margaritas y flores de sapos, por las veredistas de Concepción, hasta la casa de amplias paredes y rejas herrumbradas por el tiempo, que un día fue del Hombre de las Pepitas de Oro y entonces es de un artista que se está haciendo notar como pintor. Sobre todo porque es el pintor de cámara del señor de San José, quien es nada menos que el señor Presidente de la Confederación Argentina.

Cuando llegan a la casa, encuentran a la criada aguardándolos, un niño de cada mano, Ana María jugando alrededor, una carta sobre la mesa. La carta es para María. María la abre, la lee. Juan Manuel no lee la carta, pero ve el temblor de la mano de quien lee aquella carta. Y ve cómo María se pone pálida, cómo no puede reprimir las lágrimas que comienzan a correr por sus mejillas. Y ve cómo esas lágrimas, multiplicadas, descienden, incontrolables, por sus mejillas.

—María, qué pasa —pregunta, intrigado.

—Nada, nada —dice María acongojada.

—Qué pasa, por Dios —reitera Juan Manuel.

Juan Manuel hace salir a los niños y a la criada. Toma en sus brazos a María.

María consigue abrir la boca.

—Murió Copello, Juan Manuel —dice.

Juan Manuel se estremece: contra el destino no se puede. ¿Acaso puede eludirse aquello que está escrito? Juan Manuel acepta el otro día, el que vendrá. El día en que podrá hacer suya legalmente a esa mujer sacada de brazos ajenos; de los brazos del señor Copello, entonces vivo y ahora difunto.

Ahora, cuando sólo sueña con marchar a Europa y a sus museos y a sus maestros.

Juan Manuel abraza a María Linari, mi mujercita, le dice, mi amor, le repite, ahora sí, mía, murmura. Y ve cómo la oscuridad va cayendo sobre Concepción. Pero también ve cómo el fulgor de las estrellas cae sobre Concepción. Y sobre su alma.

XIII
Papeles del general

Se ve el torreón y también se ve el Palomar, y se ve la casona de Caseros. Pero sobre todo, en el esfuerzo de la última repechada para tomar el lugar, se ven los lanceros, rojas las vestiduras, blanco el peto.

—Yo los miraba con el catalejo y eran hombres, y los miraba sin el catalejo y eran hormigas fatigadas —dice el general don Justo José.

Como frente a un espejo está, hundiendo sin apuro la mirada en la tela pintada por Blanes, como quien sumerge su mano en el agua. Para observar a sus anchas la batalla en su tramo final y confrontarla con ese Caseros guardado en los inciertos rumbos de su propia memoria. Para averiguar si en la tela está todo en su sitio, si nada importante falta, si hay algún olvido imperdonable. Porque ya no se puede empezar de nuevo, porque es el final de esa minuciosa recordación, porque apenas si algún cambio podrá hacerse.

—El corazón del hombre suele ser la morada del olvido, pintor. Pero, yo, el general Urquiza, recuerdo. Releo el pasado de mi vida, pero también el del país, y todavía no sé si estar condenado a tanta memoria es ventura o desgracia —dice el general y mira la campiña gris. El día había estado vestido de lluvia y, cuando se desnudó de agua, se cubrió de niebla. Sigue con niebla y aguaceros intermitentes—. Le digo que recuerdo, pintor, para que los demás, aquellos que vendrán, sepan cuánto ha costado esto.

El pintor escucha al general, y piensa: cada voz posee su color. ¿Qué color tiene la voz del general? No un color estridente. Tampoco chirriante. Tampoco cargado de inocencia, como un verde Nilo, supongamos. Sepia: color sepia es el color de esa voz del general que sigue mirando a través del ventanal los campos mojados, las corolas de las flores cabizbajas, aplastadas por la lluvia, las nubes compactas en el cielo, los goterones que caen de cornisas saturadas, que seguirán saturadas mientras la lluvia las sustente.

Blanes repara: cuando el general ha dicho cuánto ha costado esto, el general no se ha referido a esa heredad, la suya, la que está mirando a través de la lluvia. Se ha referido al país.

—Aquella tarde el horizonte también estaba cubierto de gris. Pero no era gris de nubes, sino de humo de incendios. Unos chasquis partían y otros regresaban. Con noticias iban, con noticias venían. Gauchos mustios se desbandaban, preguntándose qué había pasado. Contingentes enteros, en las patas de sus pingos y en alas del desaliento, regresaban a sus provincias. Los indios del cacique Mariano Rosas volvían a su cobijo de la pampa. Los dejé ir. ¿Qué culpa podían tener ellos de un sueño esfumado? Ese sueño también había sido mío. Por eso pude entenderlos. Veinte años se estaban viniendo abajo de un saque. ¿Quién podría creerlo? Tal vez sólo yo, que preparé el asunto. Yo, que había sentido crujir el espinazo de Rosas cuando entré en la casona de Caseros. Tal vez el señor Sarmiento, quien tanto alentó la empresa. Tal vez don Juan Manuel, cuando se ahorró el esfuerzo final para cuerpiar del derrumbe. —Se mira las manos, el general, las manos que tienen el latiguillo habitual.— Me contaron que estaba refugiado en la casa del caballero Gore. En lo de míster Gore, el encargado de negocios de Inglaterra. Y que hasta allí había ido la niña Manuelita, disfrazada de grumete, me contaron. Y que enseguida, juntos, se habían asilado en la cañonera *Centaur*, de Su Real Majestad Británica.

Sonríe el señor Presidente de la Confederación Argentina. ¿Qué recuerdos lo hacen sonreír, se pregunta Blanes?

—Pobre Rosas... Ahora está en Southampton, mansito el hombre, convertido en granjero, según cuentan... Un *farmer*, dice un escritor porteño al que se le está dando por hablar en inglés, como si nosotros no lo hubiéramos entendido en castellano. Pero tuvo la crueldad del flojo, el Restaurador; si lo sabré. Rosas granjero, ahora: no me va a decir que no está en lo suyo, criando pollos y domando caballos, por más que tantos digan que lo suyo fue solamente el degüello y la violinada. Eso sí: el hombre no hace más que pedir dinero. Y tiene razón el hombre. Con todo lo que tuvo, y tuvo en buena ley, andar ahora mendigando, pucha digo. Yo le he enviado algún dinero. Me parece justo. A más, me cuentan que anda medio enfermo, según dijeron los Anchorena, sus antiguos compadres y socios. Su mismísimo hijo Juan confesó: *las potras lo han jodido al Tata, pues lo han coceado y tiene unas morrocotudas llagas.* Así dicen que dijo. Mire usted, pintor: en lo que puede caer un hombre fuera de sus pagos. Yo, por eso, me he jurado que de aquí no saldré más que horizontal y en cajón, cuando cuadre. Pero fuera del país, como hizo Sarmiento, y como Alberdi, y como San Martín, créame que no, pintor. Vivir fuera del país, ni loco.

Insiste el general, como si para él resultara una cuestión muy importante. Y vuelve a mirar el cuadro. Es el último. Está en una de las salas, porque afuera sigue la lluvia. Está en una pared el cuadro, pero también está en el espejo biselado de enfrente, que repite en su luna detalles que multiplican la batalla, como la tela del pintor es el bis de la que él alberga en su cabeza. O en su corazón, tal vez.

Blanes intenta débilmente una pregunta, porque le gusta escucharlo. Pero sabe que el general hará poco caso de sus averiguaciones. Seguirá el curso de sus recuerdos, apenas susurrados en la penumbra de esa sala que va estrechando sombras y silencios.

—Cuando llegamos a la ciudad, el caos. Por allí no se sabía quién había ganado. La ciudad estaba desmantelada de ánimos y de pertrechos. Las milicias habían escapado. Las trincheras fueron abandonadas. La ciudad, acéfala. Las autoridades de Rosas se habían ido a baraja, no bien el Restaurador se fue no al agua, sino a la mierda, como decía *Colibrí*. Los cantones desiertos, las armas en cualquier lugar, ¿cómo no iban a hacer de las suyas los forajidos de siempre? Los dispersos de Rosas, los escapados de las cárceles, la gente de arrabal y, no le digo, algún pillo de los míos, se lanzaron a robar: primero la platería, y después lo que viniera. ¿Y los buenos rosistas? Pues, en su mayoría, de repente se habían dado vuelta: fíjese usted que los excusados se taparon de tanta cantidad de divisas y de trapos colorados y de cintajos con lemas, que habían ido a parar al fondo de los pozos negros. Con la mierda se fue tanto traperío político y la mierda se los llevó, créame. ¿Y los porteños bienudos? Los porteños bienudos en sus casas, encerraditos para cuidar sus bienes. Pucha digo: si parecía que la libertad que les había llegado, en alas de mi Ejército Grande, poco les importaba. Ahí me di cuen-

ta, pintor: no iba a ser fácil la cosa. No. Con los porteños, digo.

Camina el general. De la puerta a la ventana, camina.
De la ventana al patio. Sale a la galería, pero la lluvia le
azota el rostro y salpica sus lustradísimas botas. Los ojos,
agredidos por el viento, se entreciеrran. Entra. Entra y
habla, y sus palabras vagan por la sala y llegan a Blanes,
y Blanes las escucha en tanto mira al latiguillo que el general lleva en sus manos azotar levemente sus lustradísimas botas.

—Después vinieron los comandantes apostados en
el puerto y pusieron algo de orden. Al menos, custo-
diaron la Aduana, el Banco, la Casa de la Moneda. Entonces los vecinos resucitaron y se armaron. Entraron
al Fuerte, sacaron fusiles, tomaron municiones, inventaron chuzas, patrullaron las calles. Tanto pillaje era
inaguantable. Y fue una cacería: en lugar de perdices o
liebres se cazaron bandoleros. Ahí comprendí, pintor:
al hombre usted le puede tocar el culo, y nada. Pero le
toca sus pertenencias, las materiales, digo, y entonces,
salta. Y uno a veces no sabe qué hacer.

Suspira el general, como lamentándose de la condición humana. Blanes se da cuenta de que el general conoce muchas cosas, incluso la duda.

—A todo esto yo ya estaba en Palermo. ¿Sabe qué hice en cuanto llegué a Palermo? Un chiste, hice. A Crispín Velázquez se lo hice, al gaucho compañero de tantos años: me puse en el escritorio del Restaurador y
desde allí, sentado en la silla que había calentado Rosas con su culo durante veinte años, con su pluma y con
su tinta, pero sin escribiente intermediario, con mi
propia mano, le escribí al compadre Crispín Velázquez:
*Tengo la satisfacción de escribir a Usted desde el pala-
cio del Gefe Supremo Salvaje Unitario Juan Manuel de*

Rosas… —ríe el general recordando su chanza. Después me dediqué a poner orden. Se mató gente, ya sé. Me lo reprocharon. Pero había una Comisión Militar para esas ejecuciones y se debía obrar rápido. ¿Sabe? Más de trescientos carros fueron necesarios para recoger las pertenencias robadas en los saqueos. Los hice poner en varios almacenes: que allí los fueran a buscar sus dueños. Y así se hizo. Dieciséis horas en la tarea. Quinientos muertos. Mucho tiempo y mucha gente para entretenerse en esas salvajadas, cuando lo que había que hacer era reconstruir el país.

> *Ya se ha ido la Mazorca*
> *ya la fueron a enterrar*
> *por poca tierra que le echen*
> *ya no se ha de levantar.*

El general tararea, con su voz ronca, la canción que se entonó en ocasión. Pero pronto deja tarareo y sonrisa.

—Los que se levantaron fueron los porteños, después de los besamanos y de las vueltas de carnero que dieron todos. Gente complicada, le digo, pintor. Agreden con sus palabras y ofenden con sus silencios. Algún día los conocerá. Y me dará la razón. ¿Sabe qué? A los porteños para nada les gustaba que un provinciano hubiera venido a sacarles las castañas del fuego. En cuanto se les fue el julepe, empezaron a joder. Pero no empezaron de frente, no. Trabajo de zapa el que hicieron. Como decía Hortelano, un gallego que en seguida se dio vuelta con el periodiquillo que tenía. *La Avispa*, se llamaba. El periódico, digo —explica—. Pero no, no era el de ese mozo Rosendo Fraga, que apareció mucho después y con otras ínfulas. Yo le hablo del otro, de la época de entonces, que era el cincuenta y dos. Pues bien: en ese periódico, escrito en papel de estraza nomás, el gallego vio la cosa clara: los contras, decía, empezaron tocando la fibra sensible a la gente: que la localidad, que la patria... *porque para los porteños ya no es patria lo que se desvía media legua de la plaza principal.* No me va a decir que no es así, pintor. Bueno: si no lo sabe ahora algún día lo sabrá.

De esos meses da cuenta el general a su pintor de cámara. Convertido en centro y eje de la política nacional, Urquiza asume las Relaciones Exteriores de la República hasta tanto se reúna un Congreso Nacional. La suerte de las armas lo ha hecho árbitro. Arbitra. Nombra. Aconseja. Pero también pide consejos. Legisla. Firma el protocolo de Palermo. Firma el Acuerdo de San Nicolás, que no es nada más y nada menos que el compromiso solemne de constituir el país.

—Porque yo soñaba —dice el general al pintor lo que había dicho tantas veces—, soñaba con presentar al mundo un país organizado.

Urquiza sabe que esa ciudad le teme, pero no lo ama. Y que si pone tantos obstáculos a su tarea, es porque no quiere desprenderse de las rentas de su aduana. Ese es el escondido origen, el vergonzante motivo de tantos obstáculos. Los intemperantes, entonces, lo atacan, lo acusan de todo, hasta de los siete pecados capitales dice, a él, a Urquiza, el vencedor de Caseros, el que le hizo tomar las de Villadiego a Rosas, el que armó el Ejército Grande y acabó con veinte años de despotismo.

Ante el peligro de caos, Urquiza dispone, sin que le tiemble la mano, enérgicas medidas: embarca agitadores, suspende periódicos, patrulla de noche la ciudad. Logra apagar, sin una gota de sangre, el conato revolucionario. Y que los porteños doblen la cerviz.

No en vano había advertido: tengo la mano sobre el corazón, pero también sobre la espada.

Meses pasaron así, envueltos en dispares dilemas, en controversias y polémicas. Pero también se dieron gratas veladas sociales, según un estilo que busca armar estrategias políticas en ritmo de música y danzas. Urquiza había inaugurado el *Club Progreso*, en el aniversario de mayo, cuando abrió el sarao llevando del brazo a la mujer del comerciante más rico de la ciudad. Vuelve al *Club Progreso* para festejar su cumpleaños. De frac azul con botones amarillos, claro el pantalón, chaleco blanco, botas de charol, sereno y señorial. Ante ministros extranjeros y generales y ciudadanos de pro, aparece el general de los entrerrianos, convertido en árbitro nacional. Y baila.

—Yo introduje en las tertulias porteñas la contradanza —le dice ahora a Blanes, y Blanes lo escucha revoleando entre sus dedos el fez colorado—. Yo, Justo José de Urquiza, a los porteños les enseñé a bailar la contradanza en aquellos días del 53. Otras cosas también les enseñé. Algunas, las aprendieron. Otras…

Mira la lluvia que cae el general de San José. Mira como tanteando en sus recuerdos. Y habla. Y Blanes, el pintor, lo escucha.

—Les enseñé algo más, mi amigo: les enseñé, en medio de tantos intríngulis políticos, que es bueno retirarse para evitar la anarquía y el caos. Sobre todo si la discrepancia nace de meras diferencias económicas. De prejuicios.

¿Qué había pasado? Blanes está atento a las palabras de Urquiza. Lo escucha con la sencilla condescendencia que otorga el interés y quizá le necesidad. Como la tierra se está apropiando de esa mansa lluvia que cae y cae. Y el general le cuenta.

Apenas él pegó media vuelta para ir a Santa Fe, empeñado como estaba en asuntos del Congreso, cuando un movimiento revolucionario, gestado entre quienes defendían intereses aduaneros y portuarios, no encuentra expediente más oportuno que desconocerlo a él y al Acuerdo, y devolverle a Buenos Aires el manejo de sus propios asuntos.

—Mire, pintor, fue más de lo que pude soportar. Esas malas artes, digo, de quienes me creían un conquistador, y no un hombre empeñado en institucionalizar al país. Quizá creyeron que yo había caído como un chorlito. Pero ni de lejos era así. Hay que salvar lo salvable, me dije: las provincias. Mi provincia. ¿Qué hice entonces? Desconcentré las tropas. Retomé mi Caballería entrerriana. Volví a cruzar el Paraná. Me traje *Las Bases* de Alberdi, eso sí. Porque no había abandonado el sueño de la Constitución Nacional. Porque…

Cae la frase deshecha y cae el silencio y la lluvia ha amenguado y las nubes comienzan a perseguirse entre sí, en medio del cielo. Pero Urquiza no mira hacia ningún lado. Todo está quieto y en su lugar y bendecido por el agua lustral de la lluvia. Ahora por la ventana se ven plantas reverdecidas bajo el pálido sol que extiende sus últimos rayos. Y se ve un jinete que cruza la reja lejana, la que separa el parque de la carretera. Y ya detrás de la reja lejana que separa el parque de la carretera, se ve cómo comienza a trotar. Y ese trote levanta barro y agua en breve intermitencia.

Las manos de Urquiza inician un movimiento, se arrepienten, se detienen, caen.

—Ya deja de llover —dice de pronto—. Abra la ventana, pintor, así el viento se encarga de llevar tanto olor a pintura… y tantos recuerdos. Todo acaba, pintor, ¿sabe? Usted es joven, pero ya lo sabrá. Acabaron nuestros litigios menores con la gente de la Confederación, y en el primer día de mayo de 1853 el Congreso, reunido en Santa Fe, sancionó la Constitución de la Nación Argentina. Yo me había querido mantener al margen, no influir ¿sabe? Pero sentí que esa Constitución era obra mía. Yo era el presidente de la Confederación. Muchas cosas había dejado en el empeño. Basta ya, me dije. Yo, el montielero que hizo hociquear a Rosas, yo, me fui. Que la ciudad segregada haga lo suyo, que Buenos Aires cumpla su destino. Nosotros seguimos con el que nos corresponde. Y eso no me lo pueden impedir los señoritos porteños de galera y de frac. Porque yo también sé usar la galera y el frac, pintor.

Hace silencio el presidente de la Confederación. Va a marcharse pero, antes, se detiene y agrega:

—Porque ya basta de tirarnos con cadáveres entre unitarios y federales, pintor.

Blanes recibe la sonrisa del general.

Y Blanes piensa que esa sonrisa está como fatigada y quizá marchita.

Y eso, cómo le da lástima.

SEGUNDA PARTE

PAPELES DEL HIJO

I

Aquella mañana lo vi, desde lo alto del campanario al cual me había subido trabajosamente para el toque del Angelus. Lo vi detrás de las rejas del jardín y de la callecita que rodeaba el convento y de la calle que circunvalaba el viejo edificio. Casi diez años habían pasado desde que yo había decidido lo que había decidido, pero lo reconocí enseguida: más viejo, por cierto, canas en el pelo oscuro del hombre que avanzaba a cabeza descubierta, inclinado hacia la tierra su porte antes tan erguido, levemente pausada, supuse, la voz que fue reguero de palabras. Supuse, además: el padre sale en busca de su *botija*, anda rastreando el potrillo perdido de su tropa, ahora que se ha quedado sin su *pichonera*, como le gustaba decir, con Juan Luis muerto, con madre muerta, solo. Reflexioné: harto de oficiosos embajadores y delegados y policías y amigos, se ha lanzado a buscar el hijo perdido, creyendo que su rastreo podrá ser más eficaz. No me vio. Pero si me hubiera visto, quién sabe si me hubiera reconocido. Así pensaba mientras el mediodía avanzaba y yo podía presumir el jadeo que oprimiría su pecho, porque la cuestita ésa del Gianicolo era pronunciada y el invierno excesivo para pulmones tan castigados como los suyos por años de tabaco y desaprensión. Y no estaba equivocado con mi presunción, porque en tanto el campanario comenzó a anunciar el Angelus, vi cómo el hombre detenía su paso por un imprevisto acceso de tos. Desde lejos, sentí de qué manera se quedaba sin aire, jadeante, y cómo la mirada iba hacia la puerta de la *trattoria*, con ese ojo que bien le conocía, certero en descubrir detalles y, en los detalles, lo esencial y, en los matices, lo imprevisto. Supuse: ahora esa mirada de águila entreví las mesas de madera y el gran mostrador y los *prosciuttos* colgados del techo y estará viendo a los cansinos parroquianos delante de sus vasos, y escuchará la voz de don Beppo: *a la buona pasta, al buon vino*. Así le ha de estar anunciando con cantarina voz. Y Roma desde allí ha de ser un puro esplendor, porque el sol le dará de lleno, aunque a las colinas cercanas las ha de estar contemplando cambiantes, como yo, en juego de luces y penumbras y secreta melancolía. Y el frío asediará al caminante con el alma en penumbra pero, no obstante, aferrado a alguna esperanza porque él, bien lo conozco, nunca termina de perderla. Siempre como el ave fénix que resucita, ese hombre, sin duda, se estará diciendo: mejor comer algo antes de llamar, porque ya es hora y algunos buenos *pansotti* no me vendrían mal. Y antes de entrar en la *trattoria* quizá mire, castigada por el tiempo, los descuidos y quizá los turistas, la fachada corroída por años y humedades de este convento en cuyo campanario estoy, tocando el Angelus, yo, tu hijo, papá.

Entonces, aquella mañana, mientras veía a mi padre entrar en la *trattoria*, bajé lentamente, por las dificultades de esta pierna que arrastro, las escaleras que me habían conducido al campanario. Y en tanto él, casi con seguridad, comía los *pansotti* de don Beppo, me encerré en mi celda, y no sé muy bien qué hice. Probablemente recé, sin duda lloré, tal vez me entredormí. Pero sí tengo la certeza de que rezo, llanto, entresueño, fueron aproximaciones a esa noche oscura del alma de que hablan los místicos. Después, atento como estaba, escuché el aldabón en la puerta, y escuché al hermano portero que atendía al señor, y lo llevaba frente al superior, y después oí confusamente cómo lo despedía, y no tuve fuerzas para volver a mirar, desde lo alto del campanario, la figura encorvada de mi padre, el pintor, cuyo nombre prefiero olvidar, perdiéndose callecita abajo.

Al día siguiente me declaré enfermo. Y comencé a poner en estos papeles destinados a nadie, los escombros de mi vida para poder mantener, pese a todo, alguna leve relación con los días que me quedan por vivir.

II

Uno de los primeros recuerdos que guardo de mi infancia, almacenados en esta memoria que ya se está haciendo vieja, es el de aquellas tardes, en el taller de Montevideo, cuando posábamos para el cuadro que proclamaría la belleza de nuestra familia, pintado por papá con la audacia de un pincel que daba la luz del arte a nuestras pobres humanidades.

En realidad, había comenzado el cuadro en Florencia, esa otra orilla del planeta donde recaló para construir su porvenir de artista, gracias a aquella beca conseguida del gobierno uruguayo después de muchos trámites y algunas agachadas de cabeza. Pero papá, en Florencia, sólo había hecho el boceto del cuadro, porque no le dejaban mucho tiempo libre sus obligaciones en la academia de Antonio Ciceri, el maestro a cuya sombra pensaba perfeccionar ese estilo rioplatense que él llamaba cerril y meramente intuitivo. Yo, recuerdo, era muy chico, no tendría aún diez años, pero vagamente tengo presentes las amplias casonas de Florencia, su puente atestado de negocios maravillosos en la exposición de tesoros, huecos llenos de esplendideces que cruzábamos, junto a mamá, para aguardar la llegada del padre, esperado impacientemente. Pobre madre. Después comprendí: más que a algún accidente, o a imprevistos trágicos que pudieran retenerlo o alejarlo de nosotros, mamá temía a esas muchachitas bellas y desprejuiciadas que oficiaban de modelo y compartían sus tardes con él, en tanto nosotros consumíamos miedos e impaciencias en la soledad de la pensión, ya con frío, ya con calor, pero siempre tensos. En verdad, asidero tenía tanto miedo de madre: él siempre confesaba, claro que sonriendo y en son de chanza, *las mujeres me encantaron siempre*. Mamá sabía que era así. Y para probarlo estaba el señor Copello, su primer marido, a quien mi padre se la había quitado.

¿Qué hubiéramos hecho nosotros, sin papá, en un país extraño (aunque de algún modo fuera el de mamá), lejos de la familia y de conocidos? Como el mar sigue el influjo de la luna, como las plantas reverdecen ante la presencia del sol, nosotros vivíamos a la sombra de papá. Éramos pulpos aferrados a esa roca que era él, robusto, vehemente, charlatán, siempre desparramando palabras y gestos, alegrías o rabietas. ¿Qué hubiéramos hecho solos? Ahora lo pienso. Entonces para nada se me cruzaban por la mente tales ideas. Aunque, por cierto, recibía como el fluido contagioso que los temores de madre nos transmitían a José Luis y a mí.

—Recorro Europa siempre acompañado de mis tres cruces —decía, irónicamente, papá—. A veces medio abombados los pobres, de tanto que los hago caminar.

Recuerdo cómo a mi padre le entusiasmaban los rostros. Él contaba que, cuando comenzó a garabatear con el lápiz la realidad del mundo que iban descubriendo sus ojos de niño, antes que el pétalo de una rosa o el pérfil de algún árbol o el lánguido paisaje del atardecer, decía, le encantaba pergeñar bocetos de rostros. Mejor dicho, señalaba papá, el alma que se esconde tras el rostro: por las hendiduras de una cara se ve el cielo. O se ve el infierno, decía. Decía, además, porque *Todo el mundo sabe el poder mágico de la pintura en la representación de una cabeza.*

Pero cuando estuvo en Europa y vio todo lo que pudo ver, su frase más corriente, porque correspondía al propio pensamiento, fue:

—No me voy a pasar la vida pintando retratos. La pintura es otra cosa también.

—¿Qué es? —preguntó mamá la primera vez que se lo escuchó decir, yo creo que por seguirle la corriente.

—Fantasía.

De manera que un buen día estuvimos allí, en el estudio, nosotros, su familia, haciendo de modelos: mamá, Juan Luis, yo. Y él, maestro en el arte de manejar los pinceles y los ánimos de todos, ya con ternura, ya con órdenes. Como siempre. Después, cuando regresamos a Montevideo, se incorporaron a la vida, al cuadro y a nuestra propia existencia, la abuela Isabel y el tío Mauricio.

Nunca más volví a ver esa pintura. Pero, Dios mío, cuán presente la tengo. Yo, que he sido educado para apreciar las cosas bellas, que por herencia o por la docencia constante de mi padre, sé admirar lo estético tanto en la naturaleza como en el arte, no puedo dejar de maravillarme cuando lo vuelvo a ver en el recuerdo: mi madre sentada, marfil su bello rostro de Madonna, perfecto como el anillo de esposa que ciñe su dedo desde no mucho tiempo atrás, por razones de aquel señor Copello de cuya existencia me enteré más tarde; *sedutta*, los pliegues de su vestido discretamente elegante caen al suelo, su figura imparte paz y algo más, quizá señorío. Apenas erguida, en su rostro la gracia de un abandono digno, transparente en las líneas de su perfil hermoso, levemente ajado, porque nadie puede escapar inmune a los estragos de la duda; en la calidez de su mirada opalescente (según calificativo otorgado por papá), que parecía seguir los meandros azarosos de no se sabe qué, si del futuro o de la vida. Con el pelo recogido, negro y brillante, que suma cierta cualidad patética a esa hermosa figura de la cual emanaba, no obstante la aparente fragilidad anunciada por el leve talle, maternal fortaleza y abrumadora ternura.

Busco en los borrados senderos de mis recuerdos para encontrar el rostro de los otros. Y allí está mi padre de pie, como persona de autoridad, custodiando sus pertenencias, concentrado y grave, dispensando gracias, alerta los ojos que, zigzagueantes, perforan su alrededor, buscando qué, me pregunto. Y no logro la respuesta. Ni aún ahora, porque viviendo uno sólo aprende que la vida es extraña. Una cosa es clara: papá siempre persiguió algo: el sueño de un color, la exactitud de una forma, una mujer: cuando mamá era María Linari de Copello, como supe de grande; o la otra mujer, la que llegó para turbar y quizá para decirnos cómo era el cielo. Y cómo, también, el infierno. Papá, entonces, arrogante, erguido también él, pero con otra verticalidad, la de aquellos acostumbrados a mandar, encuadrado el rostro en esa oscura barba que le daba un aire tan de aristócrata, en la cabeza ese peregrino fez colorado que usaba para pintar. Ensayando un aleteo señorial, esa misma mano que acaba de abandonar el pincel con que ha estado pintando a su familia, y ciñe un bastón, como pastor que esgrime su cayado para cuidar del rebaño. Y el rebaño somos nosotros. Y entre nosotros la abuela, oh, abuela, nácar su hermosísimo rostro surcado por arrugas, rastros todos de dolores tan antiguos y tan nuevos, envuelta en su manta alba, sentada ella también, pero como en escorzo, en leve torsión su cuerpo de persona mayor, atisbando con mirada mansa, azul y comprensiva, el mundo que, para ella, simplemente tenía la medida de nosotros, su familia, la familia de su hijo, el pintor. La muerte, que nunca se distrae, ya ha reparado en ella y ella ya no está. Pero siento que su dulce mirada sigue buscando mi presencia, como en la vieja casa de Montevideo, y en algunas noches, apenas un susurro, yo contesto:

—Aquí estoy, abuela Isabel.

Ana María es notoria ausencia; al menos para mí. Pero mi hermanita de los primeros años, no era más que medio hermana mía y se había quedado allá, detrás del mar, con su propia familia. Fue mi primer dolor la separación de Ana María. ¿Y yo? Yo apenas si he dejado de ser ese bebé que ha estado explorando el mundo en cuatro patas y comiendo tierra, y mojando pañales y ensuciando alfombras y sillones con sus cacas infantiles. Estoy allí, con mi carucha asombrada de nene, mirando hacia el frente, también averiguando no sé qué. En mis ojos convergen los miedos del mundo, en mi boca sólo un gesto de nada, en mis manos ¿qué en mis manos? Pues la paleta de pintor que alguien ha puesto en ella. No sabía cómo se sostenía la paleta de pintor, porque era un niño, no era pintor. Pero papá quería que lo fuera, como Juan Luis. Mi hermano, más independiente, tenía carácter, y en la ocasión se había negado a posar con la paleta y a la paterna orden se la llevó el viento. Yo fui incapaz de decir no. Por eso en el retrato estoy así, como pequeño aprendiz de lo que papá quería que fuese. Pintor. A su imagen y semejanza.

Como si alguien hubiera podido.

Ese cuadro, pálida imagen de su paternalismo doméstico, fue concluido en Montevideo.

De la calle subían los gritos de vendedores y vecinos, en los pasillos de la casa circulaban voces y pasos, risas y cantos podían trepar por las ventanas entreabiertas o clausuradas según las horas o los días, y nosotros, llegados de Florencia, de ese Eldorado hacia el cual habíamos partido dos años atrás, en barco a vela, un paquete de la línea que se llamaba *La Plata* y era francés, nosotros, bastante extenuados por la aventura traslaticia, posábamos para el maestro, mientras el maestro aguardaba la llegada de los señores que arribarían con sus pedidos y sus pagos, que serían más importantes, porque ahora el maestro había pasado por las aguas bautismales de las academias y de los museos europeos, después de haberse iniciado pintando las batallas del señor de San José.

En el grupo doméstico sobreviviente a la melancólica felicidad de aquella experiencia en Florencia, también el tío Mauricio, un cigarro en la mano, casi perdido en las sombras del fondo, misterioso entorno en medio de la aglomeración de trastos del taller, más o menos hermosos, que se disputan preeminencias exóticas. Tío Mauricio, digo, como siempre apagándose, opacándose, diluyéndose, pero sin embargo tan presente, tan listo para ayudar a la familia, apaciguar sus estrecheces económicas, solucionar conflictos temperamentales, dar su mano siempre pronta a fin de que su hermano del alma, el artista, pudiera alcanzar la relativa paz de su inquieto corazón. Y quizá, por sobre todo, crecieran bien esos sobrinos tan caros a su afecto, Juan Luis y yo.

No es extraño: en esos rostros que componen el cuadro, en esas caras beneficiadas por una luz que viene no se sabe de dónde, nadie sonríe. Ninguna sonrisa emerge de esos gestos dignos y, en algunos de sus protagonistas, señoriales, que remiten a una genealogía noble, aunque quizá mentida, porque no está respaldada por pergaminos o apellidos ilustres. Ningún gesto se desvanece en gemido, grito o júbilo. Ninguno se abre en carcajada. Nadie se pliega en receptáculo de emoción o sorpresa. Todos aguardan. Todos están como expectantes. Inmóviles. Como cuando el viento ha cesado de batir sus alas sobre el campo o el río.

Por ventura, ¿sabrán qué les espera?

Otra ribera, Montevideo.

Tuve que aprender el nombre de esas calles rectas y monótonas, tan diferentes de aquellas de Florencia, poseedora de recovecos misteriosos y sublimes, de pliegues inverosímiles que de pronto hurtaban el esplendor de un edificio o la esbeltez de un campanario, o proclamaban la imprevista maravilla de alguna cúpula. El de los vecinos nuevos también debí aprenderlos. Tuve que retener los de los clientes que llegaban para el retrato que les haría papá. Tuve que comprender el olor del río inmenso, siempre fugándose hacia el mar en medio de olas grandes y de bandadas de pájaros cuyos nombres y gritos y colores también debí aprender.

Otra ribera, Montevideo.

Pero, también el tiempo, otra ribera.

Para papá esta nueva ribera significaba cuadros por hacer e inéditas posibilidades. Él ya no era el pintor en agraz que se había estrenado como artista en antiguas batallas de caudillos mandones, retratando rostros de hombres importantes y damas muy decentes de alcurnia rioplatense. Ya no era el pintor de cámara del señor del Palacio de San José, inventor de una mitología pictórica con su estampa, y la de muchos de los suyos, y que después, bajo su amparo, en Buenos Aires, había comenzado a enlazar el arte y los negocios para mantener a su familia. Tampoco era el pensionado que había enviado sus primeras pinturas hechas a la sombra del maestro Antonio Ciceri, y que un barco echó al fondo del mar, justo frente a Montevideo, en desgraciado accidente.

Recuerdo bien el acontecimiento.

En Florencia habíamos ayudado a embalar las pinturas: eran grandes, eran bellas, eran el sueño de toda la familia. El pintor las enviaba a Montevideo como testimonio de sus trabajos. El joven pensionado oficial quería exponer sus adelantos. Tío Mauricio se encargaría de mostrar sus pinturas y venderlas.

Mientras las arreglábamos para el envío, papá las miraba y decía:

—Vamos a ver qué dirán las nutrias de mi tierra.

Las nutrias eran los orientales y a papá le interesaba la opinión de sus paisanos. ¿A qué artista no?

Recuerdo: acompañamos las pinturas hasta el puerto, en medio del exultante bullicio de los niños (que éramos nosotros, Juan Luis y yo) y de las risas de los grandes, que eran mamá y papá. La novedad nos había ubicado en un plano jocundo del que no podíamos zafar. Al regreso tomamos vino y cantamos canciones de las dos tierras, la del Plata y la de Italia, y papá repitió anécdotas de los tiempos pasados junto a Urquiza. Contó papá que una vez le había dicho Urquiza que a un jefe le era imposible reconquistar el afecto del pueblo, una vez que lo había perdido. Para ejemplificarlo, relató una anécdota. Ésta:

Cierta vez, un general caído en desgracia le pidió a Dios la posibilidad de hacer un milagro a fin de recuperar por esa vía el afecto de su gente.

—Si logro hacerlo ante los ojos de mi pueblo, reconquistaré el respeto que he perdido.

—Sea —dijo papá que le dijo Urquiza, que le había dicho Dios al general—. Mira: al promediar la mañana véte hacia el río, toma una barca, avanza río adentro, y cuando veas que en la playa, a consecuencia del calor, se ha amontonado gente buscando el frescor, tú, hijo mío general, abandona la barca y camina lentamente sobre las aguas, como lo hizo nuestro Señor, y avanza hacia la playa. Te doy mi palabra de que no te darás un chapuzón: de veras, caminarás sobre las aguas. Ahora, no te puedo asegurar si con el milagro conseguirás que tu pueblo vuelva a tenerte afecto. Tú mismo comprobarás el resultado.

Pues bien, todo se hizo como el Señor había dispuesto: el general tomó la barca, llegó al medio del río, abandonó la barca, caminó sobre las aguas, avanzó hacia la playa. Pero, cuando iba acercándose a la multitud, convencido del éxito de su gestión milagrosa, escuchó que alguien, desde la orilla, llamaba la atención sobre su caminata sobre las aguas diciendo:

—Miren, miren: si será infeliz el general que ni siquiera sabe nadar.

Papá decía que Urquiza contó el cuento y se rió de lo lindo. Y papá se rió como se debía de haber reído Urquiza. Nosotros coreamos su risa entre los restos de vino y pasta *asciutta*: mamá porque había entendido el cuento, y nosotros porque los veíamos felices. Papá agregó: pobre general. Urquiza ni se imaginaba que le iba a pasar como al hombre de su cuento. Y se quedó triste papá. Y nosotros entonces también nos entristecimos porque en San José la habíamos pasado bien y ya no estábamos ni en San José ni en Concepción del Uruguay.

Después se sucedieron días y semanas y se acentuaba el ceño fruncido de mi padre y pintor, cuyo nombre prefiero olvidar. Y la inquietud de mamá, porque en ella desembocaban los nervios de papá. ¿Por qué tardaba tanto en llegar alguna carta anunciando el recibo de las telas? ¿Por qué Mauricio no daba respuesta, no enviaba recortes de los juicios, sin duda aparecidos, no comunicaba los precios en que se habrían vendido? Misterio.

Un día el misterio se develó.

Llegó una carta. En el sobre, la letra de Mauricio. Papá la abrió, impaciente, mamá gobernó su curiosidad lo mejor que pudo, nosotros, los niños, esperamos en silencio. De pronto vimos la palidez en el rostro de mi papá, después oímos su llanto, luego la ahogada frase:

—El barco se hundió en el puerto de Montevideo.

Tengo patente el alarido de mamá, el silencio de Juan Luis, mi total incomprensión: sólo entendía que un barco se había hundido en el agua. Cuando las cosas se hunden en el agua hacen glú-glú, recordé. Entonces, pobre inocente, me sentí en la perentoria necesidad de proclamar mis conocimientos y dije:

—Glú-glú…

Apenas lo dije la mano de papá cayó sobre mi cara con una muy sonora bofetada.

El silencio y las lágrimas se hundieron como clavos en la familia, mientras mi madre buscaba atenuar la ofensa sufrida por el hijo menor, posando levemente su mano sobre mi confundida cabeza.

Atardecía. La claridad del día, recuerdo, ya no alcanzaba los rincones de la habitación en que estábamos. Menos aún nuestras almas.

III

Ninguna sutura entre el allá y el ahora. Habíamos dejado las ciudades del arte y los museos, de los belvederes y las cúpulas, y regresábamos al país de los ríos inmensos, los campos interminables, las discordias sin fin. Seguíamos en el mismo juego. El viaje había interrumpido el ritmo anterior de nuestras vidas, pero el regreso devolvía las cosas al punto originario. Consolidado. De Europa papá había traído cuadros que proclamaban la excelencia de las lecciones recibidas, la educación de su gusto y de su técnica, la perfección de un estilo que ya no era ni cerril ni rioplatense. Trajo a *Rebeca* y a *La casta Susana en el baño*, y a *San Juan en el desierto* y los clientes se abalanzaron sobre *Rebeca, La casta Susana en el baño* y *San Juan en el desierto*. Trajo copias, hechas por él, de Rubens y del Tiziano, y las copias de Rubens y del Tiziano se parecían como una gota de agua a otra gota de agua, a los Rubens y a los Tizianos de los museos europeos. Trajo también mucha experiencia. Entonces se abalanzaron los ricos de la ciudad: queremos un retrato.

Pero, además de sus cuadros, papá había traído a su familia. Yo me pregunté muy pronto, en la soledad de mi cama, en el cuarto compartido con Juan Luis, ¿para qué nos trajo? Quizá también mamá se lo preguntó. Juan Luis no se lo preguntó, porque Juan Luis era más independiente que yo. Pero mamá y yo sí, porque casi en seguida papá nos volvió a dejar.

Nos dejó para irse a Buenos Aires. En Buenos Aires tenía amigos, en Buenos Aires había gente poderosa, en Buenos Aires había expuesto su cuadro *Un episo-dio de la fiebre amarilla en Montevideo* y el cuadro, pe-se a que pintaba la muerte, había sido aplaudido por crí-ticos y compradores.

En Buenos Aires el pintor, aureolado por la bendi-ción de Europa, puso un estudio en la calle Libertad. Pero él más bien se la pasaba en el salón de su amigo, un señor Andrés Lamas, en la calle Piedad, donde se co-deaba con lo mejor de la intelectualidad porteña y lo mejor y lo peor de la politiquería argentina: allí mi pa-dre se encontró con el señor Sarmiento y con el gene-ral Guido (el que acompañó a San Martín en su gesta americana), y con Mitre, periodista y guerrero, y con el doctor Eduardo Wilde, y con Nicolás Avellaneda. Ma-terial oportuno para sus cuadros, tales señores. Del sa-lón de don Andrés Lamas mi papá saldría mitad uru-guayo y mitad argentino. Rioplatense, decía:

> *¡pa' ser oriental del todo*
> *hay que ser algo argentino!,*

repetía, con los versos del poeta.

Nosotros, de tantos viajes, quedamos medio resen-tidos. Porque, después, mi padre se fue a Paysandú, es-cenario de un hecho glorioso: la villa había sido sitiada por fuerzas brasileñas, una parcialidad uruguaya, y al-guna ayudita argentina, de modo tal que, entre todos, acabaron a los heroicos sanduceros a fuerza de hambre y bombardeos. Gabino Eseiza, un negro cantor argen-tino, muchos años después, fue a enfrentarse con otro payador uruguayo en duelo verbal y musiquero, y con-quistó a la audiencia contrera, que estaba allí para abu-chearlo, cuando recordó a Paysandú:

Heroico Paysandú yo te saludo,
hermano de la patria en que nací;
tus hechos y tus glorias esplendentes
se cantan en mi tierra como aquí,

había dicho el negro cantor y todos se largaron a llorar y aplaudir la gesta evocada por la oscura voz del oscuro payador. Olegario Víctor Andrade, un poeta gualeguaychucero que andaba por ahí, también le cantó a la ciudad mártir en sus versos:

¡Sombra de Paysandú! Sombra gigante
Que velas los despojos de la gloria.
Urna de las reliquias del martirio
Espectro vengador.
¡Sombra de Paysandú! ¡Lecho de muerte
Donde la libertad cayó violada!

Papá fue a cantar la hazaña de otro modo, como él solito sabía hacerlo: con su pintura, *en afán de servir a la historia, y no para lisonjear fantasías.* Y le fue bien. Eso quiere decir que la familia seguía comiendo y los niños, que éramos nosotros dos, educándonos.

Padre ya se había entusiasmado con eso de hacer arte con la política del momento porque, decía, pasado un tiempito, esto será historia. Y la historia queda. Cuando se le daba por filosofar, agregaba: para distraerse de la muerte, el hombre inventó la Historia. También el arte permanece, decía. Y si de los dos hacemos uno, mucho mejor, decía padre. Él la veía. Quería que también nosotros, sus hijos, Juan Luis y yo, la viéramos. Pero nosotros ya nos estábamos haciendo mozos y, por lo tanto, bastante rebeldes. Mamá quedaba fuera de la cuenta, más allá de las dudas: mamá comprendía todo lo que su esposo hacía, decía, soñaba o presumía. Su esposo seguía siendo aquel joven, bastante menor que ella, que un día de las calles montevideanas la había llevado a su camastro de pintor en cierne, ante los ojos de su legítimo marido.

Él solía decir, en tono juguetón:

—Pensar que en la calle encontré una mujer, y la miré porque era linda y resulta que cuando la llevé a mi casa resultó un tesoro.

Mi mamá se ponía colorada y mi papá le hacía algún cariño, porque el mismo amor del principio golpeaba sus sentidos. Con todo, una leve variación comenzaba a existir en la compacta seguridad de mamá. Con el paso de los años, se estaba poniendo sensiblemente mayor que papá. En los últimos tiempos, permanecía como varada por cierto temor, aunque impreciso, nacido ante las formas y los moditos de las modelos que visitaban el taller de papá, por aquello de posar para sus cuadros. Porque por ese tiempo a mi papá, el pintor, se le había dado por *seguir meneando el lápiz y copiando el desnudo*, según costumbre aprendida en París y Florencia. A esas muchachas mamá las recibía, cuando se daba la ocasión, con las civilizadas maneras de su natural cortesía. Pero yo sabía que la cortesía era la forma que tenía para disimular sus miedos y quizá sus enojos.

Debo decir que, aunque apenas adolescente, no consideraba arbitrario el temor de mamá.

IV

Yo estaba frente al espejo. El ojo del espejo me miraba. Yo miraba el espejo con mis ojos. El espejo era impenetrable. Yo también. Esta situación se había convertido en mi juego favorito, una especie de gozosa celebración de la nada. Horas perdía así. Recuerdo: era adolescente, vivía en tierra de nadie. Sobre mi falda descansaba la paleta. En el caballete, la tela. Era la hora de pintar, pero no quería hacerlo por más que, vanamente, mamá intentaba que cumpliéramos los horarios ordenados por papá antes de irse a Buenos Aires a pintar *El Cabildo Abierto del 25 de Mayo de 1810* y retratar a varios señores con sus familias. Papá se fue con los tres tarros de dulce casero preparados por mamá y la estampita de la Virgen de la Buena Suerte, que ella siempre le ponía entre las ropas:

—A tal hora al colegio. A tal otra, pintar —había ordenado papá.

Juan Luis sí pintaba. Juan Luis, pese a su carácter, era más obediente.

En eso estábamos, aquella tarde, en nuestra casa de Montevideo, en la calle Soriano, yo en Babia, Juan Luis empeñado en la tarea correspondiente, de acuerdo a la paterna distribución horaria, cuando entró mamá, corriendo, su bonita cara alterada, su calma habitual deshecha por un aire estupefacto, desconocido. Entró mamá y vimos esos ojos que papá llamaba opalescentes, anegados en llanto, y miramos sus manos temblorosas, y escuchamos claudicante la voz que murmuró quedamente, como se dicen los misterios insoportables:

—Han matado a Urquiza.

—No —dijimos, yo expulsado del limbo, Juan Luis del trabajo, al unísono las voces mientras nuestros corazones daban un respingo en el pecho que parecía ya no poder contenerlos.

Después supe que cuando a papá, en Buenos Aires, le hicieron el trágico anuncio simplemente dijo:

—Mierda.

Pero su mierda fue un chicotazo.

Y después dijo:

—Guachos.

Y su guacho fue un escupitajo.

Supe también que, al llegarle la noticia, papá estaba con dos de esos porteños que le habían tenido tirria al general, en la época de la separación de Buenos Aires, cuando el asunto de la Confederación.

—Pero esos porteños —dijo papá—, no bien escucharon la noticia, cambiaron el rumbo de la conversación que manteníamos acerca de unos retratos que yo debía hacerles, se pusieron de pie se sacaron el sombrero, dijeron: Tiene razón, señor.

Yo pensé: papá pinta largo, pero habla corto. Al menos, cuando algo le duele. Y lo del señor del Palacio de San José, sí que le duele.

¿Qué había pasado?

Lo supimos después, al regreso de nuestro padre.

¿Qué nos dijo ese hombre, vestido de negro, la cara sumida de tristeza, rojo chaleco ajustado, cruzado por la cadena de oro de su reloj, sombrero de ala ancha, que ahora reposa sobre el sillón en que la abuela Isabel suele echarse sus sueñitos? Lía un cigarrillo de tabaco negro y nosotros lo escuchamos, con los ojos abiertos, expectantes, silenciosos. Por nuestros recuerdos pasan aquellos vastos salones del Palacio, la frescura del parral, la misteriosa serenidad del lago en el cual navegábamos en las tardes del verano. ¿Qué nos cuenta este hombre, que es mi padre, acerca de esa bacanal de sangre que un atardecer de abril del año setenta, cuando los pájaros buscaban su acomodo en el monte y los hombres en las galerías del palacio, desataron los heraldos de la muerte? ¿Qué nos cuenta el pintor del fin tan trágico del general de sus primeros cuadros?

Papá había sido llamado para ejecutar el retrato del general Justo José de Urquiza. Dejados los arreos de la guerra, promovía políticas de paz y acercamiento entre parcialidades contrarias hasta entonces. Cuando fue a hacerle el retrato, decía papá que le había dicho Urquiza:

—El historiador Suetonio, hablando de Calígula, escribió: "Hasta aquí he hablado del príncipe. Ahora hablaré del monstruo". Pues bien, pintor: yo a usted le digo: hasta aquí ha pintado al general. Ahora retrate al hombre.

—Así lo haré, general —dijo papá que le dijo al general.

Ese era el hombre que por algo había dicho, después de Caseros: no hay vencedores ni vencidos. Ya había aprendido que en política nada se hace a golpes, y mucho se logra con paciencia, maña y destreza. Pero un hueso atravesado en su pecho era esa provincia disidente, Buenos Aires, aunque se consolaba, no obstante: en Estados Unidos, los Estados rebeldes son diez. Pero, nos contaba papá, Urquiza en esa época de paz era tan poderoso como cuando mantenía en pie sus ejércitos de confederados. Ante una elección, bastaba que los chasquis partieran de San José camino a los gobernadores de las provincias con una tarjeta: "El Jefe de la Confederación recomienda a sus amigos la candidatura del patriota... X", para que el patriota X resultara electo. El general Urquiza, decía mi papá, podía decidir el destino de un hombre, hacer caer un caudillo, movilizar legiones. Pero el general Urquiza debía prevenirse del brillo del puñal asesino o del perverso tiro de un arcabuz. ¿Sabía eso el general Urquiza?

En eso estaba el general, y en eso mi padre, el pintor, uno en Buenos Aires, en San José de Concepción del Uruguay el otro.

A veces, ignorar es ganar. Pero yo quería saber la historia de esa muerte.

Venía de atrás la historia, y desde atrás nos la contó papá. Desde la Batalla de Pavón, librada unos años antes. ¿Por qué? Porque los porteños, siempre buscapleitos, habían encarajinado tanto las cosas que el señor de Montiel se vio en la necesidad de volver a juntar su ejército y marchar hacia Buenos Aires. Los de Buenos Aires tenían las carabinas inglesas y las tribus indias y muchas ganas. No podían perder. Si perdían, *adiós Aduana, adiós Banco...* ¿Y Urquiza?

—Yo creo que el general andaba ya cansado —decía papá. Y sabía que muchos pensaban lo mismo.

Pero otros susurraban:

—El general se nos ha vuelto masón. Y en Buenos Aires, siempre manipulando los hechos en su propio servicio, los que trenzan son grandes bonetes masones.

Papá decía que todos decían que se habían encontrado en Pavón, que era un arroyo bonaerense, y que allí, una vez más y como en tantas otras, la arremetedora caballería entrerriana cargó y aventó a la porteña, al mando de Venancio Flores, el oriental cuya muerte, tantos años después, eternizaría él, mi padre pintor y

narrador en la trágica ocasión, en un patético cuadro.
Y el general Urquiza, decía mi padre que le habían dicho los entendidos, pudo rodear a la infantería enemiga *como a un cojo sin muletas*, y pudo obligarlos a rendirse a todos los que habían quedado, porque la mayoría, dispersa y despavorida, había tomado el camino a la ciudad para contar la derrota. Pero, de pronto, y de modo inesperado, el general dijo algo que nadie esperaba oír. El general dijo: nos vamos a casa. Dijo estoy cansado. Dijo me duele el hígado. Y se fue, sin dar razones. Los porteños, contentísimos: Pavón resultaba así, de buenas a primeras, la revancha de Caseros. Los aliados de la Confederación echaron chispas. Por eso: por eso que desde entonces llamaron la *traición*.

Años después, cuando llegó la maldita guerra de la Triple Alianza en la cual miles de argentinos derramaron inútilmente su sangre en los pantanos del Paraguay, los viejos colaboradores de Urquiza se pusieron firmes. Papá decía que Ricardo López Jordán, amigo y pariente, le dijo:

—Usted nos llama para combatir al Paraguay. Pero, general, ese pueblo es nuestro amigo. Llámenos para pelear a los porteños y brasileños y diremos sí, porque ellos son nuestros enemigos. Si todavía oímos los cañones de Paysandú. Pero con los paraguayos, no.

Papá decía que el general, al regreso de la batalla de Pavón, se encerró en su establecimiento de San José, que los demás llamaban Palacio, y que allí, en el sosiego de la naturaleza y la familia, inició el tipo de vida que su amigo Alberdi y algunos otros exiliados, agotados por tantos pugilatos políticos, llevaban en lugares de extranjería:

Lever six, manger à dix
Manger à six, coucher à dix
Font vivre l'homme dix fois dix.

Él seguía, además, con sus buenos negocios, inclinado sobre los gruesos libros de contaduría que sus empleados llevaban para cuantificar entradas y salidas con exactitud cronométrica. Visitaba establecimientos que hacía suyos sin regatear. Atendía sus diversificados bienes para la mejor explotación, por aquello de que el ojo del amo engorda el ganado.

—Pero los odios eran muy profundos —dijo papá.

En la tarde de ese 11 de abril, un grupo de exaltados arremetió contra el Palacio, a caballo y con prepotencia. Desde los fondos, avanzó, con estruendo de pasos y de gritos *Viva López Jordán, muera Urquiza,* entre el olor a leña recién encendida que comenzaba a propagarse por el aire, pues la noche se anunciaba fresca y se estaban encendiendo fogones y chimeneas. Por las caballerizas, avanzaron; por el patio de los parrales, por el de los canteros y palmeras, por las galerías en cuyas paredes colgaban, eternizadas por virtud del arte, las glorias del general pintadas por un pintor de la otra banda del río, que era mi padre. Llegó a la última galería el grupo de exaltados, y allí esos hombres lo vieron, envuelto en su poncho blanco por el relente del atardecer, fornido aún, pese a sus años, de pie, robusto, negro el escaso pelo hábilmente peinado, serenos los ojos de reflejos verdosos, clara la voz que fue a preguntar ¿qué pasa? Pero que no alcanzó a preguntarlo, porque en seguida se dio cuenta de que quienes así llegaban con tanto estruendo y en malón, venían a matarlo. Quizá tuvo tiempo de pensar, se metieron nomás los maulas en la cueva del tigre, como decían a su San José, pero lo cierto fue que entonces, cuenta papá que le contaron, el general, recuperados aquellos arrestos de caudillo montaraz amenguados en los últimos años, corrió hacia su dormitorio, allí anunció a los suyos, *vienen a matarme,* tomó un revólver; su hija Dolores se apropió de una espada; Justa, la niña que estaba tocando el piano en la sala contigua, eligió un almohadón como arma defensiva; Flora había hurtado una lata de sardinas y la estaba comiendo en otra habitación, pensó: se escaparon los tigres de Tatita de la jaula; Micaela, apenas siete años, del susto se metió debajo del piano de cola; las demás niñas nada hicieron porque eran muy pequeñas; el general fue a salir entre el remolino de polleras que se le aglomeraban, pero antes de poder hacerlo, hizo lo suyo el sargento Ambrosio Luna: le destrozó la cara, de un pistoletazo. Entonces el general cayó al suelo, Dolores, la hija, cubrió su cuerpo, *Tatita, Tatita,* buscando defenderlo, pero vanamente, pues por entre ropas de niña y de general, cuatro puñaladas se colaron para quitarle la vida al señor de San José allí, en un rincón de su mismísima alcoba, al pie del cuadro de la Virgen a la cual su mujer Dolores prendía diariamente una vela para salvaguardar de males a su familia.

Esa misma tarde, en otros lugares de la tierra entrerriana, dos hijos del general, Waldino y Diógenes, eran también asesinados. Después, los asesinos se fueron de uno y otro lugar, con la cola entre las piernas y las manos tintas en sangre.

Papá concluyó:

—Cuentan que el general Mitre, durante el sitio de Buenos Aires, en el cincuenta y tres, levemente herido, pero con grandilocuencia lírica, dijo a sus ayudantes "Sosténganme, quiero morir de pie como un romano", tal vez olvidado de que aquellos señores también se abrían las venas en el baño tibio o eran arrojados de la roca Tarpeya. El general Urquiza, simplemente, murió en brazo de sus mujeres. Qué mejor lugar. Víctima de la traición, por desgracia.

Papá, cuando terminó su relato quedó mudo, bajó su cabeza, silenció voz y gestos, mamá sollozó, pobre señora Dolores, murmuró, pobres hijos. Y nos abrazó fuerte a José Luis y a mí.

Ese año también murió Isabel, la abuela.

Yo, recuerdo, me pregunté ¿por qué es el mundo así? No encontré respuesta.

Era muy joven para tenerla. Pero ahora, cuando ya soy viejo, tampoco la encuentro. Con todo, hay veces en que sueño sueños poblados de esperanzas.

V

El hombre estaba tendido en la cama, desparramado su cuerpo entre revuelo de frazadas. No se sabe quién es, pero se puede suponer: algún inmigrante de esas barriadas porteñas donde el hacinamiento hizo correr la peste como reguero de pólvora. En el suelo, apenas vestida, descalza, una mujer joven y hermosa también ha sido sorprendida por la muerte. A su lado, un niño, su hijo, sin duda, busca candorosamente descubrirle el pecho: tiene hambre. La puerta acaba de abrirse y en el vano dos hombres. Son los médicos, golpeados por la desolación de la escena. Uno es el doctor Argerich: ha llegado tarde y apoya una mano en su pecho, en señal de dolor, en tanto se quita el sombrero de su cabeza, en señal de respeto. El otro es el doctor Pérez: mira la tétrica escena y sus manos se entrecruzan en gesto de plegaria y en su mirada baja está el dolor por no poder ya hacer nada. Al lado, junto a la puerta recién abierta, un muchacho descalzo los mira como aguardando alguna señal, preguntando qué se puede esperar. ¿Están muertos esos muertos? Más allá de la puerta se vislumbran dos figuras más: uno, mozo del servicio de ayuda, sin duda. Algún curioso, el otro. Sobre el enladrillado de la habitación, caídas, una taza, una cuchara: quizá la madre, ya mal, intentó alimentar al niño antes de su presentido fin. Hay olor a encierro y a muerte. Pero es olor que no se huele porque está clausurado en la dimensión de un cuadro. Entre claroscuros mortuorios y claridades del afuera, el drama: es la fiebre amarilla, es Buenos Aires.

¿Quién podrá permanecer impávido frente a esa escena? ¿Quién, contener sus lágrimas? No la multitud que, primero en Montevideo, después en Buenos Aires acompañó *El episodio de la fiebre amarilla*. Porque *El episodio de la fiebre amarilla* no es sólo la representación pictórica y anecdótica de un suceso, sino la mágica operación artística que ha devuelto el drama padecido a su comunidad entre claroscuros a lo Daumier, penumbras translúcidas a lo Girodet y patetismo a la manera de Géricault. Pero no ha sido ni Daumier, ni Girodet y Géricault el autor. Ha sido el pintor cuyo nombre prefiero olvidar.

Dicen que en Florencia, en el siglo XIII, la Madonna de Cimabue fue llevada en procesión, desde el taller del artista hasta la iglesia Santa María Novella en señal de respeto y admiración. En Florencia, sí. Pero ¿en el Río de la Plata? ¿A qué se habrá debido que cientos de ciudadanos se quedaran durante horas con la nariz pegada al cuadro? Una tela adquiere su verdadero significado en función de la emoción que logra suscitar, y la fama de ese cuadro corrió de boca en boca. Pero esa pintura no era una mera proeza técnica: era una reflexión especular acerca de un drama colectivo. Cada vez que la gente lo miraba se ponía triste, podía llorar a sus muertos (incluidos esos dos benditos doctores Argerich y Pérez, difuntos antes de que concluyera el perverso estrago de la epidemia), podía lamentarse de sus tristezas. Catarsis. En el duelo y las lágrimas que provocaba, el cuadro resultaba reconfortante.

No faltó quien dijera:

—El único mérito de este pintor uruguayo es el de haberse impuesto a la atención pública por el tamaño de sus cuadros.

Ni quien agregara:

—El único mérito es haber realizado la hazaña inaudita y portentosa de hacerse comprar cuadros por los gobiernos.

Porque a *Un episodio de la fiebre amarilla* se lo disputaron los gobiernos de ambas orillas del Plata.

Entonces papá se puso a pintar *El Juramento de los Treinta y Tres orientales*. Era un cuadro enorme, seis metros de alto y más de tres de ancho, era un cuadro complicado y multitudinario, era la hazaña de la Independencia patria. Papá se preparó como él solo sabía hacerlo. Dicen que Goya, cuando recibió el encargo del rey Carlos IV para pintar los frescos de la Iglesia de San Antonio de la Florida, tarde a tarde hacía su peregrinación a la ermita, a fin de inspirarse sobre cómo resucitar a un hombre en descomposición (milagro obrado por San Antonio, tema de los frescos), él, que intentaba resucitar una época descompuesta. Mi padre, para documentarse acerca de aquel histórico pronunciamiento patrio, marchó a la estancia situada en el sitio donde habían desembarcado los orientales el 19 de abril de 1825.

Llegó el mismo día y el mismo mes de cincuenta años después, a fin de que la gama de los colores que vestían al paisaje repitieran los de aquella época del histórico desembarco de Lavalleja y sus amigos. Llegó con el dueño de la estancia, con un sabio botánico como maestro para enseñarle las particularidades del lugar, y con Juan Luis, que hacía de ayudante. Porque Juan Luis pintaba como buen pintor. Porque en el reparto de afectos que se produce entre hermanos y padres, papá había elegido a Juan Luis. Juan Luis era el hijo preferido.

Cuando volvió, papá trajo arena del lugar para desparramar sobre el piso del estudio donde posarían los modelos. Así, decía, se lograrán sombras y reflejos más fieles. Trajo un impulso enloquecedor. Trajo un carácter que explotaba por cualquier cosa. Cosas de artistas, decía mamá. Como necesitaba modelos, sacó un aviso en el diario *La Política. Apurarse, señores*, señalaba el anuncio: *se necesita un hombre de 25 a 30 años de edad en la calle* tal, número cual, *para servir de modelo en el taller del pintor X* (ahí iba el nombre que no quiero recordar). *Y advertía el tal aviso: es inútil se presente allí nadie que no tenga buena estatura, color limpio y blanco, y proporciones regulares. Esto es, no debe ser obeso, ni flaco.*

Un día, respondiendo al anuncio, llegó un aspirante a modelo. A mi padre le pareció en condiciones. Lo contrató, le pidió que se desnudara para posar. Pero se encontró con la negativa escandalizada del hombre, espantado de lo lindo:

—Eso sí que no, señor… Yo soy criollo y no me desnudo por nada. Eso es pa' los gringos, don…

Por ese entonces yo, Nicanor, era un adolescente de naturaleza más bien torcida, había dejado atrás la niñez, y no sabía cómo enfrentar al mundo. Demóstenes, a mi edad, conversaba con los vientos y las tormentas, la boca llena de guijarros, tratando de corregir su tartamudez. Mario asombraba a sus contendientes de la antigua Roma, en el campo de Marte, preparándose para vencer a los Cimbrios y a Sylla. Juan Luis, junto a padre, aprendía los misterios de la pintura. ¿Y yo? Yo, indeciso, sin saber qué hacer, escasamente aferrado a inciertos rumbos, masticaba rabietas y resentimientos.

El Juramento de los Treinta y Tres orientales fue pintado a lo largo de un año y medio. Durante ese tiempo, papá se había como desprendido de su familia, notoriamente tendía a marginarnos, enajenado por el cuadro. Yo lo entendía:

—Ha de ser duro tener que atender a treinta y tres orientales —decía.

Y mamá se reía. Todavía se reía.

A lo largo de un año y medio, mamá envejeció.

A lo largo de un año y medio, yo agonicé. Fue por ese tiempo cuando se me dio por dar clases a niños. Era un modo de estar acompañado. Por sobre todo, cuidar a los chicos era como cuidarme a mí mismo. Porque, la verdad, yo necesitaba que me cuidaran.

El Juramento de los Treinta y Tres orientales dejó a todos con la boca abierta, el día en que fue "despejado", como se dice en la jerga artística, frente al Gobernador Provisorio de la República y medio mundo.

Un periodista sintetizó:

—Este pintor se ha superado a sí mismo. *La fiebre amarilla* entristeció, *La muerte de Carrera* conmovió, *El Juramento de los Treinta y Tres orientales* entusiasma hasta el delirio.

Un político murmuró:

—Señores, los treinta y tres han resucitado.

—Está todo como nacido —dijo José Hernández, el del *Martín Fierro*. Y le envió a papá unos largos versos, como pintando con palabras lo que mi padre había dibujado y coloreado.

Recuerdo algunos:

> *Pero entre tanto valiente*
> *Dende lejos se divisa*
> *El que en mangas de camisa*

Se hace notar el primero,
Un gaucho más verdadero
No he visto ni en los de Urquiza.

Durante un mes el cuadro quedó en exposición. Una romería desfiló frente a él. Coronas y ramos de flores depositaron los descendientes de los guerreros y las familias orientales. Junto al cuadro se encendieron pebeteros. Se colocaron cintas y ofrendas simbólicas. Se leyeron poemas. Se depositaron mensajes. Comenzaron a abalanzarse compradores.

Entonces mi papá el pintor, dijo:

—Este cuadro es para el país.

Y lo donó al gobierno.

Después mi papá el pintor dijo:

—Volveremos a Italia.

Su familia, nosotros, quedamos en silencio: la disposición nos había tomado por sorpresa. Estábamos en el taller, mi hermano y yo, papá dándonos sus lecciones, como acostumbraba. Papá se había convertido en un pintor célebre, en el Uruguay, en la Argentina, en Chile, en el Paraguay, gracias a los cuadros hechos con los asuntos históricos de esos países y los cuadros de personajes y costumbres regionales, para hacer los cuales trotaba de aquí para allá. Ya se hablaba de él como del pintor latinoamericano. Porque no era ni bávaro como Rugendas, ni francés como Pallière, sino criollo como el ombú y el mate.

—Es nuestro como es de nosotros el gaucho y como lo es el rancho —decían los críticos. Y hasta alguno medio poeta agregaba:— Como criolla es la gracia de nuestras cuchillas y la melancolía solemne de la pampa argentina.

De manera que un día, de pronto, fue como si todo eso le resultara sólo un corsé para aprisionarlo, y no campo virgen, como decía al comienzo, donde hacer fructificar su obra, y decidió volver a Europa. Por cierto, decía que esta vez no hacía el viaje por él, sino por nosotros, sus gurises, y lo decía, sospechaba yo, como una excusa impulsada por la culpa del abandono de un año y medio o, quizá, por un remanente de amor que le había brotado como en otra ocasión le brotó una alergia.

Al menos así lo entendía yo, siempre confuso de ideas y desordenado de palabras.

—Los muchachos tienen talento, y no es cuestión de que lo desperdicien —decía—. Hay que potenciarlo. Quiero que reciban lo que a mí no se me dio.

Mamá, como siempre, dispendiosa de corazón, generosa de ánimo, asintió y se puso a hacer las valijas. Juan Luis y yo nos miramos: adiós los amigos, adiós niñas a las cuales ya comenzábamos a mirar como algo más que amigas, compañeros del barrio, adiós. Fue lo único que pudimos decir antes de marcharnos. Y ahí salió papá con su tropa o pichonera, como nos decía, con los elementos para la mateada y con una guitarra (por asuntos de la nostalgia, especificaba), camino a Europa, vía ultramar.

Pero hubo un problema. El problema fui yo; me enteré por casualidad.

Conversaban papá y tío Mauricio, en un rincón del taller y yo, que me había vuelto sigiloso como gato, quién sabe por qué, escuché el diálogo.

—Mauricio, necesito que me ayudes en un trámite para el cual no tengo tiempo.

—¿Qué quieres, hermano?

—Se trata de Nicanor. No tengo su partida de nacimiento. La primera vez, utilizamos la del otro Nicanor, el que perdimos tan inesperadamente en Concepción,

¿recuerdas? Pobre María, cómo sufrió —la voz de mi padre medio trastabilló. Pero prosiguió—. Ahora habría que arreglar el asunto. Mauricio: tendrías que buscar la partida de bautismo de Nicanor en la Iglesia del Cordón, donde Nicanor fue cristianado. Del bautismo, ¿te acuerdas?, fue padrino mi compadre Cázeres y madrina fue nuestra querida madre.

—Bueno, buscaré esa partida, cómo no. Ojalá esté, porque acordáte que en esas alcaldías pequeñas se solían hacer las anotaciones en cualquier papel, nomás, para luego pasarlas a los libros.

—Y a veces nunca llegaban a asentarse en los libros; lo sé.

Ya se iba el tío cuando volví a escuchar a mi padre, insistiendo:

—Por favor, Mauricio, no confundas esta partida de bautismo de Nicanor, con la del otro Nicanor, el que enterramos en Concepción. Ya es hora de arreglar la cosa.

Sí. Sé que debería haberme adelantado, preguntar, indagar, haber apestillado a preguntas a papá. Saber. ¿Qué era eso del Nicanor perdido inesperadamente en Concepción? ¿Qué lo del Nicanor bautizado en la iglesia del Cardón? ¿Quién era quién? ¿Quién era yo? ¿Quién soy?

Pero no hablé.

No pregunté.

Fue como si me hubiera coagulado en el silencio. Y ahí me quedé, mudo, sin entender ese lío de partidas y enterramiento con Nicanor, yo (¿yo?) en el medio. Sin entender pero sin intentar averiguar.

Ahora me explico mi extrañamiento, este desapego que ha ido creciendo en mí. Lo notable fue que esos cambios que pasaban en mi interior, se empezaron a vislumbrar en mi afuera. Un día mamá me dijo, pasándome su mano cariñosa por el pelo, en un gesto de ternura que le era habitual:

—Cómo ha crecido mi benjamín. Y cómo está cambiando. Mira —le dijo a mi padre— aquella cara tan redondita que tenía se le ha alargado…

Esa noche salí a airear mi mente. Al regreso, ya tarde, durante largo rato, permanecí frente al espejo, mirándome con mirada de fin de mundo acompañada de irrelevantes suspiros que sólo mi almita desolada alcanzaba a escuchar. Sí, se me había alargado la cara. Y se me había estrechado el alma.

Pero eso todavía no se veía.

Seguí siendo Nicanor. Seguí respondiendo al nombre de Nicanor. Pero desde entonces, créanme, no supe quién era. Una sensación de desmoronamiento me iba ganando, me deshacía en terrones de nada.

Tampoco los demás entendieron que el sufrimiento, o la falta de respuestas, puede ir aislando a un adolescente. Porque lo real era que, a esa edad, la vida se pone en marcha. Pero en mí, la vida se había atascado, fijada en un interrogante sin respuesta.

Hasta que un día la vi.

VI

Falsearía la verdad si dijera que la señora Carlota me conmocionó de entrada. Yo por entonces andaba enamorado de una vecinita joven y arrebatadora, de cara redonda y trato jovial que me tenía a tras perder, sobre todo cuando, por el escote de su blusa, alcanzaba a verle el nacimiento de los pechos que se abrían en dos surcos tentadores. La vecinita se llamaba Catalina, y Catalina me miraba con ojos sobradores, hasta que un día, al atardecer, pude acorralarla en una esquina y, al cobijo de un zaguán abierto, alcancé a meter mi mano en el nacimiento de los surcos tentadores en que se abrían sus pechitos, según he señalado. Entonces, el aleteo de una oleada arrasadora me recorrió por todo el cuerpo, y era miel esa oleada y era música y era distinta a cualquiera de esas humedades que me inundaban algunas noches en mi cama, porque era oleada no nacida de fantasía sino al contacto con esa turgencia cálida de los empinados pechitos de la Catalina, acorralada en una esquina al cobijo de un zaguán abierto al atardecer.

De modo que, después de esa arremetida con Catalina en zaguán y atardecer, cuando, la misma mano que estuvo a punto de abofetearme por haberme introducido en su pecho, me hizo una caricia inolvidable, de una manera o de otra nos seguimos viendo. A hurtadillas, pero no tanto como para que papá no nos sorprendiera una vez. Y ¡para qué! Ni que hubiera querido hacer de mí un San Luis Gonzaga, ya que no podía convertirme en un Rubens. Me amonestó en público (claro que el público consistía en la apabullada Catalina), y prometió hacerlo después en privado. Yo, con estremecimientos de pánico en el alma y tentaciones de Sansón en las manos, arremetí con una decidida actitud que, si bien fue mero producto de oportuna energía nerviosa, preferí considerar eficaz coartada, y mi padre elegante diagonal:

—Padre, si me permite, acompaño a la señorita y hablamos después.

Y mi padre, el pintor famoso cuyo nombre prefiero no pronunciar, a punto de perder los estribos, haciendo sin duda meritorios esfuerzos, se contuvo, suspendió la prometida conversación privada conmigo y, agobiado como estaba por los trámites de la partida, la transfirió a un convencional diálogo con mamá. Que me advirtiera de los peligros de mantener relaciones tan exageradas con una joven, le ordenó. Que subrayara a su hijo (su hijo era yo), los peligros de un embarazo que me convertirían en padre cuando aún no había dejado de ser un niño (se olvidaba que ya tenía dieciocho años), le sugirió. Que mi edad era edad de estudio y preparación para la vida, le recalcó que me recalcara.

Mamá a todo dijo que sí. Pobre mamá.

Mamá sintetizó el mensaje de papá.

—Hijo, ¿quieres mucho a Catalina? Trata de controlarte. Les conviene a los dos, Nicanor.

Yo la miré, sonreí:

—Madre, terminarán haciendo de mí un San Luis Gonzaga.

—No estaría mal —murmuró entre dientes mamá: desde que rondaban las modelos, se le había acrecentado su devoción.

Yo me acordé del diálogo que había escuchado muchos años antes, cuando mi hermana Ana María, muy jovencita, había comenzado a encontrarse con quien después sería su marido y me la robaría para siempre. Mamá los había visto juntos, mirando jugar a otros chicos en un baldío. La situación era muy normal, pero ella la juzgó inoportuna.

—¿Qué hay de malo en eso, mamá?

—Sos muy joven todavía.

—¿Para qué, mamá?

—Para enamorarte, hija.

—Pero mamá: ya estoy enamorada.

—Sos muy joven, te repito; pero podés enamorarte en serio.

—¿Es mejor enamorarse de mentira, mamá?

—Te puede pasar una desgracia, hija.

—¿Qué desgracia, mamá?

En la ocasión de Catalina, la muchachita con la cual arremetía al atardecer y en el cobijo de algún zaguán, no tuve, en verdad, mucho para controlarme. Porque fue entonces cuando apareció Carlota. Aunque yo no sabía que se llamaba Carlota, porque en la tarjeta que puso en mis manos yo leí: Señora Viuda de Regúnaga.

Como ya lo señalé: falsearía la verdad si dijera que me conmocionó de entrada. Pero también la falsearía si no dijera que esa noche no pude dormir.

La cuestión fue así.

Atendí la puerta porque en casa no había nadie.

Sonreí porque se trataba de una dama y me habían enseñado a ser educado. Pero maldita la gracia que me hizo la interrupción: estaba entusiasmado haciendo un solitario (porque por entonces se me había dado por los solitarios).

De manera que atendí con desgano, fui atento por educación, la hice pasar porque la señora así lo solicitó. Y se veía que, cuando esa señora quería algo, lo conseguía.

Puesta ya la señora dentro de la casa, ubicada en la pequeña sala donde solía papá recibir a los clientes antes de introducirlos en el estudio, vi cómo la señora se sentaba, firme el torso, enhiesto el opulento pecho, levantado el rostro agraciado sin exagerar, de tersa piel morena, con dos ojazos que parecían estrellas en noche sin luna. Y ahí la señora se empeñó en abrir su cartera, y de la cartera extrajo un sobre y en el sobre vi el nombre de mi padre y dije, señora, se lo entregaré a mi padre, en cuanto llegue, está bien, dijo la señora, pero además dijo lo que el papel decía:

—Es una carta de presentación del general Justo José de Urquiza. Era amigo de mi familia y hace algunos años, antes de su terrible asesinato —dijo la señora y puso cara de espanto—, nos la dio en Rosario, donde vivíamos. Mi marido quería un retrato y él dijo que conocía un muy buen pintor de Montevideo, que había trabajado para él en su establecimiento de San José, y que nos iba a recomendar. Ahora el General murió y murió también mi marido —dijo la señora, y aunque su voz pareció trastabillar por tanta mortandad en su entorno, prosiguió, firme y decidida—. Pero yo quiero cumplir la voluntad de mi marido y que su padre le haga el retrato. Para eso he venido.

Yo dije las cosas que se dicen en tales ocasiones: está bien, señora, no habrá problemas, le transmitiré todo a mi padre. Si quiere usted deje las fotografías, si ha traído algunas, si no, dígame usted dónde estará, mi padre irá hasta allí, no habrá problemas.

Y lo dije todo apurado, porque la señora me miraba y sus ojos eran muy profundos y me penetraban como el hierro en el fuego, y yo pensaba en mi cara llena de acné y me daba vergüenza, y pensaba en mi desaliño, y me subían oleadas de rubor, y me acordaba de mi solitario y quería volver a él. Aunque no: mi único anhelo era zafarme del círculo de fuego, de ese haz de luz que partía de los ojos de la señora y me horadaba a mí, a Nicanor, como ninguna otra mirada me había penetrado nunca. Ni siquiera la de Catalina, por más pechitos parados que tuviera y por más que me dejara tanteárselos en la oscuridad de zaguán y atardecer.

Cuando se fue, me quedé con una extraña sensación. La sensación de que esa visita había sido como un punto de partida.

¿Partida de qué? Ni me lo pregunté. Y si me lo hubiera preguntado, ¿acaso hubiera tenido respuesta?

Lo que sí sé es que esa noche me costó dormirme. En vano apretaba los ojos con desesperación y buscaba dejar en blanco mi mente. Al fin amanecí todo humedecido en ropas y humanidad a consecuencia de tanto pensar en la señora rosarina de los ojos como estrellas en noche sin luna.

VII

De modo que regresamos a Florencia quince años después de nuestro viaje anterior. Niños inocentes habíamos partido de Europa Juan Luis y yo. Hombres grandes y retobados, regresábamos. En el primer viaje todo se había reducido a *Tatita, Tata, mire, mire,* embobados por tantas maravillas que veíamos, a saber: la altura de los edificios, la magnitud y magnificencia de los museos a donde ¡por cierto! padre nos llevaba sin perder uno, el apeñuscamiento de gente, y tantas otras novedades impensables en las costas rioplatenses. Ahora ya mirábamos todo con ojos críticos, fluctuábamos en comparaciones, decíamos esto es mejor, aquello no me gusta. Pero no dejó de ser un gozo volver a encontrar viejas cosas conocidas, como el Ponte Vecchio, que solíamos atravesar con Juan Luis y mamá, más de una vez, para ir al encuentro de padre, cuando volvía de trabajar en el estudio del señor Ciceri, y tal vez de divertirse un rato con alguna de sus modelos, como sospechaba mamá y como una vez lo comprobamos con Juan Luis.

Fue así.

Una tarde, papá en el estudio del señor Ciceri, mamá en sus asuntos domésticos, con Juan Luis salimos a dar una vuelta. Caminando, caminando, cuando nos dimos cuenta estábamos lejos de casa y más bien perdidos. En eso subimos una escalera de piedra, y después trepamos por una de madera, y al llegar a lo alto nos encontramos con un hermosísimo espectáculo: la ciudad a nuestros pies, y en la plataforma a la que habíamos arribado, varias personas haciendo lo que nosotros dos estábamos haciendo (mirar y decir ¡ah! ¡oh!, cuánta belleza). Pero algunas también haciendo algo más. Porque la mayoría de esa gente eran parejas, y las parejas, antes que al paisaje, se estaban entregando a cariñosas efusiones. En eso estábamos cuando Juan Luis me tocó en el brazo y, en silencio, me señaló con un gesto, un rincón. Y ¿qué vi en el rincón que me señalaba Juan Luis? Pues, una jovencita llena de vivacidad, vestida de claro, con abundante pelo oscuro recogido en graciosas trenzas sobre su cabeza, muerta de risa la muchacha, y a su lado, besando sus manos una vez y otra vez, mientras la muchacha tiraba la cabeza hacia atrás y con la cabeza sus carcajadas, estaba… ¿Quién podía estar? Papá.

La muchacha correspondía completamente a la idea que yo tenía de las modelos. La actitud de papá, a las sospechas que albergaba en mi alma. Bajamos apresurados, para que no nos vieran. Cuando llegamos abajo, Juan Luis se rió, aunque un poco nervioso, mientras decía:

—Mirá el viejo… Así que en lo del maestro Ciceri, ¿no?

Pero yo no dije nada.

Pues bien, fue lindo vernos instalados.

Es lindo tener casa.

Ni sospechábamos que apenas si íbamos a rozar la felicidad allí, en la finca número 22, piso bajo, frente a la Plaza de la Independencia.

Para que la casa fuera hogar, hasta nos habíamos traído un loro. Pero el loro, en cuanto llegó el invierno quedó tan desalentado como nosotros. En Montevideo había sido bastante parlanchín; en la hermosa Florencia prefirió el silencio y no hizo, a diferencia de Juan Luis y yo, mayores adelantos en el italiano. Papá decía: está estudiando el modo de vivir en una noche eterna. Y decía así porque lo veía, siempre callado, en un rincón del comedor. Y cuando a mí me veía, también callado (y cada vez más), pero no en un rincón del comedor sino en el cuarto que compartía con mi hermano (por desgracia compartido, insisto), me señalaba:

—Éste cada vez se parece más al loro —certificaba.

Mamá también se estaba volviendo silenciosa. El único parlanchín seguía siendo papá. Parlanchín y hasta con tendencia declamatoria si se daba cuerda, cuando no chabacano, si empezaba a carajear. Había entrado, además, en la onda de hacer negocios: compraba en Florencia elementos que pensaba vender en Montevideo. Encargaba a Mauricio cosas de Montevideo, como tasajo gordo, lenguas saladas y ya ni me acuerdo qué más, para mercarlas en Florencia. Es decir, mi papá canjeaba, a lo turco (como turco era el gorro que se ponía para pintar) objetos perdurables por elementos descartables. Todo en nombre de la economía y del estudio de sus *botijas*.

¿Por qué las cosas no anduvieron muy bien?

Varios fueron los motivos. En primer lugar, se suponía, insisto, que el viaje se hacía para que nosotros, los vástagos, los *niños*, como nos seguía llamando papá, aunque ya éramos hombres hechos y derechos, allí nos formáramos. Juan Luis decididamente se había inclinado a proseguir los pasos de padre, por lo cual, casi enseguida, tuvo maestro propio y fue alumno en la Escuela de Dibujo. Pero ¿y yo? Yo titubeaba. Si no sé quién soy, ¿cómo voy a saber qué quiero?, me decía en mis momentos más locos, cuando apetecía los pechitos y otras cosas de la lejana Catalina.

Un día se me dio por decir: ingeniería.

Otro día se me ocurrió: agrimensor.

Al final, corté por lo sano: aprenderé dibujo y seré pintor.

A todo esto, papá estaba a punto de perder la paciencia:

—Lo que es yo, levanto campamento si los niños faltan a su deber y desconocen el valor del sacrificio que estoy haciendo, con mi edad. Porque ¿sabes, María? Yo aquí me siento como desgajado, yo soy taita rioplatense, pintor de gauchos y potros, no de gringos, yo estoy atado al terruño como los abrojos —escuché que un día le decía a mamá, con ese tono encendido al cual recurría en ocasiones.

Se lo decía a la pobre mamá, cada día más delgada, con mayores achaques y tristezas en sus ojos opalescentes que ya él ni recordaba así. Porque a papá se le había dado por andar como extraviado, buscando en medio de los gringos tipos gauchos para pintar sus fantasías, *La muerte de Solís*, *El rapto de Lucía Miranda*, *La Argentina* o *Conquista del Río de la Plata*. Además, entró en la variante de hablar mal del país en que estábamos, no por antipatía, creo yo, sino como arma que usaba para manejarnos a nosotros, a fin de que no nos entusiasmáramos con lo nuevo y siguiéramos añorando lo que habíamos dejado. Su partido Blanco y el otro, el de los colorados, y los principistas y los candomberos, y los arrabales de Montevideo y los indios, y las historias de caudillos y todas aquellas cosas. Todas aquellas cosas que tanto amaba él. Y ¿por qué no?, que también nosotros amábamos.

Por mi parte, lo que más extrañaba era la carita de

Catalina y sus pechitos calientes. Pero Catalina, aunque me había prometido escribirme, no lo había hecho para nada.

Yo me mordía los puños y tragaba lágrimas.

Papá me miraba de reojo.

—La verdad es que quiero acorazarlos contra todo afecto ajeno —confesó un día a mi mamá. Tuve la desgracia de escucharlo, porque la casa era chica, porque él hablaba fuerte, porque yo vigilaba—. Y aquí estamos, vieja, en Europa, después de ahorrar veintenes para poder llegar, ahorrando ahora liras para poder subsistir, a fin de que los botijas se hagan hombres y aprendan a hacerse un camino en la vida.

Mamá también veía la situación: esos tremendos grandotes sin destino manifiesto. Pero callaba. Mamá había aprendido a callar.

Pobre mamá.

—Ni volviendo a nacer veinte veces mis hijos me compensarán el sacrificio moral que importa para mí y para María nuestra permanencia aquí —escuché que le decía a un paisano de visita.

Al tío Mauricio le escribió: vivimos como en una isla, no tenemos más agujeros que frecuentar que nuestra casa y el estudio.

Y era así: como chicos de teta, prendidos a los faldones de papá, a las polleras de mamá, vuelta a ver museos y recorrer calles. Ante nuestros ojos pasaban lujuriosas muchachitas moviendo el culo, gordas prostitutas meneándose de lo lindo, donnas de desmandadas pulpas, vecinitas tentadoras, tal vez ligeras de cascos si se les buscaba la vuelta, y que mucho me la recordaban a Catalina. Pero nosotros, nada.

Una noche fue la familia entera al carnaval que se realizaba en una *piazza* vecina. Era total el desenfreno amparado bajo el anonimato de los antifaces y la permisión de costumbres festivas. Docenas y docenas de muchachas bailaban, se reían, cantaban, invitaban: *eh, tu vuoi far l'amore con me?* A Juan Luis y a mí se nos hacía agua la boca. Pero fue para nada, porque papá dijo vamos a casa y a casa nos fuimos a dormir nuestro sueño de trabajadores del arte, mientras nuestro padre se encerraba en el suyo, que era trasladar a un lienzo inmenso *La batalla de Sarandí*, su última locura, y en su piel aparecía una afección que lo enloquecía bastante, pero a la que no se entregaba para nada, porque su entusiasmo por la pintura seguía en pie. Y nos quedábamos en casa, sin salir, si era invierno, porque hacía frío, y si era verano, por el calor; cuando helaba, por los sabañones, y en verano por las alergias. Y siempre en razón de economías.

—Manos a la obra, botijas, qué carajo… Lo que hay que hacer es trabajar. ¡Carabina a la espalda y sable en mano! —decía papá parodiando las órdenes marciales a las que estaba tan acostumbrado desde don Justo José y sus batallas en el entrerríos, y las ocurrencias de su ingenio macho.

Y papá nos enseñaba a cubrir las superficies de los lienzos, a extender colores, a mezclar texturas, a manejar la paleta, a lapizar, a bosquejar rasgos, a trazar esquicios, a modelar, a sobar el barro, a colar el yeso, a tentar figuras, a armar volúmenes en el espacio, a mezclar a… A todo. El padre de mi padre apenas si había sido una sombra huidiza en el hogar de la abuela Isabel y en su vida. Papá había recogido la experiencia para cambiarla en el régimen de su propia paternidad. Y papá nos enseñaba, ordenaba, corregía, disponía, aprobaba, desaprobaba, aconsejaba, castigaba, premiaba. También nos halagaba, regaloneaba, mimaba; pero siempre en acecho. Un día y otro día. En invierno. En verano. En Florencia como en Montevideo. Tal cual.

Y papá extendía el lienzo para su *Batalla de Sarandí*, y el lienzo tenía ocho metros. Y como para esa exageración no le daban las dimensiones del propio estudio, había tenido que buscar otro, al que se dirigía tempranito, a fin de tener *los efectos de la hora histórica*, según decía, que había sido hora de madrugón. Y sobre bocetos previos construía mi papá su fantasía robada a la Historia, mientras protestaba, porque ¿cómo podía hacer para encontrar modelos indígenas en Florencia? y ¿sería cierto que en esa batalla había patriotas con lanzas? y ¿habría existido, en el enfrentamiento, ese soldado marroquí, gran sableador, que vestía como los moros? y ¿podría ser verdad eso de que en la División había una mujer vestida de hombre, muy valiente, sableadora ella también, compañera del sargento Benito Silva, quien después fue jefe con don Justo José de Urquiza? y ¿qué quiere decir Húsares Orientales, quiere decir gente descalza y en mangas de camisa o gente uniformada regularmente? y…

Y tantas otras preguntas que marchaban a la Banda Oriental para que el bueno de Mauricio averiguara las respuestas y él pudiera meterle nomás a esa "señora tela".

Para inspirarse, el tata repetía los versos que cantaban la gloria de aquella liberación de los vecinos macacos,

> ¡Sarandí! ¡Sarandí!… *Santa memoria,*
> *Primicia del valor, ósculo ardiente*
> *Que imprimieron los labios de la gloria*
> *En nuestra joven ardorosa frente.*

Como siempre, excesivo. Como el viento. Como el pampero.

En tanto nosotros, Juan Luis y yo... ¿Nosotros, qué? ¿Yo, qué?

Yo, para colmo, me enteré un día de algo más que hubiera querido ignorar.

Fue así.

Mi padre tenía una visita de nuestra tierra. Era un señor de apellido Antonioni, con cara de paloma y modales de cura. Se habían trenzado en una discusión de ésas a las cuales se había puesto tan afecto mi papá en los últimos tiempos, que eran los tiempos de su alergia y nerviosismo. Decir una discusión es un modo decir y nada más. En realidad, papá hablaba y el otro, el paisano oriental, miraba. Desde su llegada, simplemente aportaba a la escena su presencia amable, su rostro atento, su sonrisa bondadosa.

Decía mi papá, echando la cabeza hacia atrás, entrecerrando los ojos, y adoptando esa pose que prefería cuando se le daba por mandar al aire su cháchara:

—Estoy en Europa de muy mal humor. Los botijas me dan trabajo y el único encanto que me podría entretener, que es el arte, decae diariamente. No hay quien pague un cuadro bueno, el artista se da a las tonterías, las exposiciones se repiten demasiado y se hacen impopulares, las copias se realizan más mal que nunca, el original carece de asunto que sorprenda, el gusto sufre anemia, el dinero está encarcelado...

Papá seguía con su cháchara y fumaba. Fumaba sus pitillos de tabaco negro y le daba a su perorata. El señor Antonioni no podía más que poner su cara de paloma y su gesto de cura, porque lo que era a su palabra no le llegaba el turno.

247

—Cada día creo menos en el destino feliz de mi misión de artista… Al carajo mi misión de artista —repetía dando una pitada y otra pitada más mi papá.

Como papá empezó con el mate, que era otro de sus entretenimientos asiduos, el paisano uruguayo alcanzó a decirle cosas como: usted en su tierra es admirado, usted en América etcétera etcétera. Palabras para levantarle el ánimo.

—Ahora conquistará Europa, mi amigo —le auguró, decidido.

—Un gran carajo, Europa… Europa es un volcán en vísperas de un feo bostezo —le cortó mi padre el pintor (cuyo nombre no quiero recordar), para proseguir con su cháchara que de a ratos se volvía plúmbea y de a ratos retozona según le daba la ventolera del ánimo—. Los pueblos sin trabajo, con hambre, muy sabios y adelantados, y muy progresados, sí, a la moda, viven mirándose unos a otros con intención indefinible y muy tendiente a siniestra. Buenos modales, sí… Pero son como los polvos en las caras de las mujeres: les mejoran la fachada, pero los culos dicen otra cosa. —Suspiró, dio una pitada, siguió:— Los gobiernos están en la misma actividad de los caranchos cuando vienen a comer cerca de las casas. Los políticos, los partidos, el fraile, el soldado, la secta y el rico, viven en una armonía igual a la que hacen el nitro, el azufre, la electricidad y el aire, allá, dentro del Vesubio…

Como el loro, en un rincón y silencioso, me cansé de tanta perorata, salí en busca de mejores aires. Alcancé a escuchar, antes de que la distancia amenguara su voz:

—El espectáculo del arte es aquí lastimoso, porque está al servicio de las necesidades más mezquinas y ruines, y los disparates llevan la batuta…

Aunque no tenía ninguna erupción en la piel, como

el tata, estaba con histeria en los nervios y flojera en el alma. Fui en busca del último diario llegado de Montevideo, vía tío Mauricio, quizá para distraerme, quizá para esconder mis náuseas tras las páginas desplegadas del periódico que con el paso de los días, como ciertos paños, se volvía amarillo. No lo encontré en su lugar y me acerqué a una mesa que oficiaba de escritorio, donde padre solía dejarlo. El diario no estaba, pero la luz tardía de la hora caía sobre el mueble para señalar la anomalía de un cajón abierto. Era uno que siempre permanecía cerrado porque papá decía que allí guardaba sus cuentas a pagar. Y para él eso era sagrado. Creo no ser curioso, al menos en exceso. Creo estar viviendo en una especie de apatía que me lleva a no entusiasmarme por nada. Pero en esa ocasión, ni sé por qué, abrí algo más el cajón sin llave, introduje, primero la mirada, después la mano, y de pronto, como el pájaro pica el río para pescar su mojarra, mi mano se precipitó sobre lo que estaba viendo: una, dos, cinco, diez... cartas. Oh, Dios, cartas de Catalina, la muchachita de los pechos enhiestos que yo domaba en los atardeceres montevideanos bajo el cobijo de algún zaguán en penumbras.

No las leí ¿para qué? Las volví a ubicar en el correspondiente lugar elegido por el egoísmo de papá, cerré el cajón y me fui, negra el alma por esa trapacería tenebrosa. Para colmo, antes de marcharme alcancé a leer en la carta que papá, según su costumbre, le estaba escribiendo al tío Mauricio, el último párrafo que malamente había ocultado debajo de un libro que me encargué de retirar, como dispuesto a tragar todo el acíbar que me correspondía: *Los muchachos no tienen amigos, pues como mi misión es aquí vigilar, el arte de atravesarme a todas las ocurrencias escurridizas, lo ejerci-*

to a las mil maravillas, hasta el punto de haber conseguido que tengan mucha repugnancia por estas gentes, sin excluir las hembras.

Fui a mi cuarto y tapé con mis puños las lágrimas que trataban de explotar por mí. Por los perdidos pechitos de Catalina, por la incomprensión de papá, por la pasividad de madre, por el egoísmo de Juan Luis. Una densa llovizna había comenzado a caer. La llovizna está apagando el mundo, me dije. La tristeza de mi alma ¿quién la apaga?

Pero era más que tristeza: era rabia.

Una plúmbea pasividad cayó sobre mi alma. Marché hacia el estudio. Acaté las órdenes de la costumbre; de la costumbre impuesta por papá. Por entonces yo andaba haciendo escultura. Por entonces trabajaba en una estatua de *Zapicán*, indio charrúa de fiera fama. Me puse a trabajar. Y miren ustedes: toda la furia de mi alma pasó a la cara de *Zapicán*. Yo pensé: padre me ha domesticado a mí. Pero yo he aprendido a domesticar mi odio. Al menos a traspasarlo. Y volví a la cara de *Zapicán*.

La historia de *Zapicán* no terminó aquí. Juan Luis estaba trabajando a *Abayubá*, otro indio bravo de nuestra historia. Como hacía falta dinero ¡cuándo no!, se buscó venderlos al Ateneo de Montevideo. Papá, viejo conocedor, dijo que el asunto no iba a andar.

—En el Ateneo todo es lengua suelta y bolsillo seco. Además, sus integrantes son enemigos de la historia nacional, enemigos de la infancia nacional, enemigos del pasado nacional —dijo y, metido en uno de sus discursos extensísimos y calurosos, se explayó:— Y todos ellos no saben que *Zapicán* y *Abayubá* no conocieron ni el venéreo ni la sífilis, ni fueron traidores, sino que fueron valientes, y aunque no tuvieron noticia de los

Papas, ni de los romanos, tenían leyes y cultivaban con calor su religión.

Y terminó como solía hacerlo, con algunos versos de su paisano Zorrilla de San Martín:

> *Héroes sin redención y sin historia.*
> *Sin sombras y sin lágrima*
> *Estirpe lentamente sumergida*
> *En la infinita soledad arcana.*

Y esa vez tuvo razón el Tata, porque por entonces nadie pagó ni un vintén por *Zapicán* y *Abayubá*.

Ahora me he enterado de que a *Zapicán* lo han puesto en una plaza de mi ciudad rioplatense. Creo que en una llamada España, si la información es exacta. Sospecho que quien lo mire, como en su momento mi papá, se preguntará cómo el escultor pudo conseguir ese patetismo tan fiero en la cara de *Zapicán*. Pero no creo que alcancen a saberlo. ¿Acaso a alguien se le podría ocurrir que el artista esculpió en la cara del indio la rabia que ahogaba su propia alma?

VIII

¿Quién puede reprimir un gesto? ¿Quién, apagar un incendio? ¿Quién, detener la locura? Papá seguía luchando como un cíclope con su *Batalla de Sarandí*, a Juan Luis se le había dado por hacer dibujitos graciosos que enviaba a sus amigos de Montevideo y a tío Mauricio, yo cada vez me aguantaba menos a mí mismo, por lo cual buscaba hacerle imposible la vida a los demás.

Entonces mamá se enfermó.

Ya no andaba bien, pero creo que se complicó su salud el día en que papá, en una de esas bromas que acostumbraba, mientras tomaba su mate mañanero acompañado con una gran galleta, nativo gustazo que se daba para recordar la ciudad a orillas del ancho río y su casa de la calle Soriano, leyó en voz alta lo que le había escrito a Mauricio:

—Vivo sin darme ningún gusto porque nada me gusta… ni las mujeres que tanto me encantaron siempre.

Vi cómo mamá quedó pálida, cómo temblaron sus párpados y sus ojos se ensombrecieron, cómo dejó lentamente la taza de café que estaba a punto de servirse, después de habernos dado a nosotros el desayuno. Papá también lo vio y buscó zanjar la cuestión con una de sus salidas:

—María Linari —le dijo y llamarla así, María Linari, como en los viejos tiempos y en los años felices, era concederle un mimo—: sabes que he vivido rodeado de tentaciones, pero que siempre he resistido cual el casto José con la mujer del faraón… para no malgastar un céntimo —remató su broma.

Mamá apenas si murmuró:

—No lo sé, Juan Manuel. No lo sé.

Y dijo permiso, no me siento bien esta mañana, y se fue, tambaleante.

Sin duda, en un momento, por la mente de María Linari pasó la idea de que aquel apasionado amor de más de veinte años atrás ya era pura sombra, que su cuerpo envejecido poco significaba para papá —quizá, sólo el haber sido receptáculo de nosotros, sus botijas—, que habían sido verdad sus acallados celos de tantos años: las sucesivas modelos que llegaban al estudio, las vecinitas seguidoras del pintor famoso, las mujeres que se hacían amigas de la familia y de pronto desaparecían. Pobre mamá. Pobrecita María Linari.

Seguí sus indecisos pasos. Me dio lástima la torpe indefensión de su cuerpo agobiado, de su mirada desolada. Nunca me entrometía en las divergencias o asperezas que se daban entre mis padres; mantenía una suerte de neutralidad que consideraba digna y que quizá sólo fuera cómoda. Pero esa mañana, decididamente opté por mamá y la seguí, como he dicho.

La vi entrar en su habitación, recostarse en la cama. La miré, como si un manto hubiera caído sobre la palidez de su rostro, los ojos cerrados, los rasgos inmóviles, el cuerpo quieto, sus curtidas manos de ama de casa aferradas a la colcha que no había tenido tiempo de retirar. La cara de una muerta. La posición de una difunta. Fue como asomarme a un pozo desde donde sólo veía el puro vacío.

Me asusté. Llamé a los demás.

Papá también se asustó. Intentó sacarla de esa somnolencia insólita, de ese repentino agotamiento, a fuerza de masajes y friegas y palabras. Después hizo venir a un médico. Superado el trance, la llenó de cariños y promesas, de mimos y buenos augurios.

Y pareció, por un tiempo, que hubiéramos recuperado aquellos días remotos y sin complicaciones en que ellos se amaban y nosotros éramos niños felices en Concepción del Uruguay, en Montevideo, en Florencia, la primera vez. Antes que todos cayéramos en los duros desacuerdos de la vida. O, simplemente, de la convivencia. Durante mucho tiempo, mamá no había existido. Entonces, comenzó a existir, nuevamente. Volvió a entrar en la ajetreada vida del pintor, de la que había estado ausente, sin que nadie, quizá, se diera cuenta. Nadie más que ella, la implicada. Como antes, él volvió a comerla con sus ojos, a perseguirla con su inquietud: María, cómo estás, María estás bien. Un día le recriminó cariñosamente, tratándola de usted, como solía hacerlo cuando estaba en uno de sus ataques de cariño:

—A ver si ahora se me hace medio tisiquienta, María Linari.

Pero mamá no tenía tisis. Tenía cansancio y principio de diabetes.

Entonces papá decidió el regreso.

Antes buscó un lugar con clima más benigno para que madre se repusiera. También por él lo buscó, puesto que el frío y su salud no hacían buenas migas, y el tiempo en Florencia se presentaba con temporales, heladas y lluvias. A Juan Luis y a mí, sus "reclutas", nos envió a recorrer algo de Europa. Nos llamaba así, reclutas, en expresión bruñida por un hábito que lentamente había comenzado a cambiar por el de sus "muchachos", en un itinerario didáctico que llevaba del paternalismo más autoritario al levemente atemperado. Nosotros, entonces, reclutas y/o muchachos, merecíamos el viaje después de haber trabajado tan "oscura y fastidiosamente". Nos dio plata. Nos dio poca plata: iría mandando lo que fuéramos necesitando sobre la marcha. Darnos todo el dinero que podíamos necesitar hubiera significado transgredir sus razones económicas y sus quisquillosos principios educacionales, tentarnos a tirar el dinero en perendengues y bambollas, y acostumbrarnos al derroche. Ah, esa moral de manga estrecha y pretina ancha, como hubiera dicho aquel paisano, don Carlos Reyles.

Este papá: no podía dejarnos sin su rienda.

Y ahí nos separamos, unos para el este, otros para el oeste.

De modo que, mientras él, en Niza y en casa de amigos, pintaba esas preciosuras que fueron *Las dos razones* y *La carta,* y mamá se iba reponiendo lentamente, Juan Luis y yo, como dos solterones aburridos, veíamos desfilar las maravillas de Europa añorando la tierra chúcara allende el océano.

Al regreso, armamos nuestros petates para la vuelta al Río de la Plata.

Pero antes, papá anunció:

—Le escribiré al tío Mauricio para que nos vaya preparando camino entre la gente que tenga la sartén por el mango.

Juan Luis se rió. A mí me dio rabia. ¿No era él quien siempre despotricaba contra esos figurones que *se hacen con facón y con borlas de doctor*? Pero no quise enfrentarlo porque por esos días él andaba entre médicos por unos asuntos de palpitaciones al corazón que lo tenían mal. Preferí, como estaba aprendiendo a hacerlo, alejarme. Pero alcancé a escuchar algo más:

—Mauricio dice que mis cartas están salpicadas de mostaza. Qué olfato el de mi hermano, ¿no María? Bueno, trataré de disimular la mostaza para que no la huela. Pero, la verdad es que me siento atormentado constantemente. Constantemente —insistió, como si mamá no lo supiera.

—Juan Manuel, ya regresamos, ánimo —dijo suavemente mamá.

En silencio, mamá pedía refuerzos a su salud agotada y a su ternura incólume, lejos ya de aquella lozana mocedad que había arrebatado el amor de Juan Manuel, pero que conservaba el porte señorial de *madonna*, aunque envejecida. Y los pedía para superar tanta tensión doméstica, el giro sórdido de opuestas sinrazones, una desazón que crecía día a día en el hogar, mientras seguía en lo suyo.

En ese momento atender lo suyo fue ir hacia el loro, inusualmente despabilado. Había comenzado a gritar, como si su modorra también hubiera sido sacudida por la perspectiva del regreso:

—Lapapaparaellorolapapaparaelloro…

Y después del loro recomenzaba el trajín de la casa, tan monótono, tan siempre lo mismo. Y después vendrían los prolegómenos del viaje: que las maletas, que la ropa, y cómo guardar los bocetos de *La batalla de Sarandí*, que papá quería llevar, y las esculturas de los niños, y mis remedios, se diría mamá, porque ahora debo comenzar a pensar en mí si quiero seguir ayudándolos.

María Linari no sabe si emerge o se hunde en ese magma que la está arrastrando.

—Por suerte. ¡A la querencia! A la querencia con mi pichonera a salvo —sentenció papá en tanto su voz cobraba el conocido matiz de autoridad—. Como debe ser. Y para que todo salga bien, ya me pongo a escribir la carta que le mandaré al Presidente en cuanto lleguemos:

"Exmo Señor: Llegado recién, me es grato llenar el patriótico deber de presentar mis respetos al Primer Magistrado de la República esperando que los reciba con benevolencia. Este motivo me proporciona ocasión para protestar a V. E. las seguridades de mis mejores sentimientos, y para poner al servicio de V. E. mis facultades de artista y de amigo. Soy de V. H. H. y O. S."

Labia y malicia no le faltaban a mi padre (el conocido pintor cuyo nombre prefiero olvidar), quien entonces estampa su hermosa firma de complicada rúbrica como aquel que después de un rezo certifica: amén.

No, si al pintor no le hace asco hacer buenas migas con el poder. No, si hasta casi ve la cosa como obligada, pensaba yo mientras lo miraba empecinado en la carta: y éste es el hombre al que le escuché decir un día, frente a tío Mauricio, con incontinente cháchara y eximia mímica actoral:

—Lo bueno que tienen todos estos señores, los políticos, *es un don particular del cielo para servir todos los destinos: son líricos, son dramáticos, administradores, ministros, senadores, entienden de municipio, de correo, de vender tabaco y vino, de política, son gauchos, son militares, son científicos, corredores, procuradores, jueces, meten muertos, sacan sillas, profesores en los exámenes, protegen a todos, no embrollan a naides, son puros, miran acá, acullá, suben, bajan, se inclinan, se ponen tiesos, dicen que sí, dicen que no, eso no les gusta pero mañana sí ¡qué diablos!...*

Y mientras escribía, allí, en el comedor que pronto ya no sería de nosotros, al lado de mamá y el loro, lo miré y vi un hombre de baja estatura, que entonces me parecía más escasa, puesto que yo había llegado a ser muy alto. Un hombre que se había puesto cargado de hombros, que era trigueño de tez y cuyo bigote espeso, larga pera y cabello lacio, se estaban tornando cada vez más grises. Papá. Tata. ¿De dónde sacaba tanta fuerza, Dios, de dónde?

Una vez le había escuchado confesar: esa palabra, fatiga, no existe en mi vocabulario.

Y así era.

Por entonces, el cielo estaba limpio de nubes. En el cielo comenzaba el centelleo de las estrellas. Me pregunté ¿llegarán algún día a nuestras almas?

IX

Nicanor, que vengo a ser yo, se está mirando en el espejo como si insistiendo un poco pudiera hundirse en su enigmática superficie. Costumbre que ha tomado el muchacho, ésa de quedarse horas frente al espejo y dejarse llevar como quien se entrega a las aguas del mar. Por la ventana entra un íntimo olor a madreselvas, y es bueno oler ese aroma tan de la tierra natal, después de cuatro años de andanzas por la extranjería. El recodo de la calle sobre el que está la casa anuncia la presencia del río. Es lindo saberlo tan cerca.

Nicanor, que soy yo, ha regresado triste de Europa y permanece en la tristeza. La tristeza es también una costumbre. Por cierto, se alegró del reencuentro con algunos amigos, pero… cuatro años son muchos, y unos y otros han crecido de manera distinta. Ahora es como tener que conocerlos de nuevo y, la verdad, él no tiene ganas. A Catalina no la vio. Le acercaron algunos rumores: la chica ya no está en el barrio. Quizá tampoco en la ciudad: se ha casado, le dijeron. Recibió la noticia sin conmoverse. Hace bastante que ha dejado de pensar en los pechitos empinados de la Catalina y en aquellos cariñitos que le hacía en zaguán ajeno con mano propia.

Así como las olas se suceden en el mar, los días están cayendo sobre él. Alguien sigue hilando la trama oscura de su tiempo. Él se entrega dócilmente al tejedor: trabajar en el estudio, negociar las telas, buscar clientes, abrirse camino. Se lo dice papá, se lo aconseja madre, lo está haciendo Juan Luis.

Juan Luis siempre sale enterito de las marejadas del mundo.

Ojalá él pudiera.

Madre está cada día más desmejorada. Se ha puesto sensiblemente mayor que papá. Ya no es una virgen de Filippo Lippi, tampoco un ángel de Carpaccio. Ahora es una *mamma* doliente que llora por cualquier cosa y se asusta por nada. Pobre mamá María Linari.

¿Y papá? Papá está metido en mil cosas, como siempre. Los auspicios del "estiaje" y del "ociaje", como acostumbra a decir, no son para él, y ya se ha embarcado en unos proyectos fenomenales, *Roca ante el Congreso argentino, La revista del Río Negro,* la pintura de la rotonda del Cementerio Central, la mar en coche. Para colmo, lo quieren hacer diputado. Gran sorpresa, casi un golpe teatral improvisado por el azar, al que responde con su parloteo exagerado.

—Yo, taita de la Banda Oriental, parroquiano de Montevideo, dibujante de potros y de gringos, que supe en mis mocedades llevar al arte las batallas de un grande, como don Justo José de Urquiza, Presidente de la Confederación Argentina. Yo, retratista de amigos, de caudillos sarnosos, de montoneras desaforadas, de señores que me dan para la pitanza, de semblanzas que inmortalizo por encargo en razón de sustento y no de pasión creadora. Yo, matrerito de arrabal, tenorio malogrado, siempre meneando el lápiz y copiando el desnudo. Yo, que a la historia de mi paisito le estoy dando color y fama. ¿Yo, diputado? Pucha carajo, habráse visto…

Está contento, orgulloso. Pero se niega. Él debe estar en lo suyo. Y lo suyo es pintar.

—El contingente práctico que puedo llevar a la cámara es igual a la carabina de Ambrosio. Aunque

—confiesa, como un niño— siento mucho perder la oportunidad de tener por algún tiempo el título de *honorable*, como tanto pichón de pico abierto que anda por ahí.

Estábamos en el estudio, papá tenía las manos manchadas de pintura, sucia la túnica que usaba para trabajar, la mirada fija en la calle por la cual pasaba un carromato con su pesado tric-trac. Yo pensé ¿en qué piensa este hombre que con tanta celeridad ha rechazado honor y tarea prestigiosa? Pensará, quizá, ¿cómo trabajar para hacer más feliz una sociedad de miles de extraños, cuando tan mal he podido construir esta mínima comunidad con mi mujer y con mis hijos? ¿En eso pensará este hombre, mi padre, el pintor? pienso yo, Nicanor, cuando oigo que murmura:

—Caballo que sacan de su trote nunca tendrá buen andar.

Y mi padre el pintor (cuyo nombre no quiero recordar) toma otra vez sus pinceles y la emprende de nuevo con *La revista del Río Negro*.

Y yo, Nicanor, qué quieren que haga, no puedo dejar de admirarlo.

X

¿Puede repetirse el destino? No lo sé. Pero la realidad fue así:

Pasado el mediodía, concluida la siesta, nosotros, papá, Juan Luis y yo, estábamos en el estudio, terminando una pieza que debíamos entregar. A papá también se le había dado por hacer escultura; por supuesto lo hacía muy bien y, por supuesto, se permitía, con toda autoridad, ayudarnos y también aconsejarnos, cuando no impartir sus inflexibles directivas, de acuerdo con su notoria inclinación a mandarnos. No había caso: papá nos ponía siempre en el buen camino.

Mamá, por su parte, cada vez más debilitada, casi ingrávida según se estaba volviendo en esos tiempos, aún no se había levantado de esas siestas que cada vez eran más largas, y de las que emergía en cada ocasión con mayor dificultad. Su salud, no había dudas, desmejoraba a pasos agigantados.

En eso estábamos, cada cual en lo suyo, cuando el llamador de la calle cortó el silencio en el que trabajábamos. No hicimos caso porque siempre la criada era la encargada de atender. Menuda tarea hubiera sido para nosotros interrumpir nuestros quehaceres por esas cosas. Pero, quién sabe por qué razones, la criada no respondía ni al llamado ni a su deber (después mamá aclaró que había ido por unas diligencias suyas).

Entonces, aunque a desgano, me decidí. Arrastré mi apatía a lo largo del patio que separaba nuestro estudio de la casa en sí, atravesé el largo zaguán, llegué a la puerta de calle, abrí la puerta que daba a la calle. De los techos calientes, de las aceras convertidas en horno, entró una bocanada de calor que azotó mi rostro como una bofetada.

¿Puede repetirse el destino? No lo sé.

Pero allí estaba. De pie, bajo el ala de un sombrero que ya ocultaba, ya descubría, según los movimientos de su cabeza, el óvalo del rostro moreno donde dos luceros impartían destellos. Allí estaba, alta, opulenta, y su mirada tocaba esos clarines que llamaban a sentimientos oscuros, y su voz era grave y era íntima, y esa voz me decía:

—Nicanor, ¿verdad? ¿Me recuerda?

Azorado, me incliné ante ella, remedando un saludo, pero, en realidad, para no tener que enfrentarme con su mirada.

—Sí, soy yo, la señora de Regúnaga. Carlota —aclaró sin darme tiempo a que le advirtiera la permanencia de su nombre en mis propios recuerdos.

Torpe como un adolescente, aunque ya no tenía aquel perverso acné de cuatro años atrás, que tanto me había avergonzado, murmuré, apenas osando levantar la mirada.

—¿Señora? ¿En qué puedo servirla?

Así pregunté pero, inmediatamente, me di cuenta de que no era cuestión de entablar una conversación a esa hora y en semejante lugar con tal señora.

—Pase, por favor, pase.

Recordé, mientras le daba paso y la conducía a nuestra sala de recibo: el retrato del marido se había realizado, había sido enviado, recogimos el pago, ¿qué sucedía ahora? ¿Qué podía querer esa dama para aparecerse de manera tan insólita, sin anuncio previo, una calurosa mediatarde de febrero en la provinciana Montevideo, con semejante atuendo?

—Ahora vengo porque deseo que su señor padre haga mi retrato.

Y ahí fui donde yo me dije: el destino puede repetirse pero no en forma idéntica.

XI

La señora Carlota llegaba todas las tardes al estudio. Llegaba con su rostro imperioso cercado por el negror del pelo, iluminado por la brillantez de su mirada, una regocijada o dramática desenvoltura, según los dictámenes de la ocasión o de su fluctuante ánimo, difícil de desentrañar bajo la clara corola del ala de su sombrero blanco que contrastaba con el paisaje de la calle al abrir la puerta que daba a la cancel. Llegaba con sus vestidos a la última moda, sí, pero en atuendos de calle que, por cierto, eran siempre más elegantes y costosos que los usados por las damas de la modesta burguesía montevideana. Sedas importadas de Italia, París o quizá de China, traían colores alegres, entramados confusos, alegorías versátiles y habían pasado por la mano de artífices de la moda que con esas telas conseguían drapeados increíbles, vaporosas túnicas, pliegues insospechados, volados espléndidos para ceñir, contener y otorgar lucimiento oportuno al cuerpo de la señora Carlota, que era alto y elegante, altanero en su andar, algo grueso, quizá, pero ágil y movedizo de acuerdo con los vaivenes imprimidos por el despliegue fastuoso o el talante momentáneo de su dueña. Siempre parecía una *prima donna* a punto de ingresar en el escenario para recibir la ovación correspondiente. O una actriz que, cumplido el obligado mutis, emerge de entre bastidores a fin de repetir el bis, escoltada por el estruendoso aplauso de sus admiradores. O la dama de alta alcurnia que, en el *foyer* del teatro, concede la gracia de su imperial presencia.

La señora Carlota, no bien llegaba, todas las tardes, a nuestra casa de la calle Soriano, pasaba al vestuario, improvisado coquetamente en un rincón del estudio, mediante biombos y cortinas. Salía del vestuario convertida en una dama a punto de ir a la Ópera de París o al teatro Colón de Buenos Aires, donde dicen hay derroche de paqueterías.

La señora Carlota ya no se hacía llamar, como la vez anterior, señora de Regúnaga, según apellido de su último marido (porque la señora había tenido antes otro marido), sino que se hacía llamar Carlota Ferreira. Parecía que, después de haber cumplido el deseo del marido difunto sobre el retrato hecho por el pintor de moda, mi papá, la señora viuda del señor Regúnaga hubiera decidido cancelar toda posterior interferencia del señor esposo Regúnaga en su vida.

La señora era, entonces, Carlota Ferreira. Pero a nosotros, es decir, a papá, a Juan Luis, a mí, y aun a mamá en algún encuentro fortuito que las había reunido, nos había dicho:

—Llámenme Carlota, nomás.

Yo, Nicanor, la seguía llamando señora Ferreira, cuando no, torpe como siempre, insistía en el señora de Regúnaga, como si el resguardo de su apellido de casada o de viuda, me sirviera para… ¿Para qué? Para preservarme. ¿De qué?

Estaba ya lejos de ser un adolescente. Pero lo seguía pareciendo.

El vestido que la señora se ponía para posar era lujoso y de buen gusto. Aún mientras estaba colgado en el improvisado ropero donde permanecía en aquellos días de sesiones y donde yo, debo confesarlo, alguna vez, aunque consciente de mi trasgresión más bien infantil, me asomé para contemplarlo a mi gusto, sopesar la textura de la tela, estudiar los matices del color, admirar la fluctuación de los pliegues que, aunque desprendidos del cuerpo de su dueña, tenían singular grandiosidad. Pero, puesto sobre el cuerpo de Carlota, era de no creer. Resultaba de una suntuosidad inusitada, como si al contacto con la piel de la dama, o agitado por sus movimientos, o en la languidez de la quietud impuesta por la pose y por papá, el pintor, adquiriera una nueva entidad, aquilatara sus virtudes, alcanzara esa entidad originaria que intensificaba sus destellos. Aunque no: simplemente el traje se hacía uno con la belleza de la Ferreira para proclamar la indudable realeza de una hembra como pocas se han visto.

Al menos, como pocas veces había visto yo, Nicanor.

En el taller de la calle Soriano teníamos un espejo que miraba hacia afuera, de modo tal que reproducía, en su superficie de azogue, la naturaleza y la vida del cercano jardín. Era un modo de que el encierro al que nos obligaban las largas horas de permanencia en el estudio, tuviera como un ventanal abierto al afuera. Así lo habíamos decidido y así había sido. Si no nos llegaba el bullicio de la calle y de la vida, las vastas y quietas aguas del espejo se llenaban de verdes y de ocres. En él estallaba el colorido de dalias y rosales, avanzaba la primavera, partía la nostalgia irremediable del otoño, se reflejaba el esquivo movimiento de los árboles tocados por el viento, y hasta la sombra fugaz de algún pájaro perdido que se acercaba a curiosear cómo el mundo andaba tras esa ventana resguardada de madreselvas olorosas y coloridas buganvillas.

Pero cuando apareció Carlota y la exigencia de su retrato, papá dispuso que el espejo, en lugar de seguir recogiendo el afuera, se concentrara en el adentro. Quiero decir: dispuso que sirviera para multiplicar y retener el rito que allí se cumplía: la mayestática figura de la dama y la menuda del pintor, con su larga túnica blanca y su fez colorado, cumpliendo la secreta ceremonia de trasladar a la tela la belleza que su ojo de lince iba descubriendo.

Apenas comenzada su tarea, papá decidió que Juan Luis y yo lleváramos los trabajos en que estábamos empeñados al otro estudio. Ubicado en una casa alejada, se encontraba en una calle empinada que, por alguna terquedad edilicia, hacía una repentina curva y se precipitaba a la barranca del río. Allí solíamos depositar material ya concluido, de descarte o el que estábamos por utilizar. Allí solía quedarme las horas perdidas mirando al río y a mi alma. El río solía marcharse hacia un horizonte de cielo y gaviotas. Mi alma, a espejismos de nada.

—Este retrato de la señora me exige mucha aplicación. Me turba el menor movimiento, debo concentrarme.

Entendimos las razones y nos fuimos.

En verdad, yo me acostumbré a pegar la vuelta temprano, cuando sospechaba que la señora Carlota podía estar aún posando para papá. Nunca me animé a entrar al estudio, pero me pasaba mis buenos ratos mirando a través de la puerta entreabierta, en el espejo estratégicamente reubicado por papá, la escena, aligerada por el silencio y la expectativa, de aquello que en el cuarto sucedía y, por la magia de mi padre, se convertiría en materia permanente del cuadro. Mirar lo allí acontecido, era como escuchar una ópera desde la plaza vecina al teatro, oír las arias y los dúos, pero perderse mil detalles. Por lo tanto, sentirse irritado al tener que ojear desde afuera una fiesta a la cual uno no estaba invitado.

Después supe que había cosas que jamás quedarían en el cuadro pintado por mi papá. Situaciones que tenían que ver con la progresiva intimidad que se iba afianzando entre Carlota y papá. O, quizá, con la batalla que había comenzado a librarse entre ambos, y de la que sólo yo me daba cuenta. Pero, como decía papá que decía el general Urquiza: cuando no se escucha, no se oye.

Lo que yo veía por la rendija de la puerta entreabierta, en el espejo que recogía la escena sucedida en el estudio, era lo mismo que poco tiempo después, y durante tantos años, y quizá hasta la consumación de la historia de los hombres, verán quienes se acerquen al misterio de un cuadro ejemplar acerca del cual tanto han hablado y escrito los críticos de arte. Por lo menos mientras estuve por allí.

Verán, como yo, a la señora Carlota, de pie (aunque había días en que mi padre le permitía sentarse), sobre un fondo de damasco levemente verdoso. El cuerpo, de soberana prestancia, en escorzo, perfilado. La perturbadora belleza del rostro, de frente, de manera tal que ese hilo de luz, que transita de la pupila del contemplador al objeto contemplado, podía ejercer su paladeo sin interferencias. Y apreciar, en detalle, los encantos que era difícil precisar si emergían de la dama en cuestión, de la habilidad del pintor al tratar la tela, o del enigmático sortilegio del espejo, según yo lo veía.

El traje de Carlota era de seda blanca y labrada, con adornos de encajes también blancos pero, al descender hacia la falda, el blanco devenía rosado o quizá lila, para armonizar con el ramo de rosas, de un decidido tono pálido, asomado al escote. Una larga hilera de minúsculos botones acentuaba el talle ceñido del *corsage*. Hacia la falda bajaba en drapeado sugestivo y luego se perdía, atrás, en un gran moño, también en tono rosa. Las manos de la dama y los antebrazos, primorosamente enguantadas en pálida cabritilla, lucían pulseras y joyas. Bien caían tales complementos, porque ésas eran manos de mujer acostumbrada al goce de las buenas cosas y a los refinamientos de la elegancia. De los guantes emergían, en su opulencia carnal, como de una copa la flor, los brazos de la dama, de carnes firmes y decidida tonalidad rosada. Brazos apenas cubiertos en lo alto, donde se descubrirían las oquedades de su unión al cuerpo, si no hubiera sido por los volados superpuestos que repetían, en movimiento y color, los del cuello que bordeaban la cabeza de la dama como oficiando de receptáculo o de cáliz.

Papá había pintado muchos retratos de mujeres. Había pintado damas austeras, ajenas a todo alarde de modas o riquezas, sin complicados sombreros ni retoques de terciopelo o pedrerías. Había pintado la digna cabeza de la madre, la buena abuela Isabel, con la única gala de sus años y su bondad en don crepuscular a la familia. Había pintado la áurea y nórdica belleza de la señora Berg de Moller, con algo de los *fiords* repletos de leyendas y mitos en esos ojos serenos que iluminaban su rostro plácido. Había retratado a una esposa del Señor, la dulce Juana Conde, y en la mirada de la entonces sor María Dominga, sierva de Cristo, puso el fuego que nace del místico amor, y en la boca apretada en señal de negativa a los deleites del mundo, podía presumirse el poema del santo, *vivo sin vivir en mí / y tan alta vida espero / que muero porque no muero...* Yo siempre supe, y lo supo mi padre y también los críticos y quienes admiraron tales retratos, que más allá de detalles y volúmenes y formas y colores y semejanzas o desemejanzas, aquello que papá lograba atrapar era la oculta esencia de tales damas. Por eso, en las líneas rígidas de esos marcos pintados al oro o guarnecidos de arabescos, mi papá encerraba no un retrato, sino el espíritu de las señoras, que es como decir la vida de quien había retratado. Papá decía: en un retrato hay que decir lo decible y lo inefable. Papá decía: no se pintan retratos para que existan un rato y nada más; se los pinta para que vivan eternamente.

Por entonces mi padre, el pintor, estaba haciendo el retrato de Carlota y en el retrato de Carlota, que yo miraba a través del espejo, alcanzaba a ver, día a día, cómo iban creciendo, los oscuros rizos de su cabeza, cómo las alas de la nariz de la señora se dilataban en airoso gesto, y por los labios entreabiertos escuchaba algo parecido a un llamado que no era el del don ni el de la abnegación ni el de la mística, sino como un llamado que yo presumía amoroso y, para decirlo de una buena vez, de alto contenido erótico. Y yo no alcanzaba la totalidad de la escena, pero veía por ese juego especular entre dama-tela-espejo, aquello que el azogue reproducía. Y allí estaba la expresión exaltada y la virulencia de la pasión.

Más allá del espejo y de la tela, por la puerta entreabierta, una tarde y otra tarde, sentí correr, como el caudal desbordado de un río, el deseo.

Y yo, Nicanor, el hijo del célebre pintor cuyo nombre no quiero pronunciar, temblé. Porque yo también deseaba a esa mujer. Y cuánto.

XII

Entonces, una tarde, me decidí.

Carlota salía al atardecer. Cuando las luces se diluían y las perspectivas del estudio se confundían ante la oscuridad que avanzaba sobre objetos y rincones, el pintor decía basta, o la dama murmuraba, estoy cansada, y se daba fin a la sesión. En ocasiones llegaba mamá, cada vez más pálida, cada vez más débil, y después de tocar respetuosamente la puerta, María Linari entraba, en sus manos un café reconfortante, un refresco.

—¿Muy cansada, señora Carlota? —preguntaba con su vocecita cada vez más frágil y ese matiz italiano que nunca había perdido, mientras miraba esa espléndida mujer, en la plenitud de su belleza y de sus años; ella, cada vez más esmirriada, más disminuida, más nada.

Sin duda mamá, con esa mirada sagaz e impiadosa con que las mujeres analizan a las otras mujeres, habría notado ya en la dama el peso de los años, visible bajo el artilugio de tantas capas de polvos y cremas que cubrían su nacarada piel; en el indefectible aunque leve agobio de la espalda; en el volumen de una cintura comprimida a más no poder por algún esforzado corsé; en las carnes desbordantes, contenidas en oportunos drapeados. Una mujer madura. Una bella mujer madura. Y mamá pensaría, sospecho, en la María Linari que ella había sido, cuando padre la veía pasar por la calle de aquel primer estudio en la calle Reconquista, y de sólo verla pasar se había sentido arrebatado por su andar ágil y su cuerpo esbelto y la belleza de su cara y el fulgor de sus ojos opalescentes. Mamá pensaría, sospecho, en la mujer que había sido del señor Copello, y después se había convertido en la señora de mi padre, aquella linda muchacha a la cual el general Urquiza había mirado con intensidad en Concepción del Uruguay, en su casa de San José, a la cual todos llamaban Palacio. Qué hombre aquel, don Justo José de Urquiza. Presidente de la Confederación Argentina, general de múltiples batallas, pero antes que nada hombre. Sí, bien que había sentido la mirada querendona del señor de San José, cuando besó la mano de la italianita hermosa que había sido ella. Así pensaría mi madre, María Linari, mientras ofrecía su refresco o su café y su sonrisa a la gran dama.

Y Carlota agradece, pondera esto o aquello, tan educada, y se va, en revuelo de frufrú y perfumes, hasta mañana, hasta mañana. ¿Percibiría mi madre lo mismo que yo?

A Carlota Ferreira la esperaba su coche y en él partía hacia no sé dónde. Probablemente hacia el hotel en el cual por entonces se alojaba, mientras durara el trámite de sus sesiones. A veces la dama daba una vuelta por las calles cercanas al río. En ocasiones se bajaba, paseaba un rato, se marchaba. Yo lo sabía porque más de una vez la había seguido.

Una de esas tardes, me decidí. Corrí el riesgo de que mamá o padre me vieran por alguna de las ventanas, pero lo hice igual. Aguardé a Carlota a la salida de casa, junto al coche, pero del lado contrario, de modo tal que al salir no me viera, y cuando me viera, fuera tarde. El cochero, en el pescante, ni cuenta se había dado de mi maniobra casi infantil.

Llegó la dama, el cochero la ayudó a salir, se instaló en su lugar, y fue entonces cuando me acerqué a la ventanilla:

—Carlota —le dije. Sí, la llamé Carlota. Por primera vez. Y hasta me di el gusto de repetirlo—. Carlota, quisiera conversar algo con usted.

La dama me miró con cierto asombro, aunque no excesivo. Después supe que estaba acostumbrada a esos abordajes imprevistos. Quien no estaba acostumbrado a efectuarlos, era este servidor.

—Suba —dijo. Y me abrió la puerta del coche.

Fue como si me hubiera abierto las puertas del paraíso. Después, más de una vez, debería decirme que, en realidad, había dado paso al infierno.

De manera que me instalé a su lado, en el coche. El coche comenzó a trotar por la despareja calle, y como yo, poco ducho en abordajes, según ha quedado consignado, permanecí en silencio, mirándola, la dama tomó la iniciativa:

—Vamos hacia el río, Goyo —indicó al cochero.

Yo comprendí que algo debía decirle y, como un chico, sólo atiné a comunicarle lo que sin duda la dama sabía de memoria:

—Qué bella es usted, Carlota.

¿Saben ustedes qué hizo Carlota? Carlota echó la cabeza hacia atrás, su mata de rulos negros se movió con donaire, cayó sobre su cara, con la mano los devolvió al lugar correspondiente, revoloteó los brazos y, mientras lo hacía, al voleo iban sus miradas divertidas. Luego lanzó una carcajada. Después hizo algo más: Carlota tomó mi mano y la apretó. La apretó con ternura.

¿Y yo?

Yo volví a decir:

—Carlota.

Y me quedé como el pollito esperando el maíz, según los había visto hacer mucho tiempo atrás en la chacra de mi abuela Isabel.

De pronto, como quien cierra un alicate, Carlota dio fin a su risa y ordenó al cochero:

—Al río, don Goyo.

De modo que esa tarde fuimos al río, revuelto, ancho, con antojos de hacerse mar. Recorrimos las costas. Algunos paseantes aprovechaban el frescor traído por las aguas. Nosotros miramos el esplendor del sol que caía, en un recodo donde bajamos, tomados de la mano, como dos niños. Y el pelo de Carlota era desordenado por la brisa que había comenzado a correr, y corrían nuestras palabras, y rodaban por la arena y trepaban a las olas, y esas palabras decían... ¿Qué decían esas palabras?

¿Cómo recordarlo, por Dios, si yo, embarullado según estaba, percibía la realidad como un ensueño y al ensueño como un pase mágico del cual temía pronto despertar?

Sé que me habló de Rosario, y de la vida aburrida en la provinciana ciudad. De su desgracia al haber tenido un marido y después otro y de que uno se muriera y después se muriera el otro. Y, sobre todo, de la pena por estar tan sola.

—Ahora, cuando una ya tiene años como para querer estar acompañada. Qué dura es la soledad —me dijo, suspirando.

Tan cerca de ella como estaba, vi en la comisura de sus labios y alrededor de los ojos, en la nacarada tersura de su piel, pequeñas arrugas que me parecieron banderas de antiguas batallas. Es el cenit de una belleza, pensé. Pero, lo que son las cosas, esa situación, el rastro de las misteriosas lides marcadas en su carne, me hicieron verla más hermosa y tentadora.

Y en eso estaba, embobado, cuando la escuché:

—¿Y tú, Nicanor? —Porque si desde nuestro primer encuentro, cuando este servidor era un adolescente con la cara llena de acné y rubores, así me había llamado, por entonces ya me tuteaba.— Cuéntame, Nicanor.

En mi casa, yo era cada vez más silencioso y reconcentrado, más histérico, según decía papá; más retorcido, según opinión de mi hermano Juan Luis; más silencioso, en palabras de mamá. Pero entonces, yo, Nicanor, el neurótico, el histérico, el silencioso, comencé a hablar y hablar. Y el sol reverberaba en las aguas del río con dimensión de mar, y el verde de la costa y el amarillo de la arena se iban apagando, y los paseantes ya estaban a punto de retirarse a sus casas y descanso, y yo hablaba y hablaba. Porque si existen climas que no permiten las palabras, como era el de mi casa, hay otros que no sólo las toleran sino que las fomentan. Y el brillo de los ojos de Carlota, y la atención de su rostro, y su silenciosa actitud de escucha, propiciaban el vértigo en que me había embarcado.

Le conté a Carlota cómo había sido mi infancia junto a la perdida Ana María, porque Ana María se había casado y tenía su familia. Y cómo la vida en Florencia, cuando niño. Y de qué manera la pintura y también la escultura me atraían y asqueaban con pareja intensidad. Y de mi amor por Catalina, le conté, y de los pechitos enhiestos que yo solía acariciar al cobijo del atardecer y algún zaguán de barrio. Y cómo, por entonces, estaba solo. Ofuscado, sin poder entenderme con nadie, con mamá, tan muriéndose la pobre, con papá, altanero y mandón, con Juan Luis, juguetón y perdido en lo suyo, sin tender una mano y…

Y entonces Carlota tomó esa mano que yo había dejado caer en gesto de supremo desaliento, y la llevó a su pecho y después se inclinó y en mi mejilla puso un beso y murmuró, suavemente:

—Nicanor, somos almas gemelas.

Su mejilla quedó en mi mejilla un largo instante, como de niños solíamos hacer con Ana María, en nuestra lejanísima infancia.

Pero no fue como con Ana María en nuestra lejanísima infancia. Porque, más que su mejilla en mi mejilla, sentí despuntar e instalarse en mis entrañas ese arrebato de fuego tan bien conocido del deseo.

Entonces Carlota dijo, con autoridad:

—Regresemos.

Y regresamos.

Don Goyo nos devolvió a la ciudad al paso cansino de los caballos. A Carlota la dejó en su hotel. A mí, camino a mi casa.

Pero yo hubiera querido quedarme con Carlota. Hubiera querido no separarme más de Carlota.

Me fui con el dolor por ese momento deseado eterno que había sido fugaz.

Cuando llegué encontré a la familia esperándome para comer.

—¿Qué te pasó que llegaste tan tarde? —me preguntó papá bastante serio.

A papá le molestaba siempre el cambio de la rutina establecida. Papá tenía un orden jerárquico inamovible:

—De tejas arriba, Dios; de tejas abajo, la familia —decía.

Decía, también: Urquiza gobernó una región loca con mano pesada y consiguió hacerla decente. Con la familia, si uno quiere sacarla buena, hay que hacer lo mismo.

Cuando papá hablaba y hablaba sin parar, mamá murmuraba, suavemente y con tierna sonrisa: Juan

Manuel, estás dando una conferencia. Entonces papá se callaba. Pero las más de las veces, mamá simplemente lo miraba y callaba. María Linari ya había aprendido muchas cosas. Entre otras, el valor del silencio.

También yo había aprendido cuánto conviene tener la boca cerrada. Pero en esa ocasión, informé vagamente:

—Me entretuve paseando un poco. Estaba tan lindo.

—Ya, ya —dijo papá. Y al decirlo parecía ventilar un agravio impreciso.

Comenzamos a comer como si nada. Pero todos sabíamos que había algo. Por cierto, éramos artistas, según decía siempre mamá para disculpar las intemperancias de sus tres hombres.

XIII

Las cosas siguieron igual un tiempito. Yo trabajaba en el taller, volvía lo antes que podía, me asomaba al espejo, esperando saber qué pasaba a través de las noticias transmitidas por el azogue. Aguardaba el momento para mi segundo abordaje. Daba tiempo al tiempo. Pero, en el entretiempo, recibí algunas miradas de Carlota. Y esas miradas parecían decirme: espera. Eran como una señal hecha con la mano, aunque en verdad, la mano de Carlota no se movía de ese mantón de intensos colores donde papá la obligaba a permanecer, quizá para contrastar el equilibrio de la composición del cuadro, de matices tan tenues, tan nacarados.

Yo esperaba.

Un día, llegué más temprano que de costumbre. Había tenido que entregar unos encargos en el centro de Montevideo. Cumplí la tarea pronto, más rápido que volando, para ir a atisbar a través de la puerta entreabierta, según solía hacerlo.

Sabía que mamá a esa hora estaría descansando. Sus descansos cada vez eran más extensos, pobre María Linari.

Llegué, entonces, tratando de no hacer ruido, casi como un ladrón. Detuve al loro, que era el mismo de Florencia pero con más años y, por lo tanto, con mayor histeria, a punto de saludarme con sus estridencias de siempre, acaricié el verde intenso de su ropaje, el penacho colorado de la cabeza, que parecía una grotesca flor. Lo acaricié para tranquilizarlo; con mi gesto lo devolví a ese infinito de quién sabe qué, entre metafísico y duermevela en que se perdía siempre, con los ojos cerrados y la cabeza bamboleante. Atravesé el comedor en que estaba, crucé el patio, llegué al estudio, abordé el cuarto previo, me dirigí al salón donde papá trabajaba, extendí la mano y... oh, ¡sorpresa! La puerta, siempre entreabierta, la puerta a través de cuya abertura yo enfrentaba el espejo, la puerta que para mí era como una claraboya abierta al cielo; esa puerta estaba cerrada.

Cuando uno llega a un lugar impulsado por un deseo tan intenso como el que yo sentía, y encuentra que ese deseo le es vedado, queda perplejo. Y dispuesto a cualquier cosa.

Yo estaba dispuesto a cualquier cosa.

Sin que ninguna reflexión acudiera en mi ayuda, dejándome llevar por un impulso ineludible, me decidí a abrir la puerta. Tenía ya la mano en el picaporte, en mis músculos el envión necesario para hacerlo cuando, de improviso, cortó el silencio un tenue llamado:

—Juan Manuel, Nicanor...

Enseguida, amortiguado por las puertas que me había encargado de ir cerrando a mi esquivo paso, llegó el sordo ruido de un cuerpo al caer. Después se escuchó la alharaca del loro *mamamamama*... en tanto del otro lado de la puerta insólitamente cerrada se oía un runrún de pasos, el deslizamiento de algún mueble, el apagado murmullo de voces.

Ahí sí que dudé un instante. No tuve tiempo para pensar. ¿Pensó mi corazón? Al menos, obró. Y en doble sentido, relegado el desconcierto inicial. Mientras con una mano azotaba la puerta del estudio con furia y llamaba a gritos, padre... padre, abra, apresuré mis pasos hacia el comedor de donde partían los disturbios. Al llegar vi: mamá en el suelo, desmayada, al caer había arrastrado una silla, la silla al correspondiente almohadón, y ambos, en consecuencia, alterado al loro que, sacado de su ensueño de nada, insistía en su clamoroso *mamamamama*, en tanto revoloteaba como loco alrededor de la escena a la que me incorporé para levantar en mis brazos a mamá, para preguntarle, por Dios, mamá, qué te pasa, para depositarla en el sillón, arrimarle el frasco de sales preparado para ocasiones como ésa, y enfrentar el rostro de mi padre, a quien vi, con su traje desordenado, el rostro asustado, huidizos los ojos, sin saber qué hacer. En tanto, en el vano de la puerta se vislumbraba, entre la oscuridad que ya caía sobre la habitación y sobre mi alma, la esfumada silueta de Carlota preguntando con voz débil, por primera vez indecisa, por inédita ocasión turbada:

—¿Puedo ayudar?

Entonces yo, a quien el azar acababa de poner en la cabina de mando, ordené:

—Hay que llevarla a su habitación. Vayan a buscar un médico. A ver, sus remedios.

Pero mamá ya estaba volviendo de su desvanecimiento y nos miraba y nos tranquilizaba y se preguntaba y nos preguntaba:

—¿Qué pasó?

En su mirada estaba ese aire de tristeza irreparable de quienes están ya prontos para la despedida final. La cercanía de la muerte, pensé, aumenta el alcance de la mirada.

Y me asusté.

Ana María, casada muchos años atrás, vivía cerca de Salto. Había hecho un buen matrimonio con un hombre que la llenó de hijos, de ternura y de pollos. Vivían en el campo.

Cuando Ana María se enteró de la situación de su madre, de los estrictos cuidados que requería su salud, escribió insistentemente pidiendo que fuera a pasar una temporada en el campo. Atendida por ella y por los nietos, María Linari podría recuperarse más rápidamente que estando con nosotros. Ustedes buscarán ayudarla y cuidarla, no lo pongo en duda, nos decía Ana María pero doy por supuesto que, con las muchas tareas que tienen y la poca habilidad que les conozco (chanceaba Ana María), no podrán ser muy eficaces.

Así nos escribió, con ironía, en una primera carta. Insistió en la segunda. A la tercera le contestamos que bueno, que mamá iría a pasar una temporadita con ellos. Como a Ana María le resultaba muy difícil viajar, dada la situación de su numeroso grupo familiar, decidimos que uno de nosotros se ocuparía de llevarla.

Por cierto, papá dijo voy yo. Pero mamá fue la primera en rechazar el ofrecimiento:

—No, Juan Manuel, tú estás con demasiado trabajo. Por empezar, ese retrato de la dama de Rosario no puede esperar mucho, la señora Carlota dijo que lo quería cuanto antes.

Juan Luis se excusó:

—Me encantaría ir, pero en realidad tengo estas esculturas pedidas de Buenos Aires, y preferiría, si mamá no se enoja —y el comprador de mi hermano le dio un beso a mamá—, si mamá no se enoja, creo que tendrías que acompañarla tú, Nicanor.

Y Nicanor, que era yo, dijo que sí.

Para nada me disgustaba pasar esas cuantas horas del viaje junto a mi madre. Me encantaba la posibilidad de volver a encontrarme con Ana María. Siempre era un gusto volver a verla. Habíamos sido tan felices allá, en Concepción, cuando mi padre pintaba las batallas del general entrerriano, don Justo José de Urquiza, y nosotros, los chicos, hacíamos de las nuestras en el enorme parque, en el lago, subiéndonos a los árboles para cazar pájaros, para recoger huevos... Nos habíamos sentido tan bien, tantos recuerdos nos quedaban... Pero ¿quién había estado en Concepción? ¿Yo o el otro? Para nada lograba olvidarme de aquella noticia, tan dicha al pasar, tan filtrada, del Nicanor de Concepción y el otro. Pero jamás me había atrevido a encarar de frente, junto a mi papá o a mi madre, la realidad de lo que había pasado. En verdad ¿era yo el Nicanor nacido en Concepción del Uruguay o era el Nicanor que vino después de que el primero fuera enterrado en la ciudad entrerriana? Pero si yo no era el primero ¿cómo tenía recuerdos tan patentes acerca del Palacio y de la vida en aquellos lugares? Los recuerdos repetidos de mis hermanos ¿me habían fraguado una memoria falsa que, pobre de mí, había incorporado como propia, para regalarme ese mentido pasado feliz, el fragmento más benéfico de mi vida, que paladeaba en mis momentos de desánimo, ay, tantos por desgracia?

No puedo saber. ¿O no quiero saber? Así me preguntaba. Pero seguía callado.

La cuestión fue que un buen día partimos. Partimos, yo y mamá, en coche y con don Goyo al pescante. La señora Carlota había regresado a Rosario, por asuntos de negocios, según informó, y nos había dejado vehículo y cochero para el trámite del traslado de mamá.

Una gentileza de la señora, que a todos nos costó aceptar. Pero que ella zanjó de modo honorable y convincente:

—Esto no es un regalo. Es parte del pago que deberé hacerle a…

(Y dijo el apellido de mi padre, el pintor cuyo nombre no quiero pronunciar.)

Como fue aceptado el trato, una mañanita María Linari, mi madre, y yo, marchamos hacia la casa de Ana María. Mamá iba animada. Con esperanzas, también. En ver a su hija, en encontrarse con los nietos, en cuidar su salud: quería volver a estar sana para poder atendernos. Como siempre.

Ocurrió todo según lo previsto. Estuve con Ana María, revivimos viejos lindos tiempos, mamá se quedó, yo regresé. Antes de lo pensado, sin duda. Pero sentía como un hormigueo en el cuerpo que me impulsaba a pegar la vuelta. ¿El recuerdo de Carlota? Pero si Carlota estaba en Rosario, me decía. Pero no había caso: ni la gloriosa algarabía de los niños, ni sus inocentes trifulcas, ni la ternura de Ana María, ni la gentileza de su marido, un hombrón bueno y palabrero que me entretuvo de lo lindo, hicieron aflojar la decisión tomada.

La despedida fue triste.

Ana María, como en los viejos tiempos, se colgó de mi cuello, me besó con ternura.

—Te noto triste, Nicanor. ¿Qué te pasa?

Me dio rabia: seguro que mamá le habría ido con sus suposiciones: que Nicanor está tan raro, que no se sabe qué quiere, que con su padre ni se hablan, que al hermano le lleva la contra, que…

Lo peor era que mamá tenía razón.

—No, Ana María. Para nada —le contesté. Vi que sus ojos se humedecían y una lágrima rodaba por su mejilla quemada por soles e intemperies. Sonreí entonces, la tomé de la barbilla, le pregunté, como hacíamos de chicos:— ¿Te falta mucho para terminar?

Enjugó con el puño las lágrimas, volvió a sonreír.

—Ya termino —me dijo, como antes, cuando jugábamos, sonándose la nariz y poniendo así fin a la escena.

Pero entonces no estábamos jugando.

Nos separamos, medio hermana mía más querida que mi hermano entero.

Una tarde, acaso un sábado, inicié el regreso.

Llegué de noche. En la puerta de casa, despedí al coche y a don Goyo. Volvía, ciertamente, sin aviso previo. Cuando me bajé y fui a introducir la llave en la puerta, me pareció notar luz en la habitación que era de mamá. ¿Quién podía estar, con mamá afuera, con Juan Luis en Buenos Aires, con mi padre siempre durmiendo a esas horas, porque acostumbraba a levantarse muy temprano?

Avancé más bien perplejo. Con algo de renuencia fui abriendo las sucesivas puertas que encontraba a mi paso, mi piel sensibilizada por la oscuridad y cierta premonición. Cuando llegué frente al cuarto de mis padres, para nada tenía la intención de abrirla pero, de pronto, sin haberlo pensado, me vi tomando el picaporte y empujándolo, sin considerar la excusa que podría disculpar semejante transgresión.

No bien lo hice, sentí que el mundo se me venía abajo. Y a mí me dejaba en estado de derrumbe total.

Porque sobre la cama de mi mamá, entre revuelo de sábanas y relente de olores que me llegaban, impúdicos, para hablarme de esa concluida ordalía sexual, vi a la señora Carlota. A su lado, papá. Pero vi más. La mano de mi papá se adueñaba del opulento traste de la dama.

Me acordé: cuando estaba alegre, mi papá decía: una mujer sin culo es como una aldea sin iglesia.

Entonces vi algo más. Vi cómo Carlota, desparramada en la cama, con un brazo apoyado debajo de la propia cabeza y otro sobre la almohada, abría sus ojos oscuros, como dos luceros en una noche oscura, y me miraba.

Aún perdura en mí, como una pústula, quizá levemente aplacado por el tiempo y la distancia, el espanto de esa hora en que pensé, toda emoción apagada: he conocido la traición. Semejante conocimiento me confinó al silencio.

XIV

Mamá regresó bastante repuesta a consecuencia de la benigna influencia del campo y de los mimos de Ana María y su gente, hermosa dentro de ese nuevo estilo, demacrado y pálido, con grandes ojeras y mirada levemente afiebrada, adquirido hacía un tiempo. Además, una cierta textura polvorienta en su piel hablaba de una fatiga que no presagiaba nada bueno.

Yo, sobreviviente de mi silenciosa experiencia nocturna, seguía ambulando. Las malas relaciones con mi padre llegaron a su punto supremo, envueltas en ese notorio silencio en el cual nos movíamos ambos como peces en el agua. Cualquier conversación se me presentaba como un desvío inútil. Lo único que hubiera querido saber, ya lo sabía. La explicación que necesitaba, no me animaba a pedirla. Pero el silencio enconado, más que paz genera resentimientos. Y en eso estábamos.

Juan Luis tardó en llegar de Buenos Aires. En cuanto lo hizo, comenzó a hablar de la necesidad que sentía de volver a Europa. La excusa que daba era inteligente y quizá oportuna. Ya he dicho que a papá le encantaba hacer negocios, aunque le gustaba decir que era para colaborar en el mantenimiento de la familia, "siempre trayendo pajitas para el hormiguero", decía: importaba productos, ahora simplificados al rubro de cuadros y objetos de arte, y los vendía entre su buena clientela de señores con dinero y deseos de acaparar. Juan Luis propuso hacer de intermediario, conseguirlos en Europa y, a la vez, seguir allí su perfeccionamiento en la plástica. Juan Luis necesitaba convencerse, y para eso buscaba convencer a papá hablando. En el fondo de tanto parloteo, a Juan Luis lo movía, más allá de toda otra consideración, el deseo de experimentar nuevas libertades. O la libertad. Yo pensaba: ojalá a mí me rozara sentimiento semejante. Pero no pasaba nada, lo cual prueba la estrechez de miras de mi proyecto existencial. Papá discutía con él el plan. Lo discutía caminando a grandes zancadas, como acostumbraba, mientras movía en las manos el fez colorado y turco que usaba cuando pintaba, y unía, a sus pasos firmes, las opiniones que emitía, más firmes y contundentes aún.

Mamá, pasada la primera exaltación de su llegada, seguía asintiendo a todo, otra vez distante. En ese estilo nos movíamos. Pero ¿acaso cada familia no es un receptáculo cerrado en el cual existen reglas propias? Así es, aunque, en verdad, el batallón de mi padre estaba a punto de desintegrarse.

Debo decir que yo había dejado de trabajar en el taller de mi casa y me había refugiado en aquel estudio asomado a la barranca del río, del cual ya he hablado. Di como razón —porque a papá siempre había que darle razones— que lo hacía para manipular más cómodamente las grandes moles para mis nuevas esculturas. El cambio de lugar me beneficiaba. De manera que sólo iba a casa por las noches y allí nos encontrábamos todos, para mirarnos de reojo y conversar lo menos posible. Al menos yo. Juan Luis, siempre tan "malva", como decía papá, se había vuelto más dicharachero con el asunto de su viaje, y no hacía más que hablar y repartir simpatía. Sí, era agradable estar al lado de Juan Luis en esos días. Hubiera gozado de su presencia si dentro de mí no hubiera existido tanto negro.

Un día papá, como para reanudar las relaciones, al menos profesionales, quiero decir, de pintor a pintor, me invitó a ver el cuadro en el cual por entonces había estado trabajando. Entramos al estudio, junto a Juan Luis, quien ya estaba al tanto. Con cierta solemnidad, papá se arrimó a esa vasta masa que permanecía cubierta y, antes de descubrirla, nos advirtió:

—Le faltan algunos detalles, pero quiero que ustedes, hijos, como entendidos que son, me digan qué les parece. ¿Saben? Me piden esta obra para la Exposición de París. Y, en realidad, aunque sería un gran honor, para mí y para nuestro país, tengo algunas dudas.

Papá quitó el lienzo que la tapaba y... ¿podrán creerlo? Sobre la gran tela, en revuelo de cojines, sábanas y almohadas, vi repetida una escena que no había podido quitarme de la retina desde hacía semanas: acostada, en toda su opulencia carnal, pleno el bello cuerpo desnudo, con sus lomas y sus oquedades y sus curvas nacaradas, en escorzo sobre la damasquinada superficie que reposaba sobre un sofá, al aire torso y senos, suavemente entrecruzados los pies, una mano en alto, la otra sobre el rostro, junto al fulgor de una cortina oscura y el relampagueante fondo azul, estaba, rodeada de sedas y colores, como el ojo del huracán... Carlota. A Carlota nadie podía reconocerla, porque la cara de Carlota permanecía oculta tras la leve mano en alto y la sombra que velaba el secreto de su forma. Sólo se le veía la boca, abierta como pimpollo a punto de florecer; los labios separados, prontos para besar.

Me quedé sin palabras.

Juan Luis exclamó, con su mejor disposición y en sincero arrebato:

—Espléndido, padre... Esto sí que es arte. A París...

Papá dijo, por lo bajo:

—Se llamará *Mundo, demonio y carne*.

Entonces descubrí, al pie del destellante revuelo, en caótico juego ornamental, alhajas, máscaras, naipes, ánforas, símbolos todos de los poderes allí aposentados: el mundo y el demonio.

Yo sólo había visto la carne. Y enmudecí. Pero entonces vi algo más: papá, que siempre se resistía a poner su nombre al pie de sus cuadros, a éste lo había firmado.

Papá me preguntó:

—Y a ti, Nicanor, que nada dices, ¿qué te parece?

Me quedé como atragantado. Atragantado por las palabras que no había pensado decir. Entonces, ante la falta de libreto, improvisé:

—Me parece que la modelo es espléndida, padre. Ya la quisiera tener yo, antes que a esos indios zaparrastrosos con los que tengo que conformarme.

Yo sabía que era injusto lo que acababa de decir y que esa situación para nada me dejaba bien parado. Pero de alguna manera tenía que desquitarme. O dar piedra libre a mi resentimiento.

Papá quedó mortificado. Como aquella vez en Florencia, cuando, frente a la noticia del barco hundido con las pinturas de papá, había dicho descomedidamente *glú-glú*.

—Hijo, para el artista no hay materia grosera —dijo.

Y salió, dando un portazo y revoleando el fez colorado que usaba para pintar.

Le había arruinado la inauguración.

—Nicanor, no tenés compostura —me dijo Juan Luis, nada malva, esta vez.

Yo pensé: a veces conviene tener la boca cerrada. Pero ya la había abierto.

Así estábamos cuando ocurrieron dos cosas: se decidió el viaje de Juan Luis a Europa, y reapareció la señora Carlota.

Los dos acontecimientos me cayeron muy mal. Me sentí caer: como si sorpresivamente me retiraran la silla en que me había sentado.

XV

Carlota volvió porque mi padre quería ajustar algunos detalles del retrato, antes de entregárselo definitivamente. Para mí, esos aplazamientos de mi padre respondían, en verdad, a la compleja necesidad que sentía, ya que no podía conservarla a ella, de aferrarse al cuadro, a esa escenografía teatral en el cual la *prima donna* lucía su opulenta realeza de hembra.

La señora Carlota apareció una mañana en que sólo estaba en casa mamá y mamá la recibió, la hizo pasar, la atendió cariñosamente. María Linari decía que cuando uno conoce a la gente, siempre encuentra en ella algo para quererla. A la señora Carlota la encontraba bella y con una vida interesante, tan libre, decía, mi mamá, María Linari. Por eso la admiraba y hasta creo que la quería. ¿Llegó a sospechar algo más? No sé. Personalmente, estaba decidido a ocultar la situación de la cual había sido dolorido testigo, no para resguardar a papá, sino para que no se apagara esa única luz que había en nuestra casa, que era María Linari. Porque si yo no había podido ayudar a construir una familia feliz, sí me sentía con fuerzas suficientes para defender a mi madre. De algún modo quería reparar tantos años en que había abusado de su amor con despotismo y a veces con fría indiferencia. No sé por qué, en los últimos tiempos, en la espuma de mi memoria se filtraba cierto recuerdo. Éste: para concluir un ataque de histeria en que mi personita había caído, mamá se pasó horas tocando la flauta. Que, ciertamente, no sabía ejecutar. Cuando mi padre nos encontró a los dos, a oscuras en la cocina, mamá exhausta, pálida, empapada de sudor, déle que déle con la flauta y yo entredormido de tanto inútil cansancio, le preguntó:

—Pero ¿qué pasa? ¿Por qué estás así, María?

—Porque quería que trabajaras en paz, sin sus alaridos —le contestó, señalándome—. Le dio una de sus rabietas: en cuanto yo dejaba de tocar, comenzaba con sus gritos.

Lo tengo muy presente: al escucharla a mamá sentí vergüenza por esa escena, prometí enmendarme, corrí a sus brazos. Pero sabía que iba a reincidir.

¿Reparación? ¿Resentimiento? La cuestión era que estaba dispuesto a hablar. A hablar con la señora Carlota.

La esperé, no a la salida de casa, como la vez anterior, sino a la entrada del hotel donde se alojaba. La vi llegar, iridiscente como siempre, envuelta en una larga capa. Comenzaban los primeros fríos y su hotel quedaba cerca del río con características de mar, por lo cual resultaba imposible librarse de los fuertes vientos y sus encontronazos. Sobre las aguas, disciplinadas oleadas de gaviotas marchaban hacia un destino incierto. El río era una mancha oscura y Carlota otra mancha que se iba precisando poco a poco, a medida que avanzaba. Venía vestida de verde oscuro y ése era el único tono vívido en medio de la espesa niebla que decoloraba intensamente el paisaje.

Cuando me vio, noté su ostensible sorpresa.

—¿Tú, aquí? —preguntó, en tanto me tendía la mano enguantada que yo tomé con timidez y besé con devoción. Y al notar el contacto cálido de su piel a través de la tersa superficie gamuzada, me sentí como un hombre que, habiendo orillado el abismo, logra salvarse.

Los ojos de Carlota jamás sucumbían a la distracción. Eran ojos de lince, como los de mi papá, perforadores de distancias, movimientos e intimidades. Me miraron, inquisidores.

—Quiero hablar con usted —respondí cautelosamente, pues de pronto me fue restituida aquella escena de la medianoche, en una alcoba, cuando, entre edredones y sábanas revueltas, sus ojos también me habían mirado fijamente mientras la mano de mi padre reposaba en sus opulentas curvas desnudas.

Al decirlo le señalé, después de las gradas, la galería que parecía ofrecer cobijo: en algo podría resguardarnos de la ventolera venida del río, ya que no de esas ráfagas interiores que, al menos a mí, me estaban azotando. Pero, Carlota, decidida, anunció:

—No, Nicanor. Este no es lugar. Si quieres que hablemos, entramos.

Comprendí. Ese no era lugar para una dama. Resentido, pensé: tampoco la cama de mis padres era lugar para una dama. Pero no dije nada, porque la sola evocación de aquella escena tenía la ostensible cualidad de turbarme como a un niño.

Cuando llegamos al gran vestíbulo, miré alrededor, buscando la recatada intimidad de algún rincón donde nosotros quedáramos más o menos ocultos y nuestras voces amortiguadas. Porque, lo tenía claro, mi conversación con Carlota alcanzaría decibeles pronunciados, ya que estaba decidido a lanzarme sin titubeos a esa retórica del agravio, la ofensa y las buenas costumbres. Según mi intención, más que dialogar, discutiríamos. Pero Carlota, sorpresivamente, pidió las llaves de su habitación y, con la majestad de una reina, atravesó el vestíbulo. Después de hacerme una breve indicación para que la siguiera, tomó el rumbo de la escalera, envuelta en el leve bullicio de su traje y el firme taconeo de pasos que resonaban en sordina sobre las alfombras que cubrían el mármol.

Y yo, ¿qué hice?

Con el asentimiento cortés de mi cabeza que en su bamboleo dijo que sí, con la agilidad de mis pies que comenzaron a subir tras ella, acepté sin objeciones la orden implantada: la seguí.

¿Por qué subí? Porque esa escalera era una puerta abierta a lo desconocido.

Pero aún hoy me pregunto: cuando las subí ¿sabía qué me estaba jugando?

La habitación era amplísima, su clima lujoso, en el aire vibraba cierta íntima tensión que de entrada me confundió. Yo no estaba acostumbrado a esos lugares recoletos donde las mujeres realizan los rituales secretos de su femineidad. Criado sin mujeres a mi alrededor, poco sabía de ellas. Por lo demás, la alcoba de mi madre era también de mi padre y era de nosotros. Hasta allí, de niños llevábamos nuestros llantos y súplicas, de adolescentes, los disturbios de nuestras almitas en evolución, y de grandes... Juan Luis, sus confesiones. Yo, mis hoscos silencios. Pero aquel dormitorio no era el lugar íntimo de una mujer. Era el centro de un hogar.

Qué distinta esa habitación del lujoso hotel, refugio de una dama, en la cual se expandían olores femeninos. A pachulí y a extractos venidos sin duda de Francia; a polvos y a cremas con su doble eficacia de conservar la belleza y exaltarla. Por la puerta entreabierta del baño podían presumirse aderezos para alquimias de mujeres coquetas, en tanto la intensidad de la presencia de Carlota estaba impresa en cuanto veía: en la chinela que por un descuido asomaba debajo de la cama; en la jarra de agua depositada sobre la mesa de luz; en las horquillas para el pelo, descubiertas por mi ojo, que también sabía ser de lince, junto a la alfombra, al pie de la cama; en la bata de seda que pendía en un rincón.

—Siéntate —dijo suavemente Carlota.

Antes de que yo pudiera contestar de algún modo, algo, algo como: no, prefiero quedar de pie, seré breve, quiero hacerle una advertencia… Simplificando: antes de que pudiera decirle esta boca es mía, Carlota, ¿qué hizo Carlota? Pues me tomó del brazo, me llevó a un sofá frente a la ventana que daba al anochecer y al río con ambición de mar, se sentó a mi lado, alargó el brazo por encima del respaldo del sofá, rozó mi hombro como antes había rozado mi mano. Creó así entre ambos, de inmediato, una situación de dependencia intensa y mutua.

Avasalladora.

Con todo, me sobrepuse.

—Carlota —comencé—: me sentí muy agraviado la noche en que…

No pude seguir. El brazo de Carlota rozó como al descuido el hombro de este servidor, su mano descendió por mi cara, sus dedos acariciaron una de mis mejillas, luego la otra. Después, al primer brazo se unió el segundo y a una mano la otra mano y, como dos tentáculos, atrajeron mi cabeza, la ubicaron en el pecho de la dama. La estridente opulencia de su carne silenció la voz que para nada se había elevado. Y en seguida sus labios, ay, los labios de la señora Carlota, en mohín encantador que apenas alcancé a vislumbrar, se apoyaron en mis ojos y los cerraron, y luego descendieron hasta mis propios labios y… Y primero fue el escalofrío del miedo. Y después el del deseo. Y luego el fuego.

Toda resistencia concluyó.

Digo: antes de iniciarse, terminó.

Entonces comenzó la batalla. Cuando Carlota corrió la cortina y el mundo dejó de existir para los dos.

De todo ese frenesí que duró horas y fiebre, sólo escuché las palabras iniciales de Carlota:

—Ay criatura, tú no sabes nada.

Pero créanme: yo sabía.

De niño, cuando con mis padres pasamos por París en nuestro primer viaje a Europa, habían llamado mi atención ciertos grupos de mujeres, excesivamente pintadas, vestidas con colorinches, apoyadas en las puertas, o yendo y viniendo por la calle, en tanto conversaban ruidosamente y fumaban sin parar hasta que, en algún momento, abordaban a un hombre, lo conversaban en voz baja, y desaparecían con él en alguna casa de entrada sospechosa, no sabía ni de qué ni por qué. Pregunté quiénes eran esas mujeres. Mamá miró hacia otro lado, haciéndose la distraída. Papá dijo, simplemente:

—Se llaman putas.

No pregunté más: me hubiera dado lo mismo que me hubiera dicho son modistas, o les dicen bailarinas. Pronto me olvidé de ese extraño vocablo, putas; pero de las mujeres, alhajadas y bulliciosas, no.

Algunos compañeros, en momentánea complicidad vecinal, se habían jactado, más de una vez, de acostarse con la criada o con cierta prima, en vacaciones o en alguna fiesta. En Italia, cuando realizamos con Juan Luis aquel paseo por Europa, los dos solos, como premio a nuestra aplicación en los estudios, según disposición paterna, nos asomamos a esos lugares en que los hombres buscan el placer. Supe de algunos sitios en que señoras mundanas abrían sus carnes, tantas veces cansadas, los labios brillantes de humedades, hábiles los movimientos de sus cuerpos generosos, para entregar a los varones un poco de dicha. Conocí, también, a una muchachita que concedió favores al joven rioplatense que piropeaba con los labios, mientras las manos entradoras avanzaban debajo de sus polleras. Ya en Montevideo, había visitado cierta ranchada en las orillas, cerca del puerto y de la necesidad. Allí, por poco dinero y en escaso tiempo, haciendo cola y apresurando el trámite, podían satisfacerse exigencias viriles en mujercitas dóciles que te brindaban enérgicas muestras de pasión en tanto sus miradas permanecían inmutables. Todo bajo el amparo de los rápidos consejos paternos: tutelar, nos concedía varias advertencias y algunos vintenes. Por su parte mamá, si llegaba a enterarse, nos envolvía en gestos de disgusto e inquieta, murmuraba: es pecado, hijos, es pecado.

Sí, no era inocente. Yo sabía.

Pero cómo era Carlota, eso no lo sabía. Cómo era el cielo ofrecido. Cómo esa batalla de una carne y otra carne, y el terciopelo de su piel, y viajar por su cuerpo, no.

Esa tarde creí saberlo. Y cuando lo supe me juré que, de entonces en adelante, esa suma de deleites, ese paraíso encontrado, serían míos para siempre.

XVI

Tres días nos pasamos con Carlota encerrados en el hotel.

El invierno llegó temprano ese año, el frío se hacía sentir con intensidad, una lluvia persistente había comenzado a caer, monótona e implacable. Por la ventana, cuando nos asomábamos a mirar, veíamos la grisura del ambiente exterior, las olas que el río-mar levantaba para dejarlas caer en decidida turbulencia, la sombra de algún árbol despojado de hojas, peladas sus ramas, esquelético, desgarbado, desplegando su indigencia en la intemperie, la carrera de algún peatón envuelto en impermeable y bufanda, con la cabeza gacha, desafiando tanto aire helado, tanta agua impiadosa.

¿Habría sucedido lo mismo, quiero decir, nos hubiéramos quedado con Carlota, encerrados, devorándonos, en esa matriz primaria, si afuera hubiera brillado el sol, si el tiempo hubiera invitado a salir al aire libre? No sé. Sólo recuerdo que permanecimos allí, zambullidos en nuestra cálida locura, aislados del afuera, de la lluvia, del viento. Y la noche se disolvía sobre nosotros, y llegaba el día, y todo era lo mismo para el acuerdo revoltoso de nuestros cuerpos, el de ella, Carlota, y el mío, el de Nicanor.

El conserje venía, nos traía alimentos, nos preguntaba qué necesitábamos, se iba. Una tarde, al cerrar la puerta, vi que el hombre bajaba las escaleras, con la bandeja en mano y la sonrisa en los labios. Se reía de nosotros. No me importó.

299

En cuanto el camarero cerraba la puerta después de dejarnos aquello que nos traía, siempre elementos para nuestra sobrevivencia, o no bien la camarera corría las cortinas después de hacer la ligera limpieza que permitíamos, el espacio de ese lujoso pero impersonal dormitorio se convertía en centro de un moroso hechizo que no podía romper, mientras la lluvia helada golpeaba contra los vidrios y el viento levantaba olas que se estrellaban con estruendo en la playa.

Después de esos tres días, creí que habíamos llegado a conocernos bien. El amor, usualmente, es un acto relegado a la oscuridad. Con Carlota, recurríamos a la luz, en una desvergonzada afirmación del placer buscado en el charco luminoso de velas y lámparas. O en la claridad que llegaba desde la ventana, cuyas cortinas corríamos para abrir nuestro espacio al cielo. Lamentablemente siempre gris en esos días. Sí, nos conocimos con Carlota. Pero ¿qué significa conocer a alguien?

Por empezar, yo no sabía que yo era así. Nunca había sospechado la capacidad escondida para el placer y el amor que tenía. Un día algo entendí. En los momentos en que dejábamos los juegos de la pasión, conversábamos de nuestros respectivos pasados, hurgábamos en ellos. Pero para nada nos atrevíamos a plantear aún el futuro. Un día me preguntó:

—¿De qué signo eres?

Jamás había oído hablar de esas cosas. Ella, entendida, averiguó la fecha de mi nacimiento, hizo sus cálculos.

—Escorpio —me informó—. Eres de Escorpio.

Carlota tenía un libro en su mano, creo que era uno de esos pasatiempos en que le gustaba entretenerse (aunque mientras estuvo conmigo sólo yo le serví de entretenimiento). Lo abrió.

—Escucha —me dijo. Y leyó:— "Hasta los veinte años estas personas nacidas entre el 20 de octubre y el 20 de noviembre son, por lo común, castas y religiosas. Y de pronto pueden pasar al extremo contrario. Algunos de los más grandes santos nacieron bajo este signo, lo mismo que ciertos criminales notables. Son buenos luchadores pero aborrecen la violencia, y por lo tanto adoptan con frecuencia el papel de pacifistas. El sexo desempeña un papel decisivo en sus vidas".

Carlota cerró el libro, sonrió.

—¿Viste, Nicanor? Eres el prototipo acabado del escorpión… en cuanto al sexo.

Dijo y me abrazó. Yo para nada estaba acostumbrado a ese lenguaje. Pero empezamos de nuevo.

Señalé que no me había turbado la sonrisa irónica del camarero. Tampoco me importaba saber que mi madre estaría asustada, que a papá podría preocuparle la situación, que Juan Luis quizá me anduviera buscando. Una vez Juan Luis se había escapado de casa tras una muchacha, y fui testigo del alboroto provocado por esa situación. Papá dio parte a la policía, interpeló a las autoridades de inmigración argentina (pues había creído que el muchacho se le había escapado a Buenos Aires), mamá hizo novenarios, yo andaba como alma en pena. La ocasión me sirvió para entender cuánto quería a mi hermano. Pero para nada más: puesto en situación similar (de desaparición doméstica, digo), no me afligía el seguro caos familiar que habría provocado con mi ausencia.

Tres días son muchos días pero pasaron sin que me diera cuenta. Frenesí. Esa es la única palabra que encuentro para sintetizar la situación de locura en que estuve atrapado. Me había arrebatado un remolino y no podía salir de él.

Al cuarto día desperté de ese sueño enloquecido. Me acicalé nuevamente, vestí mi ropa de hombre normal, abrí la puerta de la habitación, salí del hotel, volví a la calle. Regresé a casa.

Mamá me recibió con alegría por el reencuentro y mudos reproches por la ausencia injustificada. Me asombró el cansancio que vi en sus ojos.

—Hijo, Nicanor —me dijo, abrazándome—. ¿Qué te ha pasado?

—Pasó el amor, mamá —le contesté, abrazándola, por una vez libre de trabas en la demostración de mi afecto.

Pero papá había llegado sin que nos diéramos cuenta. Sin duda, al oír nuestras voces abandonó su estudio para ver qué ocurría, nos escuchó.

Se acercó, disimulando la satisfacción por mi regreso, el peso que se sacaba de encima con mi presencia. No obstante, serio el rostro, airado el gesto, iracunda la voz, preguntó:

—¿De veras crees en toda esa mierda?

Esa mierda era el amor.

Pobre papá. Se había olvidado cómo más de treinta años atrás había desafiado a un marido, a su familia, y a la sociedad entera por María Linari, mi mamá.

Carlota llegó a la casa de la calle Soriano, al final de un día de trabajo. Llegó envuelta en sus pieles y perfumes, en atuendos lujosos y seductoras sonrisas, como siempre. Un perezoso hilo de humo brotaba de uno de esos cigarrillos que por entonces se le había dado por fumar.

Llegó para arreglar las cuentas pendientes y partir con el retrato realizado por papá, el pintor más prestigioso de Latinoamérica.

Había que verle la cara a papá: desolado no sólo porque el retrato ya no permanecería iluminando su estudio, suscitando la admiración de cuantos llegaban y pedían contemplarlo, sino también porque ese final significaba que Carlota Ferreira desaparecería de su vida para siempre. Caía el telón sobre el escenario armado para lucimiento de la *prima donna*. En el estudio, el espejo volvería a su primitivo lugar. De nuevo espejaría la presencia de las buganvillas y rosales del jardín, advertiría acerca del paso de algún picaflor, recibiría, al caer la tarde, los rayos dorados despidiéndose del día. El estudio volvería a quedar silencioso de risas o conversaciones femeninas, sin aroma a pachulí y a perfumes importados de Francia. Con olor a óleos y aguarrás, quedaría. Mi padre iba a volver, el pincel en la mano, el fez colorado en la cabeza, ceñudo y severo, a pintar sus interminables batallas, su legión de gauchos, los caballeros y las damas de pro que estaban dejando huellas en la historia americana. Pero también ese telón caía sobre las posibilidades que, sin duda, padre habría alimentado de proseguir una aventura. Nunca sabría qué alcances había tenido. Nada me facilitaba alguna respuesta. Ni mi padre, puesto que con él no podía hablar; ni Carlota, ya que ella simplemente reía cada vez que pretendía sonsacarle el tema:

—Una noche de mucho vino, Nicanor, con un artista. Una borrachera, excesivo dolor de cabeza y algunos arrumacos. Créeme —así sintetizaba el episodio.

De manera que, por verlo tan deprimido a papá, no me animé a decirle aquello que ya tenía decidido hacer. Además, todo era muy confuso, y no sabía cómo abordar la situación. Hasta entonces, simplemente me había dejado llevar por las circunstancias. Y las circunstancias tenían un nombre: Carlota. En ningún momento había intentado racionalizar algo, aunque sabía que tampoco podía evitar nada. Nada de lo ya sucedido ni de lo por venir. Tenía conciencia de esa paradoja: al descubrimiento de que mi propio padre había tenido un episodio amoroso con Carlota, se sucedía, de inmediato, no sólo el episodio del que era protagonista, sino la decisión tomada.

Creía haber encontrado un rumbo que sentía perdido desde hacía mucho tiempo; quizá desde la infancia. O desde que descubrí que había muerto el niño que creía ser yo. Aquél nacido en Concepción del Uruguay, en el entrerríos, cerca del Palacio de San José, donde mi padre había pintado las glorias del señor montielero, don Justo José de Urquiza. Y yo era otro. ¿Quién? A la sombra —a la luz— de Carlota Ferreira, creía estar descubriéndolo.

Carlota se fue, con Goyo y su porte agobiado, sus ojitos cercados por finas venas color púrpura, el cuadro de papá bien envuelto, en sus brazos. Papá quedó con una pronunciada jaqueca, mamá fue a preparar la comida; Juan Luis, a ver un amigo, yo dije salgo a tomar un poco de aire.

Pero antes fui a la cocina, abracé a mi madre:

—María Linari —le dije—. Sabes que te quiero mucho, viejita, ¿verdad?

—Lo sé —me respondió. Y agregó:— También sé que te cuesta mucho decirlo, hijo.

Le acaricié la cabeza, ya blanca en canas:

—Pero estoy aprendiendo, mamá…

Encontré a Carlota en la habitación del hotel. Cuando entré debí enfrentar tres Carlota Ferreira. Una estaba junto a sus maletas. La otra sobre la mesa, apoyada contra la pared, frente al espejo, en el cuadro hecho por papá. La tercera, reflejada en el azogue.

No bien me vio, Carlota sonrió levemente, comenzó a desabrocharse el primer botón de su casaca, caminó hacia mí.

Mi mano detuvo su tarea.

—No, Carlota —le dije.

Me miró sorprendida.

—¿Por…?

—Porque mañana debemos levantarnos temprano. El barco sale al alba, ya lo sabes. Y yo me voy contigo. A Buenos Aires.

—¿Para…?

—Para casarme contigo…

La tomé de sorpresa, como aquella primera vez, cuando aparecí de pronto al lado de su coche; o como esa mañana de frío, en la habitación oscura, mientras la lluvia golpeteaba con furia sobre los vidrios y pude darle la medida de lo que era capaz mi amor; o mi pasión.

—¿Por qué quieres casarte?

—¿Por qué no habría de querer casarme?

XVII

—No hay que olvidarse de que estamos en el mes de julio —dijo Carlota.

Lo dijo porque yo había protestado:

—Qué frío hace. Igual que en Montevideo.

Pero había sol y el sol pintaba de gloria y alegría a Buenos Aires y al mundo entero.

Al mundo y a Carlota.

La casa de Carlota era alegre y cómoda.

—Aquí será tu estudio —me dijo al recorrer conmigo su casa y agregar:— que ahora será de los dos.

La casa estaba en un barrio elegante y adinerado, creo que era el de Belgrano.

Pronto me di cuenta de que las amistades de Carlota eran gente de dinero. Pero en los primeros días todo me resbalaba, porque hubo muchos apurones para el casamiento cuyos trámites, por cierto, corrieron por cuenta de Carlota: ella decía conocerlos y sus múltiples relaciones podían solucionarle algunos problemas sin mayores esfuerzos.

Según dijo un amigo suyo:

—Cómo no va a conocerlos si esta es la tercera vez que se casa.

A mí me disgustó la alusión. Me pareció de mal gusto, pero comprendí que esa gente tenía un estilo muy de Buenos Aires, distinto al de la pacata Montevideo. Me dije: papá se acostumbró cuando, luego del trabajo con Urquiza, puso un estudio en Buenos Aires, y se hizo *habitué* de las tertulias de don Andrés Lamas, y conoció gente convertida después en clientela, ¿por qué a mí no me puede pasar lo mismo?

Carlota me alentaba en esa decisión. La de ponerme a trabajar, digo. Le encantaba.

—Carlota está fascinada por esto de ser la esposa de un pintor —escuché un día a una de sus amigas. Y me gustó lo que había escuchado. Aunque no tanto lo que vino después, cuando alguien preguntó:

—¿Este pintor es el autor de *La epidemia de la fiebre amarilla*, el cuadro que fue expuesto con tanto éxito en el *foyer* del Colón hace unos años?

—No, es el hijo.

—Qué Carlota ésta: como no consiguió al padre, se conformó con el hijo.

—Pero el hijo, quién sabe si llega a tanto.

—Puede llegar, de tal palo tal astilla. Además es joven.

—Demasiado… para nuestra querida amiga.

Esto sucedería más adelante, después de nuestro casamiento, del correspondiente festejo y de mis inicios como pintor en la sociedad que comenzó a pedirme que les hiciera sus retratos. Todos estaban entusiasmados con el cuadro que mi padre había realizado de Carlota. Todos pretendían igualarla. Pobres: ni ellos eran Carlota, ni yo, mi padre.

Por cierto, yo notaba una diferencia, para nada sutil, entre los retratos hechos por mi padre, que correspondían a señores de familias prestigiosas en la historia o en los negocios de la sociedad porteña, y los que venían a mi estudio. Estos eran, ¿cómo diré? Gente de teatro, de la vida mundana de la ciudad y, por lo poco que alcanzaba a comprender, con apellidos que más tenían que ver con recién llegados. Pero como para nada quería depender de la fortuna de Carlota, me puse a trabajar.

A mis padres les envié la noticia de mi casamiento por carta. Quise evitar polémicas y consejitos. Tenía la intención de visitarlos no bien me acomodara.

Pero mi nueva situación no terminaba de consolidarse. Me resultaba difícil llevar la vida de trabajo para la cual había sido preparado por mi casa y por mi padre. Carlota tenía como un frenesí por reuniones y salidas, por amigos y tertulias. Que el teatro, que las comidas, que. Un día recordé una dolorida reflexión de mi papá: *en este país es indispensable ser charlatán, entrometido, muy quijote, y entregarse completamente a la ostentación, cosas todas para las que no he nacido, ni mi carácter y posición lo permiten.* Yo era hijo de mi papá. Me pasaba lo mismo.

—¿A dónde vamos? —solía preguntarle a Carlota cuando me sacaba de improviso, contundente y alegre.

—A ninguna parte —me contestaba riendo—. A pasear, ¿no te resulta?

—¿Y mi trabajo, Carlota? ¿Cómo crees que puedo despertarme con ánimo de trabajar, con la cabeza despejada, si una noche y otra y otra tenemos gente y comidas y bebidas y…?

—Por Dios, Nicanor, pero si yo quiero que trabajes, si hasta te he dejado un hermosísimo lugar para tu estudio… —me dijo esa mañana Carlota, la infaltable boquilla entre sus dedos, los ojos llenos de sueño, porque nos habíamos acostado muy tarde—. Pero quiero que conozcas gente, que te relaciones… Eso le hará bien a tu profesión de pintor, mi amor. Por favor, Nicanor, no quiero que pienses…

—¿Que piense qué, Carlota? Puedo asegurarte que no pienso en nada… En nada.

En verdad cada vez pensaba menos. Vivía confundido, acosado por una inquietud cada vez más pronunciada, apenas mitigada por mis largas noches de amor con Carlota en las cuales, en sus brazos y en su carne, recuperaba mi frenesí inicial.

Una tarde entró en mi estudio convertida en un torbellino de alegría. Era un revoloteo de colores, perfumes y humo, que me hizo recordar aquella primera inmersión suya en mi vida, cuando para nada yo podía sospechar la importancia que para mí iba a tener.

Vio las pinturas, en el caballete la tela del señor al que acababa de pintar y cuyos detalles estaba perfeccionando. Probablemente descubrió en mi rostro algún gesto de contrariedad porque me preguntó, un poco en broma, un poco en serio:

—¿Otra vez ocupado?

—No todos podemos estar listos para salir a divertirnos —dije tratando de dulcificar con una sonrisa la agresividad notoria de mis palabras.

—Pero afuera está tan hermoso. Podríamos ir a la costanera y después a cenar…

—Sal tú, Carlota. No te preocupes por mí, déjame terminar este compromiso, mi amor.

—Bueno. Saldré con Marta…

(Marta era su amiga de turno.)

—¿Puedo llegar tarde? —preguntó haciendo un mohín de niña que, recuerdo, no me cayó nada bien.

—Puedes llegar a la hora que quieras —acepté, condescendiente, para agregar, siguiendo el juego y dándole un beso:— Pero pórtate como una señora.

En cuanto sentí su taconeo abandonando el estudio, me arrepentí. ¿Por qué no había accedido a su pedido? ¿Qué ganaba con quedarme martirizando ese rostro de un señor entrado en carnes y en años que para nada iba a quedar mejorado por mi aplicación de aprendiz, puesto que yo no tenía el talento de mi padre? Un impulso repentino me llevó a la ventana que daba a la calle y a mirar hacia afuera. Alcancé a verla a Carlota: subía al coche, a su lado Marta, la amiga, una muchacha alocada que no terminaba de gustarme por más que me atiborraba de lisonjas. Adentro del coche vi una sombra. La sombra de un hombre. ¿Sería el novio o el amante de Marta? Pero ¿por qué me lo había ocultado Carlota?

Comprendí que su invitación había sido una farsa. Recordé una vez en que Juan Luis y yo tardábamos en llegar a casa. Papá protestaba, según su costumbre. Mamá nos excusaba:

—Son jóvenes.

—¿Eso cambia la situación?

—Supongo que sí.

Pero Carlota es grande; es una mujer grande, pensé: no tiene excusa. Pensé también: es la primera vez que reparo en la edad de Carlota. Y me quedé con una leve pena: la de descubrir una brecha. Y con otra: la intuición de que a la larga, sería un perdedor. Yo, Nicanor.

Cuando Carlota llegó era muy tarde. Llegó con olor a alcohol y paso tambaleante, riéndose sola. Atropelló un mueble, no encontró la puerta del dormitorio, me llamó tiernamente:

—Nicanor, Nicanor…

Pero yo me hice el dormido. Respiré con fuerza para controlarme; no tenía fuerzas para una escena. De pronto, Carlota tropezó con algo, fue un estruendo, cayó al suelo.

Tuve que sacudir mi mentido sueño. La socorrí, le lavé la cara, le di un café fuerte, la acosté.

—Estás borracha, Carlota.

—Estoy triste, Nicanor —dijo, arrastrando la voz y comenzó a llorar y se abrazó a mí en tanto continuaba, con voz intermitente y grandes hipos—. Y te explico por qué. Porque Marta es joven, porque tú eres joven. Porque yo estoy envejeciendo... Porque tengo miedo.

Por largo rato siguió con sus quejas incoherentes y sus palabras entrecortadas. A través de toda esa retahíla humillante, entreví el drama: un casamiento con alguien mucho mayor, otro casamiento con un hombre adinerado al cual despreciaba.

Cuánta tristeza.

—¿Por qué no me lo contaste antes, Carlota?

—¿Por qué tenía que hacerlo? —preguntó con voz somnolienta.

Entonces se acabaron mis reproches. La llevé a la cama. Antes de entregarse al sueño me abrazó con fuerza, como alguien que se ahoga y busca aferrarse a quien intenta salvarla. Después la arropé, le conté cuentos como a los niños, la oí exhalar un profundo suspiro. ¿De qué otras penas se desprendía Carlota? ¿De qué otras vidas? De pronto pareció despertarse.

—El juego ha terminado —dijo, muy seria, sonámbula.

—¿Qué juego, Carlota? —le pregunté.

No respondió. Pero al rato agregó, compungida.

—No, el juego nunca termina.

Y volvió a acostarse. Y se durmió. Y la dejé dormir. Me senté a su lado, custodiando su sueño. La vi, apenas una mancha sobre la cama, en la silenciosa oscuridad del cuarto, sombra entre sombras. Recordé: una vez, cuando era pequeño, yo tenía fiebre, estaba grave, abrí los ojos y a mi lado vi a mamá, poniéndome paños fríos en la cabeza, y escuché llegar a mi padre, y preguntar, inquieto, ¿cómo está? Cerré los ojos, tranquilizado: tenía, además de mi ángel custodio, a mi mamá y a mi papá velando. Nada grave podía pasarme.

Pero mis razonamientos iban por un lado, mi cuerpo por otro: también un juego, el mío.

Me metí en la cama a su lado.

Al alba hicimos el amor.

Fue una transitoria estación de felicidad. Cargada de compasión.

XVIII

Esa noche eludimos una discusión. Pero no sirvió de nada, porque las discusiones llegaron igual, en alas de sucesivos desencuentros y con el paso de días que me encontraban cada vez más confinado en mi trabajo, por suerte abundante. Me llovían pedidos, todo el mundo quería hacerse retratar por mí, heredero de un apellido famoso en el Río de la Plata y en toda América, y quizá también heredero de los méritos paternos. Carlota, por su parte, seguía con sus salidas y sus amigos. Una temporada se fue a Rosario, donde, decía, tenía intereses que atender. Yo, ciertamente, la sentía lejana pero me preguntaba, ¿acaso no eres tú, Nicanor, quien está lejos? Postergaba el momento de dirimir el conflicto: ya terminaré este retrato, ya quedaré más tranquilo, ya Carlota se cansará de tantas andanzas mundanas. Aparentemente, claro, seguíamos igual: para las grandes ocasiones Carlota tenía mi compañía, mi brazo para apoyarse, mi mano para abrirle paso, mi paso para indicarle el camino. Una pareja perfecta, admirable según sus amigos. Ponderaban mi juventud y talento. Mi devoción, subrayaban. Pero yo veía algo más: veía la carcoma en la madera del mueble, veía el gusano en el corazón de la manzana; mi desprendimiento interior, contemplaba. La declinación del amor ¿era inevitable? ¿El fin del frenesí es un paso ineludible? ¿Qué viene después? ¿La convivencia, la agonía de toda pasión devenida costumbre, como ocurría entre María Linari y mi padre? ¿Será así? Pero, hace tan poco tiempo, Carlota… Así pensaba. Y sufría.

Con todo, por las noches llegaban momentos en que ambos recuperábamos el milagro de aquellos tres días a orillas del río-mar, en Montevideo, cuando las olas rompían en la playa con estruendo y la lluvia canturreaba en las ventanas del hotel donde estábamos, confinados por la pasión.

Un fin de semana tuve que irme, por asuntos de mi pintura, hacia un pueblito cercano a Buenos Aires. Me llevaba un amigo a buscar cierto artesano que estaba necesitando. El viaje había sido programado con tiempo; Carlota no quiso acompañarme:

—Me quedo a descansar —me dijo—, véte tranquilo.

—Volveré el lunes —dije yo, besándola.

—Te espero ansiosa —murmuró.

Nos volvimos a besar. Como antes, en los primeros días. El reencuentro será maravilloso, supuse.

Pero las cosas se presentaron de tal modo que con el amigo resolvimos volver antes: el artesano buscado estaba enfermo, no había razón para quedarse. Apenas llegados, pegamos la vuelta.

Arribé a la casa de la calle Tronador después del almuerzo. Venía cansado y muerto de hambre, no había querido comer en el camino para llegar antes. El amigo me dejó en la puerta y siguió hacia su casa. Crucé el jardín, atravesé la galería, mis pasos resonaron en las baldosas cuando me encaminé a las habitaciones. Me detuve para disfrutar la placidez de la tarde, henchida de sonidos en sordina. Llegué al salón, iba a dirigirme primero a mi estudio, para dejar allí algunas muestras de las maderas que había llevado para el trabajo del artesano, pero me arrepentí: antes que nada, Carlota. Me dirigí hacia su dormitorio. Hacía un tiempo que, por razones de horarios —yo, mis trabajos; ella, sus salidas— teníamos cuartos distintos. De manera que llegué a la puerta de su alcoba, golpeé, esperé. Escuché un leve movimiento:

—Carlota —pregunté—, ¿estás durmiendo?

No me parecía hora oportuna, aunque Carlota solía hacer esas siestas que ella denominaba "de padrenuestro y camisón".

—Carlota —insistí.

—¿Quién es? —preguntó ella, como si hubiera podido ser otro.

Torpemente, sabiendo que hacía el ridículo, respondí:

—¿Quién va a ser, mi amor? Soy yo.

—Ya voy —la oí responder.

Entonces volví a escuchar murmullos, la presumí sacudiéndose la modorra, tomando su bata, acercándose. Chasqueó el picaporte, se abrió la puerta, la vi, como había imaginado, envuelta en su bata, el pelo revuelto, imperativos los ojos. Sentí su abrazo. Pero sentí, también, un cosquilleo como anunciándome algo: una presencia inasible, un dato de la realidad, apenas perceptible, sólo detectado por un cierto impreciso sexto sentido; o con ese tercer ojo que algunos dicen existe…

—Vamos, te preparo algo para tomar, vamos mi amor —me arrastraba, Carlota.

Carlota quería sacarme de allí, Carlota quería alejarme del escenario, Carlota… ¿qué me ocultaba Carlota? Entonces, por primera vez decidido, por única vez hijo de aquel padre que había pintado con apenas algo más de veinte años las batallas del general Urquiza, y conquistado el amor de una mujer casada, yo, Nicanor, me zafé de esos brazos, la aparté de la puerta, entré en la habitación.

Y allí, arrinconado detrás de un cortinado, lo vi.

Un desconocido.

315

Nada le dije, ¿acaso podía tener culpa?

Me volví hacia Carlota. Me esperaba, concluido su inicial aire altanero, asustada ante lo que debía venir. No estaría tan resignada sin la ayuda del miedo, pensé y levanté mi mano para abofetearla. Imaginé las manchas rosadas que la indignación habría puesto en mis mejillas, el peso con que descargaría mi rabia sobre su rostro, el grito y la furia que obtendría como respuesta.

Pero no hice nada. Simplemente, escupí una palabra:

—¡Desgraciada!

Era el término que utilizaba mi abuela Isabel cuando se enojaba.

Y me fui, sin ningún pensamiento en mi cabeza agotada. Sin ningún fuego en el corazón.

Con el portazo, cerré la puerta de una vida detrás de mí.

XIX

La habitación estaba a oscuras. Por entre los postigos se colaba el tenue resplandor del día que afuera existía. Adentro aún era noche. Siempre era noche. Sólo se entreabrían las ventanas al atardecer, para que corriera algo de aire. Era febrero, el calor sofocaba, pero María Linari caía en largos períodos de fiebre, la fiebre le provocaba frío, temblores, inconsciencia. Y todo a consecuencia de esa flor maligna de su cuello que le estaba quitando la vida.

—¿Qué tiene? —pregunté, cuando la vi tan blanca y tan pálida, tan exangüe y acabada, a mi regreso de Buenos Aires.

—Un ántrax —dijo papá llevándome a la orilla de su cama después de abrirme la puerta, de abrazarme, sin preguntarme nada, como si el dolor, de un golpe, hubiera borrado la larga ausencia, el profundo agravio, la separación absurda.

Yo pregunté:

—¿Qué es un ántrax?

Como nadie me respondió fui al diccionario y leí: "Carbunclo. Tumor inflamatorio del tejido celular subcutáneo más grave que el divieso". Busqué: Divieso. Leí: "Tumor producido por una inflamación del tejido celular subcutáneo".

La habían operado del ántrax.

Pero mamá era diabética.

Esa flor perversa con nombre de pájaro se la estaba llevando a María Linari.

De manera que una tarde de febrero mamá se fue. Nosotros, amistados por la pena, seguimos esa noche junto a ella, cerúlea bajo la alternada luz y sombra de las velas movidas por la brisa, blanca en la cama blanca, silenciosa, como había pasado la mayor parte de su vida, quieto el rostro perfecto que alguna vez había enloquecido a mi padre, que perduraría mientras el arte existiera, en los cuadros de mi padre. Ese mismo rostro que yo vislumbré antes de tener noción del mundo y de sus disturbios, cuando, de bebé, me prendía a su pecho para seguir viviendo. Ese rostro que, de adolescente, acompañó mis inquietudes. Y de adulto, mis dramas. Ese rostro estaba allí, distante, ajeno. Otro. Recuerdo que pensé: y ahora, sin ella, ¿quién me dirá la verdad sobre mí mismo? Pero en seguida sentí vergüenza: siempre pensando en mí. Aun ahí, ante su cadáver.

Cuando, en la penumbra del amanecer y de un ambiente de postigos cerrados y visillos corridos, se coló la primera luz del nuevo día y comenzaron a oírse los ruidos de la ciudad que despertaba, los tres supimos que empezaba el tiempo en que viviríamos sin María Linari.

Antes del mediodía, llegó Ana María, desolada. Lloramos juntos, inconsolables.

Después, cubierta de flores, con pasos de sombra, la llevamos al cementerio que mi padre, el famoso pintor, había decorado pocos años atrás con sus frescos. Al camposanto marchamos papá, sostenido por Mauricio, el hermano de "corazón más grande que su estatura", tratando de mantenerse calmo; Juan Luis y yo, abrazados, compartiendo el dolor, tragándonos las lágrimas, sin palabras, siguiendo los rezos del cura, pavesas de fervor camino al cielo. Preguntándonos ¿y ahora…? Ahora, sin mamá, ¿qué? ¿cómo? ¿Cómo haremos para vivir?

En el camposanto te dejamos, pobre María Linari.

Cuando llegamos a casa, tres solitarios desorientados, papá nos volvió a abrazar. Mis desacuerdos filiales fueron borrados por ese gran dolor.

Papá dijo:

—Se acabó el batallón —y había lágrimas detrás de las pestañas de sus ojos de viejo, y había temblor en los labios que pronunciaron la frase, críptica para cualquiera, pero comprensible para nosotros: papá llamaba así a su familia.

Debimos acercarnos, arrimarle alguna palabra de consuelo como quien acerca una luz, pobre viejo. Pero nada dijimos, condicionados por el pudor, por protocolos viriles, por la falta de costumbre para decir la ternura. Dios, ¿qué nos pasaba?

Juan Luis se fue a preparar su equipaje. Había postergado su viaje a Europa por la enfermedad de mamá; ya no había motivos para seguirlo postergando. No encontró mejor consuelo, en semejante desolación, que empezar a luchar con pertenencias y valijas.

Yo tomé un libro de oraciones, el mismo con el cual más de una vez la encontré a mi madre, sentada al lado de la estufa, si era invierno, a la sombra de la magnolia, en el jardín, si era verano. Lo abrí al azar. Leí: *A tus, muertos, Señor, la vida no se les quita, sino que se les cambia.*

En un rincón, convertido en una piltrafa, aislado en el círculo de la lámpara y de su dolor, estaba mi padre. Me dio tanta lástima. Le acerqué la limosna de mi hallazgo, como quien tira un cabo al hombre empujado a la desesperación:

—Escuche, padre —dije y leí en voz alta la reflexión del salmista—: *A tus muertos, Señor, la vida no se les quita, sino que se les cambia.*

—Ojalá —dijo mi padre.

—Ojalá —dije yo.

Pero igual me puse a llorar. Por fin.

Llorar es maravilloso, llorar es bueno, lloró Moisés frente a la Tierra Prometida que le estaba vedada, lloró Jesucristo, lloró mi padre cuando supo la muerte de su madre, lloró cuando se enteró del asesinato de Urquiza.

Lloré yo, entonces.

Por María Linari, mi madre, lloré. Lloré por Carlota. Lloré porque al día siguiente debía comenzar trámites referentes a mi casamiento: Carlota Ferreira había iniciado juicio de nulidad de matrimonio. Y no tenía ninguna alternativa para eludir la situación.

Pero eso no venía al caso esa noche. Esa noche era el duelo por mi mamá.

Esa noche hice mi duelo por María Linari.

XX

Pocas semanas más tarde acompañamos a Juan Luis. Se iba a Europa, sueño acariciado desde mucho tiempo atrás.

En el puerto recibimos el saludo de amigos, los abrazos de parientes, las promesas de Juan Luis:

—Escribiré; cuídese, padre. Cuídalo, Nicanor. Y cuídate.

Desde ese día papá y yo seguimos atrapados en la habitual costumbre de seguir viviendo juntos, bajo un mismo techo, con algunos asuntos comunes torvamente compartidos —comer, dormir, trabajar—, pero aislados cada uno en una cápsula, enfrentados, él y yo, en nuestro propio vacío.

Trabajábamos, claro. Yo, además, tenía el asunto de mi divorcio. Era largo y complicado. Era increíble. Carlota pedía la nulidad del matrimonio. Carlota, la que había llevado la batuta en el asunto de toda la papelería pertinente en aquella ocasión de nuestro desgraciado casamiento, había hecho bien las cosas: nuestro matrimonio era nulo de toda nulidad. Así lo fui sospechando en medio del engorroso trámite. Así me fui convenciendo. Así dictaminó la Justicia, al final: por subrepticio y clandestino, por falta de los principales requisitos necesarios, por realizado con aparente dolo y engaño, nuestro casamiento era considerado absolutamente inexistente.

Sí: Carlota sabía cuidar su patrimonio.

Fue la gota de agua que rebasó la copa. Papá me acompañaba en el dolor y en la rabia. Pero no hablábamos. Los dos, heridos mortalmente, instalamos entre ambos esa contienda silenciosa, hecha de mutismo total. Intercambiábamos las preguntas y las respuestas básicas de dos desconocidos obligados a convivir bajo el mismo techo. El equilibrio precario de nuestro régimen amenazaba desbaratarse ante cualquier diálogo franco. ¿Podían quedar palabras en la estación desolada a la cual habíamos llegado? El silencio al que nos acogíamos buscando eludir la realidad, era la única salida. Pero, aunque nos mirábamos con temor y piedad, trabajábamos.

Papá, febrilmente, para entregar encargos pedidos.

Yo, para no enloquecerme.

Una noche, apenas terminamos de comer, papá me tomó del brazo y me dijo:

—Nicanor, he resuelto que viajemos a Europa.

—¿Ir a Europa los dos? Muchas gracias —dije, con todo desplante.

—Nicanor, hijo, recapacitemos. Estamos cansados...

Era la única explicación para tanto desencuentro.

Pero quizá mi padre también se preguntaba, como yo: el cuadro de estos dos desamparados, ¿quién lo irá a pintar?

En diciembre partimos.

Juan Luis se había casado, María Pinceri se llamaba su mujer, Juan Luis quería vernos, Juan Luis nos llamaba. Imposible decirle que no.

Hacia Europa partimos, con mi padre. Por tercera vez. Pero entonces, solos.

Yo comenzaba así mi trotar hacia no sabía dónde, en busca de no sabía qué.

Los dos nerviosos, neurasténicos, unidos por la sangre y separados por la tragedia, enfrentados en nuestro propio vacío, llevados, más que por las olas que hacían avanzar a nuestro barco, por la amargura de los corazones.

Antes de partir papá entregó algunos trabajos: *El calvario* fue a Chile. Era su última obra. ¿En *El calvario* había encontrado consuelo por la pérdida de María Linari? Yo empecé a soñar con encontrar también el sitio del Calvario, en Jerusalén. Pero mi sueño no era tanto toparme con el Calvario como con la Resurrección.

Unos días antes de embarcarnos, fui al puerto. Me acordé de Carlota, de cuánto la había amado, de nuestro frenesí frente a ese río-mar inmutable, de cómo algunas noches aún me despertaba con el peso de sus pechos en mis manos. Ay Carlota, la dama vestida de sedas y de engaños, ¡cuánto me costaba arrancarla de mi alma! Esa mañana, para distraerme, me acerqué al río. Horas pasé siguiendo las alternativas de un revoltoso grupo de pescadores aficionados entretenidos en tirar sus anzuelos, mientras alguno preparaba el cercano almuerzo y un mirón de frac y galera contemplaba la escena. ¿Era mi padre el mirón? ¿Era yo?

Cuando llegué a casa hice el boceto. En pocos días más lo pinté y concluí. Cuando mi padre lo vio dijo está bien. Preguntó, además:

—¿Y esto?

Esto era mi firma: había puesto abajo, a la izquierda: "Yo".

Pero ¿quién era yo? Quizá en Tierra Santa pudiera averiguarlo.

Porque papá me había prometido:

—Llegaremos a Tierra Santa.

Por eso me fui con papá.

Porque quería llegar a Jerusalén. Para encontrar la Resurrección.

XXI

Ese 5 de mayo estábamos en el puerto.

Frente al puerto, aguardaba el *Nord América*, barco italiano a punto de zarpar camino a ultramar.

En el *Nord América* nos iríamos.

Hacía frío, el mes había venido con su cortejo de brumas, el día y el mar estaban cubiertos de niebla, todo era una sinfonía gris. Como el alma de los dos viajeros que llegamos, acompañados por algunos amigos y por el infaltable tío Mauricio. Mauricio apenas si podía caminar por sus achaques. En medio del gentío ocupado en lo mismo que nosotros —despedirse, trepar al barco—, papá abrazó a su hermano y le murmuró al oído:

—Mauricio. Prometo escribirte. Lo mío será casi casi un diario de viaje. De este indeciso viaje que hago porque sí…

En realidad, papá y tío Mauricio sabían por qué se iba: además de que Juan Luis nos aguardaba, además de que papá quería aventar mis rarezas (como en la familia se denominaba mi situación particular), estaba el país que lo tenía preocupado. Los desaliños paralizaban la marcha de la nación. A papá lo tenía mal la actuación artificiosa de los "mercaderes políticos".

—Esos que viven para conspirar, imponerse, mentir, según el concepto más rioplatense de la política, mijito —decía papá.

Pensaba que en Europa podría ver modelos capaces de levantarle el alma.

Alguien, entre los que estaban para la despedida, recordó la gracia de mi padre: un suelto enviado al diario, por esos días, en tono gauchesco y jocoso, en el cual tomaba en broma a los dos partidos tradicionales del país. El trabajito decía así:

Sr. D. Blanco y Rojo:
Ando casi medio julepiao, y no sé qué más, pero usté lo ha de malisiar, y ya está. Yo no m´acuerdo qué quería desir antes ni rojo ni blanco, pero lo que sé desir es que entre los dos, que a mi entender era algo así como partido, nos ha trasquilao de puro carneros que hemos sido pa' eso, porque lo que es yo, si me daban a escoger, me quedaba sin ninguno, porque pa' andar desnudo y sin naco hasta el verano…
Su servidor y dispense. Siriaco no sé qué.

—Vieron, también yo puedo ser político opositor —dijo papá. Se rió ante la lectura del artículo revoleando, a falta del fez colorado, su bastón (concesión a la edad pero también a sus dolores reumáticos), con el que siempre jugueteaba. Y agregó:— ¿No hay otro camino para tentar en un país que todavía tiene soledades y matreros? ¿No sería bueno organizar a este pueblo que todavía marcha a la deriva?

Hizo la pregunta como si hubiera estado en su estudio, frente al gran espejo que miraba al jardín (a través del cual yo supe ver en mis días de pasión la figura de Carlota). O como si se hubiera encontrado compartiendo la charla en casa con amigos, y no a punto de embarcarse, según lo estaba por hacer.

Comenzaron a sonar las sirenas y las órdenes. Entonces papá se abrazó nuevamente al hermano del alma, tan "enfermo estacionario", como le decía, y escuché cómo le murmuraba:

—Tú con tu buen juicio, hermano, eres mi sostén, no te olvides. Porque tu buen juicio no ha sido vencido por la enfermedad. Eso prueba que el alma es inaccesible a las morriñas de la materia... No dejes de escribirme —pidió, como un chico.

Y, con los ojos llenos de lágrimas, tomó el rumbo del barco, de Europa, de lo por venir.

Yo, a su lado.

Después, tío Mauricio se despidió de mí y, en tanto me abrazaba, me dijo:

—Nicanor: muchos entran en la batalla desarmados y salen de ella sangrando. Hay que prepararse.

Yo lo entendí: me hablaba de la vida.

—Ya estoy sangrando, tío Mauricio —alcancé a responderle y me alejé, ¿para qué ahondar más su inquietud?

No sé si existe el color de la tristeza. Pero ese día lo vi en el rostro de mi padre mientras miraba a su hermano Mauricio irse al trotecito lento, viejo y enfermo, del brazo de su mujer, y nosotros nos perdíamos en la bruma del mar.

El anochecer cayó sobre el barco, pero no se oyó el acallar de las cigarras ni a los pájaros buscando su acomodo en los árboles en vocinglero trámite, porque afuera estaba sólo el mar. Vimos, sí, el luminoso coro de las estrellas iniciar su ronda. Papá dijo:

—Mira la Cruz del Sur.

Y la miramos hasta que desapareció.

En el barco, aunque papá decía hartarse de tanto bullicio y añorar el silencio, la verdad era que conversaba de lo lindo, como cobrándose los largos períodos de mutismo pasados junto a mí. La gente se entretenía con mi padre, el célebre pintor cuyo nombre prefiero olvidar: inflado y palabrero, con su encrespada oratoria cautivaba a los contertulios que, como nosotros, viajaban muy cómodamente. Porque mi padre por entonces era un hombre si no rico, pudiente, y podía darse esos gustos y dárselos al hijo.

Un día les habló de Urquiza. Del Urquiza al que había conocido cuando él era un joven pintor que se iniciaba y el general, el Presidente de la Confederación Argentina. Les habló, en la cubierta del barco camino a Europa, de la estancia de San José, que todos llamaban Palacio, ubicado en medio de las selvas montieleras, y del lago inmenso donde al atardecer paseaba en barco, con sus hijos, y de la gente tan importante que venía a arreglar asuntos con el general, les habló. Del señor Sarmiento, les contó; del señor Sarmiento que había dicho, después de visitarlo en San José: Sólo ahora me siento presidente. Y después les contó el drama de la muerte del general, y los ojos del viejo pintor, que era mi padre, se velaron de tristeza, porque la muerte de un amigo siempre entristece aunque de esa muerte hayan pasado muchos años.

—Pero ¿por qué lo mataron, puede saberse? —preguntó un oriental jovencito que iba a Europa a recibirse de doctor, pero se veía que se iba al afuera sin saber lo de adentro.

—Lo mataron porque hubo desentendimientos. Entre él y su pueblo, quiero decir —dijo mi papá.— Dicen que cuando Napoleón se acercaba a sus soldados, la tierra temblaba por el clamor entusiasmado de sus soldados. Algo parecido sucedió siempre con el general entrerriano. Hasta la batalla de Pavón, ¿saben?

Mi padre contó cómo, si los suyos habían quedado

resentidos después de la batalla de Pavón, cuando la guerra del Paraguay fue el acabóse. El gobierno le pidió que mandara gente para colaborar y él, cumplidor como siempre, cumplió en la ocasión. Pero sus milicias, que eran como de ocho mil hombres, se encocoraron porque no querían matar paraguayos ni menos aliarse con los brasileños esclavistas y su corte de similor. Y un anochecer, a orillas del río Basualdo, cuando las sombras caían sobre el campamento y el mundo, y el sol pareció ocultarse para tapar arreboles de vergüenza por lo que iba a pasar, al cruce de silbidos que imitaban el chillido de algún pájaro, los ejércitos de Urquiza se desbandaron de un saque. En estampida se desbandaron porque, está dicho, cualquier cosa antes que matar paraguayos o ser socios de macacos, decían los entrerrianos.

—Este hecho disminuyó el prestigio de Urquiza, claro —dijo mi padre, el pintor, a su auditorio náutico—. Aunque el mismo Urquiza comprendió el asunto y pidió que no se persiguiera a los desertores, porque sus razones tenían y porque él mismo, en el fondo, no era más que una víctima de sus propios acuerdos. Pero, créanme, ése fue asunto olvidado, como algunas salvajadas enhorquetadas a su fama. Lo que quedó en pie de él, su gloria mayor, fue la Constitución que dio al país, señores —terminó mi padre.

Y la gente lo aplaudió, porque la verdad era que los había entretenido largo rato y bien.

De manera que él en el lento trayecto, hablaba y escribía, escribía y hablaba, ya que no podía pintar. Mientras tanto yo ¿qué hacía, desentendido de un mundo que no tenía sentido para mí? Contemplaba el mar y pensaba que a nosotros, más que el envión del océano nos estaba empujando la desazón. Mi mutismo era casi total. Una vez descubrí que, en las largas cartas enviadas por papá a Mauricio, casi apenas salimos a mar abierto, consideraba noticias dignas de ser transmitida algunas palabras mías: Hoy Nicanor me dijo tal cosa… comunicaba mi papá a tío Mauricio.

Uno al lado del otro, cada uno envuelto en sus pensamientos, pero conscientes de la presencia ajena, jugábamos al gallo ciego. Demasiados años estériles detrás de nuestras vidas compartidas, qué íbamos a hacerle.

Pues bien, colorín colorado ese viaje un día se acabó. El viejo barco llegó a su puerto, y en el puerto estaba Juan Luis y su familia. El encuentro fue maravilloso. La mujer de Juan Luis era viuda, y de su matrimonio anterior había traído el acopio de tres críos que pasaron a ser nietos y sobrinos de nosotros, respectivamente. Grande fue la alharaca del descubrimiento. Pero todos, mujer e hijos, fueron "abandonados", como decía papá, para que Juan Luis continuara viajando junto a nosotros hacia esos confines que quería conocer y hacernos conocer.

—Les vendrá bien para la profesión que tienen —decía— saber cómo es el mundo.

A mi papá se le había dado por el movimiento continuo: quería estar trotando de un lugar a otro, como si tuviera hormigas en el traste y alas en la espalda.

La verdad era que, desde que se había ido María Linari, era como si papá ya no tuviera destino fijo.

De manera que ahí marchamos, entonces, "colgados de un gancho", según decía siempre, Juan Luis y Nicanor, a Atenas, Budapest, Roma, Viena, Venecia, Constantinopla, Roma otra vez, y ya ni me acuerdo cuántos lugares más. Así un mes, dos, seis, siete.

En los viajes yo vi ciudades en ruinas y otras que se levantaban al cielo, desafiantes, como estrenándose, y vi hombres achaparrados y vestidos a la antigua y otros altísimos y de airoso andar, y palacios refulgentes, vi, y pocilgas más de alimañas que de humanos, y museos vi, donde la belleza de que es capaz el hombre se atesoraba como la mejor memoria de la humanidad, y vi praderas que lagrimeaban de día el sereno de la noche, como en mi tierra oriental, y me asomé a precipicios sin fin y también expuse mi cara a las aguas de mares con el color de la pampa y otros con el del cielo y me dije y le dije a Juan Luis y también a papá le dije:

—Lindo es el mundo, ¿no? Pero y uno ¿qué?

Y mi papá dijo:

—Este siempre con sus gansadas.

Pero yo había aprendido la lección: se puede recorrer el mundo, atravesar ciudades atiborradas de gente (oh, Roma siempre imperial; oh Constantinopla, tan exótica; oh Atenas, sabia y hermosa), buscando el oculto sentido de tanto andamiaje humano, preguntándose el porqué de las sombras que bordean el filo de las cosas. Y puede uno llenarse de datos como quien debe dar un importante examen, y buscar lujuriosamente el sol y las bellezas que se almacenan con ahínco para gozarlas después, en el recuerdo. Se pueden recorrer museos y ruinas y encontrarse con el acopio que la Humanidad ha hecho de genios y obras restallantes de misterio. Se puede regresar al hotel, saludar al conserje, a los circunstanciales conocidos devenidos momentáneos amigos y luego, en la habitación ajena hecha propia en razón del camino, rumiar lo contemplado, reflexionar sobre el paso del hombre por el mundo. Se puede, incluso, ilusionarse con el mañana, soñar con un futuro mejor del que atrás se dejó, porque el espejismo de esa vida trashumante invita a la esperanza y también al optimismo. Pero ¿y después? ¿Qué?

El proverbio dice ver Nápoles y después morir. Yo pensaba, ver Jerusalén y después morir.

Pensaba que en Jerusalén podría hacer las paces con muchas cosas. En primer lugar, conmigo mismo. Después, quizá, con el mundo y hasta tal vez con esa vocación de pintar que no sabía si me nacía de las entrañas o por imposición de mi padre, el pintor famoso cuyo nombre no quiero ni pensar. Una vez había leído que las cosas más pequeñas son espejo secreto de las mayores, y esa perturbadora enseñanza me conmovió: si una hoja me habla de Dios, razonaba, ¿de qué no podrá hablarme Jerusalén, donde nació la mayor historia de la humanidad y se pintó el cuadro más fascinante, que es el de la Crucifixión que se dio en el Calvario, y que mi padre pintó y envió a un amigo de Chile antes de salir a recorrer el mundo como un judío errante, con sus hijos, que éramos nosotros, prendidos de él como de un gancho?

Yo quería ir a Jerusalén para saber. Pero también para pintar no el Calvario, como había hecho mi padre y ya lo he consignado para nadie en las páginas de estas memorias que irán a parar al viento o al humo, sino para pintar la Resurrección. Porque sin Resurrección, me decía, ¿qué esperanza podía tener un confundido como yo? Yo, que, si no sabía de dónde venía, menos podía sospechar a qué lado iría a parar. Porque, díganme, ¿acaso es natural venir de donde no se sabe y rumbear para donde no entiendo, eh?

Pero estaba escrito que a Jerusalén no llegaría el trío sudamericano y oriental.

El día en que fuimos a averiguar la hora en que partía el barco, nos dijeron:

—No sale. La peste ha llegado a Jerusalén.

Y así era: en esos tiempos, al borde del segundo

milenio, aún la peste visitaba a los vivos. Aunque se hubiera podido partir, no creo que papá lo hubiera hecho: demasiado presentes tenía los estragos de la epidemia primero en Montevideo, después en Buenos Aires. Él había dejado testimonio de sus horrores en dos cuadros maravillosos en los que estaba su desdicha con tanto realismo como para hacer pensar que la vida era sólo una mueca negra que helaba el alma.

De modo que no fuimos a Jerusalén.

Juan Luis marchó a reunirse con su familia.

Un día, papá dijo:

—Tengo que salir de esta vida de ocio y bostezo —e insistió, revoleando su bastón como antes jugaba con el fez colorado, mientras yo lo miraba preguntándome y ahora con qué saldrá el Tata—. Repito lo que ya me has oído decir muchas veces: el gastaje y el ociaje, por más que me picaneen fuerte, no son para mí... No, no estoy contento en Italia, ni en Europa. Lejos de mi tierra y de Mauricio no me siento bien... Pienso que trabajando estaría más distraído. Ven conmigo, Nicanor.

Casi me lo suplicó. Pero añadió, como en broma:

—Es mejor ser cola de león, que cabeza de ratón.

A mí no me gustó nada. Pero lo seguí.

Entonces nos afincamos en Florencia.

Buscábamos reencontrar el clima necesario para estudiar, este servidor. Para trabajar, mi padre.

Conseguimos una casa cerca del río. Detrás del río estaba Florencia. Desde allí parecía, más que una ciudad, un museo. En verano, también semejaba un jardín.

La nueva situación me aquietó. Pero sólo por un tiempto. Después comencé de nuevo a inquietarme, como perro de caza atado a un poste.

En Montevideo papá había planeado un cuadro sobre el argentino Julio A. Roca y su viaje a Río Negro, encargado por los amigos del general. En un gran baúl tenía los bocetos de la tela, que sería de grandes dimensiones y con multitud de personajes. Se empeñó entonces en encontrar un estudio capaz de albergar a ese bastidor gigantesco, para comenzar la tarea. Pero le resultaba muy difícil conseguirlo.

En eso estábamos cuando cierto día, en que había salido a tomar aire, lo vi de lejos, desde la ventana de un café. Con ojos de extraño miré esa figura esmirriada, vestida de negro, corbata de lazo al cuello y sombrero de amplias alas, la cara colmada de arrugas, el paso cuidadoso que punteaba su taconeo con la ayuda de un bastón de ébano, el pelo y la barba desteñidos. Mi padre se está pareciendo a un campesino de barba blanca y cayado, me dije. Y lamenté que no estuviera María Linari para verlo, ella que lo había conocido mozo de vestir bien y hacer pinta entre las modelos que caían a su taller. Mi Tata, me dije. Viejo, murmuré. Y comprendí cuánto lo admiraba, y era lógico, pensé, puesto que ¿acaso la luna no agradece al sol que le presta su luz?

Arreado por la tristeza y el viento, el viejo avanzaba, perdido en quién sabe qué pensares, y aunque poco dado a conversaciones, según mi estilo, le hice señas para que se acercara. Me vio, lo invité con un café, aceptó el convite y, como si prosiguiera una conversación interrumpida unos momentos antes, pero que sin duda eran pensamientos que traía ya hilvanándose, me confesó:

—Mira, Nicanor, tengo que ponerme a trabajar. Ni mis años ni la paciencia argentina me disculparán el tiempo que estoy perdiendo, sin trabajar en *La revista*…

Lo decía por el cuadro sobre el general Roca, que tenía pendiente. En medio de esa blancura que otorgaba tanto frágil encanto a su rostro, vi sus ojos, titilando como la gota de mercurio que se movía aceleradamente en aquel termómetro que madre nos ponía cuando estábamos enfermos. Tata. No, no era un viejo, mi Tata; era un hombre que aún tenía colmado de coraje el ánimo y de sueños la cabeza.

El de la vejez prematura y la interminable fatiga era yo, Nicanor: por qué no habría salido a mi padre.

—La tierra de Artigas y de Mauricio me llama, Nicanor. Todavía no estoy tan viejo aunque sea viejo, hijo, y creo que lo mejor será que vuelva para seguir trabajando en mi tierra —remató, como de improviso, los ojos ensombrecidos, el ceño fruncido, mientras concluía su café.

Yo sospeché que hacía mucho pensaba en regresar.

Se quedó mirando por la ventana, alguna gente que pasaba. Pero volvió a lo suyo:

—Tú no puedes imaginarte cuánto deseo irme de aquí. Cada día me es más odiosa la vida en Europa. Le acabo de escribir a Mauricio y le digo eso. Le digo, también, que un carcamán puede contentarse de vivir en América, tanto como un americano puede morirse de rabia en Carcamania.

Yo no entendí mucho lo que quería decir. ¿Lo comprendería Mauricio? Probablemente sí; ellos tenían sus claves.

Como papá resolvía todo, decidió:

—Tú te quedarás aquí, en Florencia, estudiando. Cuando lo creas conveniente, regresarás. Ojalá sea pronto —dijo, apretándome el brazo, y yo entendí el gesto de intimidad: la cercana separación lo enternecía, una vez más. Pero no podía enfilar para otro rumbo que no fuera el del marcarme camino, porque insistió:— Seguirás esos cursos que hemos estado viendo.

Pobre viejo. Allí, a su lado y en ese café, tomé mi resolución: si él se decide, yo también.

Cuando nos fuimos, la mano sobre el picaporte y la mirada paseando alrededor del salón, ¿de qué me despedí yo también? De los proyectos de papá, supuse.

Después lo acompañé en los trámites del regreso. Después lo despedí. Después le escribí al tío Mauricio: "Envíeme el resto de mi capitalito a Florencia, junto con lo demás: hágalo a la brevedad posible porque pienso yo también embarcarme para ésa, y quiero dejar todo mi dinero colocado, pues pienso volver después nuevamente a Florencia".

Me sentí en libertad. Y era turbadora la libertad. *Alea jacta est*, me dije al enviar la carta, como César: he cruzado el Rubicón. Pero había una diferencia: César penetraba en un imperio que iba a conquistar. Yo salía.

Me iba, con los ojos abiertos y la boca cerrada. A Jerusalén, según mi sueño.

Nunca más escribí.
No viajé a Montevideo.
No di señales de vida.
Pero la vida siguió.
¿Para qué?

XXII

Sólo Dios sabe por qué caminos anduve esa noche y esos días y esos meses y esos años. Pero, ¿acaso puede resumirse un infinito espacio en el cual el tiempo sólo estaba reducido a evitar dejar rastros?

Cuando me enteré de la muerte de Juan Luis en un accidente (y eso fue antes de partir), resolví hacerme humo para siempre. Como Juan Luis.

Nicanor (yo), sentado en una piedra calcinada por el paso de soles y hombres, con aire de viajero, contempla esa ciudad concéntrica, armada entre colinas. De ella emergen las cúpulas y las torres de templos que casi no se ven porque todo se está empapando de oscuridad, y ya la negrura de la noche las va cubriendo. Como tantos al llegar, apenas arribado, surgió su pregunta: ¿Es esto Jerusalén?

Mientras busca algún acomodo en la incomodidad del lugar, piensa que en un sitio así, quizá, crédula gente de muchos siglos atrás, habría estado aguardando la llegada del fin del mundo, frente al primer milenio. Por esa razón, habrían velado toda la noche esperando a los cuatro jinetes del Apocalipsis que galopaban sobre la tierra calcinada por guerras. Y también habrían esperado el sonido de la trompeta que los llamaría para el juicio final.

Pero Nicanor, en la duermevela del cansancio, no acaba de soñar ni con el Apocalipsis ni con la trompeta sino con Carlota, porque Carlota regresó entre las brumas del sueño como en aquella remota mañana de muchos años atrás, tocó el llamador de la puerta en su casa de la calle Soriano, y lo miró, entonces como antes, los ojos penetradores, con negrura de tormenta, con oscuridad de lago al caer la tarde, violáceos en ocasiones, o encendidos en luces doradas como cuando la pasión los vestía de imposibles y en él prendían el pavor o la alegría, pero nunca la indiferencia. ¿Y qué le dijo Carlota con sus ojos de fuego cuando se le apareció entre brumas de sueño? Le dijo:

—Nicanor, toda pasión concluye, lo has visto. Sólo hay una sola perdurable, recuérdalo.

—¿Cuál? —quiso saber Nicanor, sentado en la piedra calcinada por soles y gente, a la entrada de Jerusalén.

Pero cuando Carlota fue a abrir sus labios para decírselo, pasó una bandada de lechuzas y el graznido de las lechuzas resultó tan intenso como para impedirle escuchar qué estaba diciendo Carlota, y Nicanor entonces se enojó con las lechuzas: y eso que son los animales que simbolizan la sabiduría, se dijo. Pero se quedó sin saber el nombre de esa pasión perdurable que estuvo a punto de confiarle Carlota.

La tarde se enfría, Nicanor se arrebuja en el viejo poncho oriental, heredado del padre, quien había sabido usarlo junto al general Urquiza, en aquellas galerías heladas en las que le tocó pintar las batallas del entrerriano. Enredado en el poncho, Nicanor soñó con Juan Luis, hermano querido al cual se dio cuenta cuánto amaba, después del accidente en el que se le fue la vida. Juan Luis lo miraba desde un remolino de polvo y sangre, y los ojos de Juan Luis estaban abiertos y también su boca, pero de la boca de Juan Luis no salían palabras, salían sólo gemidos, porque el tránsito de su hermano de una vida a la otra, según a él le habían contado, había sido doloroso, y en el entorno de su hermano fluía sangre. Pero muy pronto todo se fue aquietando, remolino y rostro del hermano y sangre, y antes de que remolino, sangre y rostro se aquietaran del todo, vio una guirnalda suspendida del cielo, y en la guirnalda había algo escrito, pero no con palabras, sino con signos que no obstante entendió. Y lo que entendió fue: sólo queda la vocación.

Antes de sacudirse de la bruma de ensueño y cansancio, Nicanor pudo decirse: como nos enseñó papá.

También se dijo: hermanito, te convertiste en una aparición. Y tuvo ganas de llorar y lloró.

Y se dijo, además: pero si todo no ha sido más que un sueño. Y al decírselo recordó una anécdota de su padre, el pintor famoso cuyo nombre no quería pronunciar, al cual se lo había contado un turco vendedor de "beine beineta jabón de olor", andariego por calles y campiñas con su hato de mercaderías. Se lo había dicho un día de lluvia y de naipes, y así era la historia: "Un hombre vio a un árabe que despedazaba un camello a sablazos. Luego se puso a hacer mucho ruido con un tamborín y el animal se irguió sobre sus patas.

"—¿Has visto detrás del camello huellas de sangre y bosta?

"—No.

"—Entonces has soñado."

Así le había contado el turco vendedor de "beine beineta jabón de olor". Y había agregado: de los sueños nunca quedan pruebas, ni siquiera la bosta de un camello.

¿Qué pruebas podía tener él de que en verdad había visto a Juan Luis? Ninguna. Pero Nicanor, víctima o beneficiario de ese sueño, sintió la satisfacción de tener su vida a salvo, como no la pudo tener su hermano malva, según denominación tradicional del padre. Pero también tuvo la insatisfacción de no dar pie con bola, de no saber qué hacer con esa vida salvada, sin María Linari, sin Carlota Ferreira, sin Juan Luis y ¿por qué no?, sin su padre, el pintor famoso cuyo nombre ni quiere recordar.

Todo se sucedía allí, sobre la piedra calcinada por el paso de soles y gente. De pronto, Nicanor se dio cuenta de que clareaba: entonces toda la noche me la pasé aquí, supuso. Y vio cómo el sol empujaba a la oscuridad hacia otro lado, y cómo él enfrentaba a los albores del nuevo día, y tuvo una certeza: de esta noche no me olvidaré. Y tampoco de la conclusión. Porque mediante signos acaba de descubrir en una guirnalda colgada del cielo, que sólo la vocación contaba. Y que a él sólo pensar en pintar le daba paz. Como a su papá.

Se dijo: me pondré a pintar.

Y se dijo también: lo primero que pintaré será la Resurrección.

Sin duda hay palabras que, pronunciadas, parecieran cobrar cierto sentido cabalístico, como si obraran a manera de ariete para atravesar el futuro. El día progresaba, el sol conseguía por fin atravesar la niebla de los campos, ya las colinas surgían de entre la bruma, comenzaban a distinguirse las casas, a las techumbres de esas casas un sol dorado y refulgente las estaba dorando, las calles y las callejuelas, minuto a minuto, se veían con mayor claridad. Entonces, por una de ellas, comenzó a descender Nicanor, en su corazón sólo un mandato: pintar.

Si yo no soy, ¿quién soy yo? ¿Y si yo no soy dueño de mí mismo, qué soy yo? ¿Y si no es ahora, cuándo? Así reflexionaba Nicanor a medida que bajaba las empinadas callecitas que llevaban al centro de la ciudad. Con él bajaban gentes de apariencias distintas, y Nicanor recordó que Jerusalén era una ciudad compartida por muchas razas, y vio caminar campesinos con sus mercaderías a cuestas, rumbo al mercado, y pastores arreando sus rebaños, y niños frágiles y adormilados en mulas cargadas, y mujeres enroscadas en pañuelos y túnicas rumbo a sus menesteres. A las voces que hablaban no podía entenderlas su oído acostumbrado a las cadencias latinoamericanas del mestizaje y a los cultos idiomas europeos, porque eran sonidos distintos. Una vez había leído, en una crónica antigua sobre los tiempos antiguos, cómo en esos lugares santos se mezclaban las lenguas y las razas: *aquí tenemos francos, flamencos, bávaros, normandos, lotaringios, ingleses, escoceses, italianos, britanos, griegos, armenios. Si un britano o teutón me habla, no sé qué responderle. Pero aunque hablemos tan variadas lenguas, somos como hermanos,* había leído. ¿Seguiría siendo así?

Así seguía siendo: por señas se hizo entender, y porque en su mano llevaba la carta y, en la carta, escrito el nombre del convento; en árabe y en hebreo, lo llevaba escrito, en letras de occidentales y en caracteres orientales; por la letra del padre Doménico, venían escritas, el párroco de la Chiesa de San Francisco, en Fiesole, a la vera de Florencia, quien le había dicho: hijo, si tanto sueñas con Jerusalén, ve al convento de mis hermanos franciscanos que te ayudarán, toma esta carta y que Dios bendiga tu camino.

El padre Doménico de la Chiesa de San Francisco le había dicho, además:

—Que Dios te bendiga, hijo. No te olvides: Dios va contigo.

Y él, Nicanor, le respondió:

—No sé si creo en Dios, padre Doménico. Pero ¿se cree que me animaría a ir si no sospechara que Dios va conmigo?

Mientras caminaba, Nicanor se decía, además, que el espíritu de su viaje a Jerusalén era similar al de aquella multitud formada por señores feudales y vagabundos, guerreros y campesinos, jefecillos barbudos y ascéticos santos, damas de alcurnia y mozas de taberna que, al final de la noche de la Edad Media, según decires de cronistas y poetas, había partido para ese llamado viaje de Dios, que era una migración y era una guerra santa, puesto que ellos pensaban rescatar, atrás del mundo conocido, en el riñón de una geografía enigmática, el Sepulcro de Cristo. Aquellas legiones, sobre sus jubones llevaban cosidas por manos de sus esposas o amantes, o por las suyas propias (más acostumbradas al uso de la centellante espada que a la femenil aguja), unas cruces de paño, razón por la cual fueron llamados cruzados, porque "ostentaban el símbolo a fin de buscar la realidad del símbolo". Yo llevo mi cruz adentro, se decía Nicanor, y ya no estamos en la Edad Media sino en los albores del segundo milenio, y no busco rescatar el Sepulcro sino la Resurrección, ¿cómo deberé llamarme, entonces?

No lo sabía Nicanor, pero como aquéllos, tantos siglos después, fue vagando y combatiendo, no con clanes que promovían el caos, ni con ejércitos que suscitaban la muerte, ni con hombres del desierto montados en camellos y ardidos de fanatismo en nombre de Alá y de Mahoma su profeta, sino con sentimientos que le alborotaban el ánima. También él, como aquellas legiones, había surgido de las brumas del mar y de la sequedad del desierto (aunque éste era metafórico, porque era el de su alma). Pero no vestía ni piel de lobo ni foca, sino traje de moderna textura salido de las máquinas de Liverpool y adquirido en Italia. Y no ostentaba cota de malla y aderezos de resplandeciente oro, sino apenas si tenía un módico reloj que le marcaba el tiempo. Y no venía provisto de hachas hirientes y largas espadas, sino de pincel y telas para convertir en arte experiencias y sueños.

Cuando llegó al convento de los hermanos franciscanos, le dijo al padre Franco: yo, Nicanor, hijo del famoso pintor rioplatense cuyo nombre no quiero recordar, y de María Linari, alma santa que ya está en el cielo, turbado por la muerte de mi hermano Juan Luis que murió en un accidente espantoso, y quebrado por la traición de una mujer que amé, y a la cual tal vez también amó mi padre, pero que no merecía el amor de ninguno de los dos, según creo entender, Carlota de nombre y de turbia existencia, inquieto por todo eso, padre, yo, Nicanor, aprendiz de pintor que nunca alcanzará la gloria de su padre pero que algo quiere hacer con el resto de sus días para no enloquecer del todo; yo, Nicanor, que estudié arte con buenos maestros florentinos y en una remota ciudad sudamericana trabajé, en el taller de mi padre, la piedra y el óleo y el mármol, vengo hasta usted, padre Franco, en nombre del padre Doménico, de Fiesole, y en el de mi íntima desesperación, y le abro mi corazón, ajado por la vida y por incertidumbres, pero que quiere ser dócil. Y le abro mi escarcela, que no tiene poco, y le pregunto ¿qué puedo hacer?

El padre Franco, franciscano delgado y pequeño de larga barba gris, palabra mesurada, ojos azules y sere

nos, que envejecía alegremente en esa ciudad bendeci-
da por gracias y aplastada por seculares cataclismos, lo
escuchó gravemente, puso un tazón de leche en la mesa de rústica madera, puso un trozo de pan en el plato,
y otro plato de sopa puso, y un rosario en las manos del
rioplatense peregrino, y después lo bendijo a Nicanor,
lo condujo a su celda, le murmuró al oído:

—Sólo Dios da respuestas, hijo. Lo escucharemos,
¿quieres? Los dos.

Nicanor dijo bueno.

XXIII

Nicanor pinta trepado en lo alto de la complicada estructura armada con maderas, sobre tablones frágiles. Con alegría, porque lo que está haciendo le esponja el alma. Tiene en las manos el pincel, a sus pies los tachos de pintura. Cubre sus ropas la blanca túnica que usó en el estudio de Montevideo, y también en el de Florencia, cuando estuvo con su maestro Ricci, y que tuvo la precaución de traer en su maleta. Pinta, atento el gesto que perfila rasgos, cubre masas, abre espacios, proyecta armonías.

Nicanor pinta.

Y piensa, en esa ciudad que guarda tanta memoria. En los antiguos ingenieros que debían construir arietes colgados de cuerdas atadas a un conjunto de vigas para que los soldados cumplieran sus tareas de asedios y batallas. Era la guerra. ¿Qué ingeniero del nuevo siglo preparó ese maderamen para su personal asedio en esta guerra suya?

Pinta, Nicanor. Pinta el techo de la pequeña capilla de esas hermanitas franciscanas que le dan de comer y lavan su ropa y acompañan sus rezos y le sonríen y aplauden los adelantos de su trabajo con ademanes gozosos y gestos tímidos, y palabras susurrantes. Y hasta con algún aplauso:

—¡Bravo, Nicanor, bravo! *Quanto è bella questa Resurrezione!*

Pinta esa capilla pequeña y recoleta como ya pintó la mismísima iglesia del padre Franco. Y como seguirá haciéndolo con otros lugares que el franciscano le señale. Y mientras se entrega a ese trabajo, Nicanor recorre la ciudad, aventura relaciones incipientes con gente que gasta sus vidas derrochando esfuerzos en menesteres y lugares tan diversos, se hace amigo de hombres un poco raídos y un mucho borrachos, y bastante sabios. Acumula experiencias. Y recuerda al padre, envejeciendo entre vastas telas colectoras de sus sueños de gauchos y de héroes, de batallas y marchas, entre puñales y espadas, junto a banderas patrias y gestas heroicas. Como aquellas con que un día cubrió las paredes del palacio de Urquiza, en el lejano entrerríos. Y el padre, sin lugar a dudas, seguirá pintando, en el sopor del silencio que da la soledad, muerta María Linari, muerto Juan Luis, desaparecido él, Nicanor, por desplante de opción.

Él, Nicanor, no quiere quebrar ese silencio porque quebrarlo quizá sería trizar la paz a duras penas alcanzada por su alma dividida. Pero, cuántas veces, en la alta noche, siente un llamado suave, ve la mano que se tiende a través del espacio, como en la Sixtina miró la del Padre esforzándose en alcanzar la del hombre, según lo presintió el Buonarroti:

—Nicanor, vuelve a casa —dice la voz, y es blanca y débil la mano que se le tiende, y está manchada por óleos y pinturas, porque es mano que acaba de dejar pinceles y tarea.

Pero Nicanor no contesta. Nicanor sigue pintando. Sobre todo, sigue pintando la Resurrección.

En esa ciudad donde guerras medievales tuvieron espacios de paz y perdón que se llamaron la Tregua de Dios, Nicanor se dice: Yo también tengo mi tregua. La tregua de Nicanor. Pero se prepara para lo que vendrá. Cuando regrese.

Todos los cristianos, amigos y enemigos, vecinos y extraños, deben mantener la paz desde la víspera del miércoles hasta la mañana del lunes, de modo que durante esos cuatro días y esas cinco noches todas las personas puedan vivir en paz y, confiando en la paz, ir a sus asuntos sin temor a sus enemigos.

A los que mantengan la Tregua de Dios se les perdonarán sus pecados… Durante esos cuatro días y cinco noches, ningún hombre o mujer atacará, herirá ni matará a sus semejantes, ni se apoderará o destruirá un castillo, burgo o villa, empleando la astucia o la violencia, lee en la historia que puso en sus manos el padre Franco, un día en que lo vio entristecido por nostalgias, mientras los monjes trabajaban como siempre, los perros haraganeaban en los patios del monasterio, el sol caía sobre virtuosos y pecadores y, desde la iglesia que él estaba pintando, llegaba el eco del coro de monjes y el coro de los monjes resonaba en la cúpula y se expandia en el patio:

—*Kyrie eleison… Kyrie eleison…*

—Si te asomas a la historia del hombre, encontrarás consuelo. Tienes que salir de ti, hijo. La Humanidad ha estado tan manchada como el taparrabos de Jeremías. Y nosotros también —le dijo el padre Franco al entregarle el libro.

Nicanor se rió porque el buen franciscano siempre tenía algún santo que venía en su ayuda. Y cuando el sol calentaba y el vino (que los franciscanos beben) desataba su imaginación y su lengua, era un contento escucharlo.

Poco a poco, Nicanor fue aprendiendo a mirar la vida desde los ojos del padre Franco y a leerla a través de la vida de santos. Y aunque Nicanor nunca se había guiado mucho por las palabras de los hombres, porque la experiencia le decía que las palabras siempre son mejores que los actos, con el padre Franco tuvo que convencerse desde el comienzo: en el padre Franco hechos y palabras iban parejos.

Un día el padre Franco lo acompañó en su cena, que era al caer la tarde, porque los franciscanos comían temprano, y después rezaban mucho, y después se iban a dormir.

Nicanor se sentía cansado porque había trabajado duro trepado en los andamios, dando órdenes a sus ayudantes en la tarea de pintar ese fresco enorme que cubriría de gloria la casa del Señor, según decían los hermanos. Los franciscanos estaban contentísimos. Porque tendrían en qué entretener sus ojos cuando la sequedad del alma acompañara sus oraciones, en lugar de iluminaciones místicas, sospechaba Nicanor, y así se lo decía al padre Franco, riendo (porque Nicanor había vuelto a reír). Y el padre Franco le decía:

—Hereje.

Esa noche, el padre Franco puso sobre la mesa de gastada madera, la comida de los dos. Puso el pan y el pescado y las aceitunas y el agua. Puso también vino de los propios viñedos, y le dijo: brindemos. Y agregó:

—Nicanor, hijo, tu pintura de la iglesia está en los últimos tramos, te falta muy poco para terminar. Y hace mucho tiempo que permaneces en estos lugares.

—¿Qué es mucho tiempo? —preguntó Nicanor.

—Para el fuego, un segundo; para la rosa, un día; para la roca, un siglo —contestó el sacerdote, bastante sabio. Pero agregó:— Piensa en tu padre, hijo, en tu padre que está viejo. Piensa en ti mismo: aunque aquí te encuentras bien, estás de paso. Reflexiona, Nicanor, y pregúntate, como el hijo del Evangelio, ¿no será hora de regresar a casa?

Nicanor no dijo nada, ni siquiera dijo lo pensaré, pero se quedó dándole vueltas a esa idea mientras concluía su pescado y su pan y su vino. Y pensó toda esa noche, que fue una noche larga, extendida por sueños intermitentes y vigilia pronunciada. Y lo pensó durante el día, trepado a los altos andamios de la iglesia, y mientras se unía a esa multitud que circulaba siempre por Jerusalén, en los paseos que le gustaba hacer por la ciudad vieja y que esa tarde hizo. Y después de reflexionar, como le había pedido el padre Franco y le había mandado su corazón, resolvió: esta noche le diré al padre Franco que bueno, que regresaré a casa y a mi padre. Y que muchas gracias.

Y mientras así pensaba el corazón comenzó a bailotearle por esa resolución hospedada en su pecho desde hacía un tiempito, pero que entonces se había hecho clara, y que esa noche transmitiría al padre Franco. Y pensó en Montevideo, a orillas de las aguas, y en sus calles pensó, y en la casa de la calle Soriano y en su estudio, que era el estudio del padre pero que solían compartir. Y en el otro estudio, pensó, en el que estaba en lo alto de una barranca que se quebraba antes de precipitarse al río, y donde alguna vez podría llevar, saneada ya su alma de la derrota provocada por Carlota y otras intemperancias, alguna muchachita de pechos levantados y sonrisa linda como la Catalina de su adolescencia. Pero sobre todo, Nicanor pensó en la alegría del Tata cuando lo viera. Y casi casi sintió el abrazo del viejo, estrechándolo y, estaba tan seguro, deciéndole, tal vez antes de preguntarle nada:

—¿Sabes, hijo? Ya terminé *La ocupación militar del Río Negro* y ahora estoy pintando…

Nicanor avanzaba en el fascinante enredo de esas callecitas de la vieja Jerusalén. Esa parte de la ciudad era peligrosa. Se lo había indicado claramente el padre Franco y se lo habían dicho más de una vez esporádicos transeúntes. Por allí, dos por tres, se enfrentaban parcialidades árabes y parcialidades judías, fanáticos de un signo y de otro, gente de asentamientos recientes y habitantes de larga data disputando su pedazo de pertenencia. En la oscuridad sempiterna de esas callejuelas centenarias, en medio de los nauseabundos olores de aceites y resinas y mugre, se iban a las manos por un quítame de allí esas pajas, se armaban disturbios desproporcionados por cuestiones baladíes, se encendían chispas al rescoldo de odios milenarios que estallaban en fogatas violentas.

A Nicanor nunca le había tocado ver nada de eso.

Pero esa tarde le tocó.

¿Cuál fue el desplante inicial? ¿Qué palabra de despecho, qué imprevista ocasión de revancha, quién, perturbador, inició la agresiva orgía que de pronto estalló, en medio de esa multitud de comerciantes, miserables y turistas, trepó por callejuelas y pasajes cargados de tiempo, por mugrosas escalerillas de piedra, para acicatear la espantada multitud en estampida, provocar la avalancha, suscitar ese reguero de sangre y de muerte, en medio de aullidos y corridas, de gritos y amenazas, en el remoto rincón de esa lejana ciudad, donde un perplejo y chambón pintor sudamericano resultó imprevisto agonista y víctima, ensartado en el fuego como los soldados de Urquiza pintados por su padre quedaban ensartados en las bayonetas de sus enemigos?

Vaya a saber qué fue.

Cierta putilla disputada por un comerciante de aceites y un trashumante camellero, dijo alguien. Un entredicho entre dos mayoristas de alfombras venidos de Samarcanda con sus cargas, agregó otro. Varios soldados de juerga y en copas, trenzados por cuestión de naipes y mujeres, en lo alto de una torre que servía de refugio a bandidos y gente de la calle, corearon algunos.

Nunca se supo. No lo supieron los guardianes, que vinieron a calmar el entredicho, ni los jueces que buscaron dirimir el asunto después, ni los médicos llamados para extraer balas, suturar heridas, apaciguar magulladuras, curar quemazones.

No lo pudo saber el padre Franco, cuando recorrió hospitales en busca de su huésped, una semana después de la jornada, y lo encontró, delirante, chamuscado, envuelto en harapos y gritos, en la inmunda cama de un hospital árabe.

Menos que menos lo supo Nicanor.

Nicanor simplemente dijo:

—Estaba mirando un ícono bizantino. Viejísimo, de la época en que Saladino reinó en Jerusalén, me decía el meloso vendedor de antigüedades y abalorios mientras le regateaba el precio; lo quería para el Tata. De pronto, un árabe cruzó a toda corrida. Al hacerlo, me empujó, sentí un golpe, desprevenido como estaba, me fui al suelo, después vino la avalancha, después vi el resplandor en el confuso magma en que estaba. Fuego, alcancé a pensar. Pero ya lo tenía encima, en mis ropas, en mi pelo, en mis manos. Oh, Dios, en las manos, no... Defendí mis manos ¿sabe padre? Porque ¿qué podría hacer de mi vida sin mis manos? ¿qué soy sin mis manos? Soy nadie. Fue instintivo: en lugar de llevármelas a la cara para sacudir el fuego, dejé que corriera por mi rostro, avanzara por las piernas, trepara pantorrillas arriba. Pero las manos, no; escabullí del fuego las manos, padre, les busqué cobijo en una manta, en lo que pude y que no sé qué fue —dice Nicanor, jadeante por el esfuerzo—. Pero aquí las tiene, salvas.

351

Aquella tarde, en el hospital donde se apiñaba tanta humanidad en descarte, Nicanor se las mostró al franciscano, y eran trofeo de guerra sus manos: enteras, salvas, apenas si con rastro de alguna ampolla o leve herida.

¡Ah! Pero el rostro de Nicanor… Si lo viera, pensó el padre Franco, y se fue, controlando sollozos.

XXIV

De manera que yo, Nicanor, de acuerdo a lo planeado con el padre Franco, un buen día decidí el regreso. Concluida la pintura de la iglesia, curado en el cuerpo, saneada de resentimientos el alma, volví.

Pero volví a Florencia.

Después elegí Roma.

Montevideo y el Río de la Plata quedaron descartados.

Los descarté aquella mañana, cuando el médico sacó pomadas y mejunjes de mi rostro y de mi pecho, palmeó mi espalda, estrechó mi mano, puso campanillas de optimismo en la voz con que me dijo, canchero:

—Amigo, está dado de alta.

El padre Franco me llevó a la iglesia; para dar gracias por la vida devuelta, me dijo.

Después, él mismo, puso en mi mano un espejo.

Entonces me vi.

Vi qué quedaba del rostro de Nicanor. De mi rostro.

Después, el padre Franco me hizo mirar el Cristo del altar. Y vi qué quedaba de la cara de Cristo.

En ese momento decidí: así no vuelvo a mi padre. Ni a mi patria.

XXV

Nicanor mira: Nicanor mira a Nicanor que pinta. Nicanor pinta frescos con la Resurreción, y también pinta cuadros con la Resurreción. En ocasiones, en pocas ocasiones, también retratos. Pero sólo de niños. Los niños aún no advierten la diferencia entre su rostro y el de los demás. Por eso acepta el trato para pintar niños. Hace poco hizo uno: era una criatura hermosa, de apenas un año. Después de pintarlo entregó el retrato a la familia, recibió la paga, la paga fue pasada a la gente del convento donde vive y le dan de comer. La familia contenta, contenta la madre. Un día la encontró en el patio del colegio. Iba con el niño la señora, un pedazo de sol sostenido por las maternas manos. Una amiga le ponderó el niño:

—Qué belleza su hijo, señora.

—Ah, pero si usted viera el retrato que le han hecho…

Nicanor volvió a pintar iglesias. Pintó iglesias grandes y pequeñas, pintó capillas y oratorios, colegios y orfelinatos. Llenó paredes de color y de gloria. Pero niños ya no volvió a pintar.

Un año, y otro, y otro. ¿Cuántos? Una vida.

Poco sabía qué acontecía afuera. Nada de su hogar ni de su país ni de los restos de la familia que un día tuvo. Su padre muerto, sin duda. ¿Y Ana María? Quizá muerta, también. Al menos para él.

Un día supo que estaba viejo. Se puso a escribir para recuperar en algo lo pasado; para poner en claro la historia de su vida hilvanó recuerdos dispersos. Cuando la muerte me alcance, quemaré estos papeles. Por ahora, los escribo. Después los guardaré, para releerlos en las noches de insomnio. ¿Qué locura me vendrá de viejo? ¿Cuál tuvo mi papá, además de sus gauchos y sus batallas, de *La ocupación militar del Río Negro* y *La batalla de Sarandí?* Nicanor recordó el recuerdo de su padre: una dama en Tucumán, que era una provincia argentina, había salvado la cabeza de un patriota degollado por el tirano Rosas. La cabeza estaba expuesta, en el atrio de la Iglesia Mayor. Por la noche, ayudada por una criada mulata, la sustrajo de su jaula, la llevó a su casa, la escondió en el sótano. A la cabeza. A esa cabeza la pedía, ya vieja y enferma, la dama que la había salvado de su jaula en el atrio de la Iglesia Mayor. La ponía en la cama, que no podía abandonar, porque estaba paralítica, jugaba con ella. Con la cabeza. Era la cabeza de un héroe en los fastos patrióticos. Para ella, en su senil ocaso, un juguete.

De otra locura se acordó. Una dama de Concepción tuvo en su casa y en un baúl, el cuerpo de su amante, fusilado por rencillas patrióticas. Era el de don Leandro Gómez, el héroe de Paysandú. Al cuerpo en el baúl, traído de la otra banda, después del asesinato, lo puso en el baúl, sobre el baúl un poncho y así permaneció, años y años, en el comedor de su casa. Ya anciana, en las noches de lluvia, retiraba el poncho que cubría el baúl, abría el baúl, sentaba los huesos del amante mal que mal sostenidos y, mientras tomaba mate o algunos tragos de caña, jugaba con él largas partidas de tresillo, mientras el viento azotaba las ventanas de su casa en Concepción.

Qué locura tendré, cuando sea viejo, escucha Nicanor que se pregunta Nicanor, en el pequeño cuarto de ese pensionado, anexado a un convento, en el monte Gianicolo, en la ciudad de Roma.

Un día, Nicanor supo de la guerra. Se acercaba. Lo supo por un pensionista de ese convento del Gianicolo que había acogido los días romanos de su último tramo.

Se llamaba Hans el pensionista, era joven, era estudiante, tenía su familia del otro lado de la frontera. En ocasiones comían juntos, por la noche, cuando el muchacho venía de sus estudios en la Universidad y lo encontraba solo, deambulando.

—Para nada me molesta —le había dicho el muchacho una noche, riendo ante las evasivas de Nicanor por escabullir, más que su presencia, su cara—. Más me molesta comer solo.

Desde entonces, Nicanor lo esperaba al muchacho estudiante.

Cuando llegó la guerra, un día se lamentó el estudiante:

—Tendría que mandarle un dinero a mis padres, pero han cerrado la frontera y no puedo. Mi madre está enferma.

—¿No habrá algún modo?

—Hay uno, pero muy peligroso.

—¿Cuál?

—Existe una granja, cerca de la frontera. Habría que acercarse hasta allí, por la noche. Hasta hace poco lo hacía yo: me arrastraba al otro lado y, debajo de una piedra convenida, dejaba el sobre.

—¿Y ahora? ¿Por qué no?

—Ya no puedo hacerlo: soy alemán y me detendrán enseguida. Sería muy peligroso.

No hablaron más.

A la noche siguiente, Nicanor habló. Y Nicanor escuchó qué decía Nicanor:

—Dáme el sobre.

—Es peligroso.

—Lo intentaré. Me pondré una sotana.

Nicanor vio cómo Nicanor tomó el sobre, escuchó cómo dijo quédate tranquilo, vio cómo tomaba el camino de la calle, de la granja, de la frontera.

Vio Nicanor cómo Nicanor hacía todo eso.

Después no vio nada más.

Nadie vio nada más.

Nunca.

Epílogo

Así terminan los papeles de Nicanor. ¿Qué pasó con él? Como su padre, también nosotros nos quedamos sin saberlo, aunque pudimos enterarnos de algo más.

En cuanto a Juan Manuel Blanes, ¿cómo terminó sus días? Biografías, estudios y noticias acerca de su vida y de su pintura, dan cuenta de ello. Les digo aquello que he podido averiguar.

En 1890 se lo encuentra a Blanes en Montevideo, pintando, como siempre. Los achaques pero por sobre todo la tristeza, comenzaban a tenerlo a mal. Muerto Juan Luis, frustrado heredero en la pintura, desaparecido Nicanor, se sintió solo y casi sin destino. Un día revivió. Buscaba una modelo para seguir pintando estampas de mujeres latinoamericanas. Ya había hecho *La paraguaya*. En la tela, una morocha mira, tristemente, los restos de la batalla. Tiene destrozadas sus ropas de paisana, los pies descalzos sobre la tierra aún calcinada por la pólvora y está frente al cadáver del marido, o quizá de un hermano. Aparecen, dispersos, pertrechos destrozados sobre los que vigila un cuervo. Abandonado sobre el suelo, aparece un libro abierto. Puede reconstruirse el título: *Historia del Paraguay*. Toda la tristeza del mundo está en la mirada baja de la muchacha, en sus manos caídas, cruzadas sobre la falda, en señal de abandono. ¿Entrará ella en las páginas de esa historia que ha ayudado a construir con su dolor? Así parece preguntarse la paraguayita de Blanes, *imagen de su patria desolada*, según el poeta.

Blanes también había pintado *Una sirvienta*, encantadora imagen de cierta joven de pollera azul, bata clara, pañuelo rojo al cuello. La mirada baja, pero atenta, espiaba por entre los visillos de sus párpados caídos las cuestiones del alrededor, un brazo en la cintura, en actitud desafiante, contenido el otro, en tren de defensa. Linda figura la de esa sirvientita descalza y entradora.

Blanes también había pintado a una india en *El ángel de los charrúas*. Lloraba, sobre una alturita, en la costa del Uruguay, en silencio y soledad, sólo acompañada por la luz de la luna.

> *Era el ángel transparente*
> *Que el indio libre adoró*
> *Rayo de un astro doliente*
> *El último ¡ay! inocente*
> *De una raza que murió.*

Blanes pensaba seguir con motivos semejantes. Sacó avisos en el periódico, según acostumbraba. Esperó.

El pintor aguardaba pocas cosas de la vida. Pero esa mañana se mantuvo expectante. Cuando el llamador sonó, atendió. Al abrir la puerta la vio. Era hermosa, era joven, era la cara de la inocencia, con sus mejillas sonrosadas y su pelo rubio y la sonrisa tímida y el gesto gentil.

—Pase —dijo Blanes. Enseguida le preguntó el nombre.

—Beatriz, señor —respondió la muchacha—, Beatriz Manetti.

Era dulce la voz que había respondido.

—Adelante, Beatriz —ordenó.

Una vez más, Juan Manuel Blanes había abierto la puerta al destino.

Beatriz Manetti era italiana. Beatriz Manetti, después lo supo, venía recomendada por Nicanor, desde Europa. ¿Nicanor le devolvía, con esa mujer, la Carlota un día robada a su pasión?

La muchacha entró al taller, se despojó de sus ropas, comenzaron a trabajar. Era hermoso el cuerpo de Beatriz. Blanes se estremeció. Esa muchacha desnuda de algún modo le recordó a aquella María Linari de la calle Reconquista, en Montevideo y hacía muchos años. María Linari, su primer amor. ¿Su único amor?

Blanes preparó el caballete, tomó la paleta, buscó sus pinceles, miró la nacarada piel, las veladuras sonrosadas, los misteriosos huecos de esa carne. Pensó en la inocencia. En la inocencia que él había perdido. En la que veía enfrente.

Comenzó a pintar.

El cuadro se llamaría *La inocencia*.

Esa noche se quedaron en vela, trabajando. Cuando llegó la oscuridad, no puso sobre su sombrero de ala ancha una ristra de velas, como hacía aquel magnífico maestro español, Francisco Goya, que solía terminar sus noches con la túnica enchastrada de estearina y de sebo, hecho un desastre. Blanes, sencillamente, encendió lámparas y velas. Y siguió. Hasta el alba.

Al alba le dijo:

—Beatriz, es hora de descansar algo. Quédese.

La inocencia se quedó en su casa.

Al otro día, *La inocencia* se quedó en su cama.

Al año siguiente, ambos partieron hacia Europa.

Era 1899. Era el fin del siglo.

Recalaron en Pisa, donde unos parientes de Beatriz les ofrecieron alojamiento. Desde entonces, Pisa fue el cuartel general. Desde allí, Blanes comenzó a buscar, una vez más, a Nicanor, el hijo perdido. Esa sería su "cruzada". La última.

Nicanor, según él narra en los papeles entregados por el viejo bibliotecario, una mañana vio, desde lo alto de un campanario de Roma, la encorvada figura de su padre trepando por el Gianicolo. Blanes andaba, como perro perdiguero, tras una pista. La pista resultó infructuosa por la tozudez del hijo.

Después de esa nueva desilusión, el pintor, ganado por el desánimo, comenzó a decaer aceleradamente. El hombre que había nacido, como los cardos, en la tierra salvaje de la bota de potro, en esa tierra extraña se convirtió en un peregrino. En pájaro sin nido. Alcanzó a escribirle a Mauricio, hermano del alma: *Un catarro feroz, de a lo viejo, me tiene acosado atrozmente, y tiene tal carácter que me parece descubrirle una intención poco buena.*

Blanes tiene la voz insegura, la letra temblequeante. Pero aún conserva su espíritu juguetón: *Nada más peligroso, a mi edad, que pretender vivir sin verano, fiado en las medias de lana y en los demás trapos con que uno se ensilla por fuera, cuando las procesiones constitucionales están al otro lado del cuero, más allá de la decoración del sastre,* le sigue escribiendo. Pero su hermano del alma no está ya para ser receptáculo de sus noticias. Mauricio Blanes se ha ido con el siglo.

Blanes estira un poco más sus días. El arte está por encima de sus propios conflictos. Se sobrepone a tanta disonancia de la vida. En Pisa, empecinado en lo suyo, pese a tantos quebrantos, sigue pintando. Está en el centro de Europa y de sus novedades y vanguardias, pero él no es hombre a la moda, fiel a las enseñanzas impartidas por el maestro que le marcó *la buena vía.*

Lejos, solo, evoca, con terco patriotismo, a gauchos y soldados. A los tipos locales y a las cuestiones de la región. Su propuesta siguen siendo los "grandes asuntos" que glorifican la gesta americana. Se empeña en concluir *La batalla de Sarandí*, esa desmesura iniciada muchos años atrás, en Florencia. Otro eslabón en su iconografía americana.

Pero le cuesta completar ese fresco rioplatense. *La lucha con los tipos hombres y con los tipos caballos es superior a mis fuerzas, porque ni estos bichos se mueven como taitas, ni los cuadrúpedos se parecen a los nuestros,* escribe. Y se pregunta. ¿Dónde están los pampas, picazos, yaguané, overo, rosado, malacara, pangaré, lobuno? Es muy raro un tordillo sabino, el tordillo negro es con lunares, el alazán es monótono, el bayo es extravagante, el zaino es todo igual, sin gradaciones en la verija y el hocico, el plateado o el oscuro negro como sombrero de felpa, escaso. Overo no hay, azulejo tampoco. Hay, sí, rosillo, bayo blanco, ruano, bayo negro pero carísimos, pues el *alquiler de un caballo matungo, sotreta, bichoco, cansado y amolado cuesta ¡seis francos por dos horas a título de lo mucho que pierden de guadagnare en otro destino!,* protesta.

¿Qué hacer? Sólo puede recurrir a la reminiscencia. Y allí podemos imaginarlo, viejo, enfermo, solo, entregado al mandato de espejar, por obra de su arte, la tierra natal y aquella gesta de 1825, cuando en alucinadas cargas de caballería los uruguayos les ganaron, a lo gaucho, a los brasileños, en la gloria colectiva. Pero, confiesa:

—Sarandí es empresa más pesada de lo que creía.

No alcanza a cumplirla.

No pudo terminar el cuadro.

En uno de los primeros meses del primer año del nuevo siglo, Juan Manuel Blanes murió.

Después, sólo la elocuencia del silencio.

Lo trajeron a Montevideo. Tuvo honras oficiales, la compañía de algunos amigos, el silencio del país: pocos sabían quién era Juan Manuel Blanes. Muchos se habían olvidado. Tendrían que pasar muchos años para que la posteridad recuperara su memoria.

De él perduran centenares de cuadros, un poncho de vicuña, un chaleco federal, los botines que usó en Pisa, su bastón de ébano, una guitarra, una túnica y su cíngulo.

Y con Carlota ¿qué pasó?

Juan Manuel, almendras amargas en su boca, la vio trasponer el umbral de su estudio, calle abajo, un atardecer de muchos años atrás. Nicanor la perdió de vista en un recodo de la calle y de su vida. Pero ¿qué fue de la opulenta dama que alteró el destino de dos vidas? ¿Qué de su real existencia, más allá del majestuoso cuadro que perdura en el Museo Nacional de Montevideo?

Yo, llevada por mi afán de entender, quise averiguar. Félix Luna me había dicho una vez: hay que recurrir a la guía. A la guía recurrí. En Buenos Aires y en Rosario. Pero ¡tantos con su mismo apellido! Me superó la empresa.

Dejo, entonces, el interrogante final. Permito los puntos suspensivos.

Alguien me dijo: los muertos ya tienen completa su historia. No para los vivos, pienso yo. ¿Quién se anima a decir cuándo se pronuncia la última palabra sobre alguien? No esta servidora.

Mañana puede aparecer alguna carta, abrirse un cofre de recuerdos antiguos, ver la luz un cuaderno de memorias, encontrarse un diario que complete la parábola. Si así se da, subordinada a mi destino, oficiaré de narradora, nuevamente, para completarles esta historia. Porque parece injusto que si he hablado de un general, un pintor, y una dama, la señora quede tan en el aire.

Aunque, por cierto, todos los finales son transitorios. Al menos hasta la llegada de aquel apaciguante final de los finales, cuando, como dice el Apóstol, cada uno reciba su nombre definitivo escrito en una piedrita blanca.

Índice